그레이트 블루

제20회
한국청소년문학상
수상작품집

오늘의
문학사

발간사

　제20회(2022) 한국청소년문학상 수상작품집 『그레이트 블루홀』을 발간합니다. 대상, 금상, 은상, 동상을 받은 작품들을 모아 발간한 이 책은 우리나라 청소년들의 사상과 감정, 그리고 서정적 지향을 확인하는 중요한 자료가 될 것입니다. 또한 문학 창작의 길에 들어서려는 청소년들에게 좋은 본보기 글이 되리라 믿습니다.

　문학은 역사 이래 예술 중의 으뜸으로 자리매김 되어 왔습니다. 아름다운 서정을 노래하기도 했으며, 사회 여러 분야의 아픈 곳을 어루만지기도 했습니다. 문학은 질풍노도가 되어 세상의 어둠을 쓸어내기도 했으며, 어둔 밤에 촛불의 역할을 자임하기도 했고, 새벽을 노래하는 닭 울음으로 새로운 시대의 도래를 예언하기도 했습니다. 시대 변화에 따라 달리 해석되기도 하지만 본의는 같습니다.

　한 편의 길이가 너무 길어 부득이 앞부분만 수록한 전년도 수상작품은 daum cafe [문학사랑 글짱들]의 '긴 글 전문 감상하기'에 올려놓았으니 참고하시기 바랍니다.

　사단법인 문학사랑협의회에서는 2002년부터 '한국청소년문학상'을 제정하여 시상하고 있습니다. 1,150여 편의 작품을 예심, 본심까지 심사하느라 수고하신 심사위원들께 감사드립니다. 응모한 청소년들에게도 고마운 마음을 전합니다. 앞으로 더욱 알차게 운영할 것을 약속합니다.

2022년 6월 18일
사단법인 문학사랑협의회 이사장 리헌석

차례

// 산문부문 당선작품 //

// 역대 대상 당선작품 //

일러두기

본문에 사용한 '＞'표시는 연과 연 사이의 '빈 줄'을 나타냅니다.

제 1 부

운문부문 당선작품

봄을 마시다

김 영 헌
(경기 수내고등학교 3학년)

산들바람에 벚꽃잎이 떨어진다
꽃내음과 봄의 온도를 가져다주는
얇고 달콤한 계절의 파편들
꽃잎이 발밑에 떨어질 때면
나는 할머니의 연분홍색 기억을 헤맨다

나는 바람을 잡고 위아래로 뒤집는다
벚나무 가지가 참새의 깃털처럼 흔들리고
떨어진 꽃잎은 이슬처럼 반짝이며 떠다닌다
현란한 풍경, 소용돌이치는 봄내음을 느끼며
할머니 식탁 위 갓 만든 식혜를 떠올린다

살랑거리는 나비와 푸근한 잔디가 있는 곳
할머니가 주름진 손으로 만들어 주신 식혜는

봄날의 꽃술처럼 시원한 단맛이 났다
식탁 유리 속 지워지지 않는 얼룩처럼
부드럽게 그려진 할머니의 잔 속 나
커다란 통에 담겨 인자한 마음만큼 무거웠다
마시기 전에 흔드는 것을 언제나 잊어먹었던 그때
마시고 난 다음 흔든 병 속에서 쌀알이
봄바람 속 벚꽃잎처럼 아름답게 유영하곤 했다
흔들면 수많은 쌀알이 어지럽게 흩날리던 나날
할머니의 인자한 미소가 주전자의 수증기처럼 떠오른다

할머니의 식혜가 마시고 싶다
설탕이 없어 많이 달지 않지만 가장 그리운 맛
쌀과 정성 본연의 맛을 내는 시원한 음료
나뭇가지에서 떨어진 꽃잎이 얼굴을 스친다
봄날이 달콤하게 낙하하고 있었다.

펭귄

김 영 림
(서울 중앙여자고등학교 3학년)

머리가 뒤집힌 채
땅바닥으로 올라가던 날
날지 못 하는 건 내가 아닌 저 하늘이라고

엄마 발등 위에 조그마한 발을 얹어
뒤뚱뒤뚱 함께 춤추고
민트 맛 사탕을 혀에 올려
입안이 얼얼해지면 그곳은 남극의 맛

시간이 물었다
아프다고 할 것이다
그대로 빼앗겨 버린 자리

도화지 눈밭 한가운데 그려진 펭귄 한 마리

새하얀 칸 안에 들어가 애써 퍼덕여 본다
그래야 나를 봐줄 것 같아서
머리를 맞대고 불가능을 논한다

저 구름 위로 추락해 버린 펭귄 한 마리
따듯한 얼음에 잠겨 물린 펭귄 한 마리
그대로 어지럽게 헤엄치던 것
한 번도 살아가듯 지나지 않던 것

흐르면 아물 줄 알았는데
그럴수록 더 짙어지는 건 줄도 모르고
약해져 가는 환상을 보며
누구 하나 쳐다보지 않는 입을
다물었다.

은상

幸星

송 란
(경기 고암중학교 3학년)

그대의 이름에서는 줄곧 푸른빛이 났다

덧없이 황혼에 취한 영혼들과 스러지는 꽃들 사이
늘 같은 자리 모두의 마음속 단단히 뿌리내린

스스로 창조하지 않은 것임에도
살아온 날만큼의 개수 되는 활자들을 숨이 끊어질 때까지 품어 주려 했던 그대는
망가지고 부서지고 흩어지고 나서야 세계를 직시하는 자들에게 기꺼이 온몸을 바쳤던 그
대는

심장과 허파가 불에 타 짓이겨지면서 물먹은 시계를 토해낼 때에야 비로소 미소 지을 수
있었나

사랑과 멸망을 동시에 꿈꾸며

태어난 어둠 밑으로 비로소 용해되려
다시금 몇 억 광년을 거슬러 올라간 그대 이름에선

씻기 힘든 때처럼
여전히 푸른빛이 맴돈다.

소금꽃

임 지 환
(충남 대명중학교 3학년)

단맛 실컷 빼먹고 짠내 풍기며
소금창고에 늙은 염부가 돌아왔다

한평생 먹고 살기 위해
염부는 소금밭에서
저녁에 물을 가둬놓고
이른 새벽에 물을 빼는 일을 했다

생계가 쓸쓸하고 허기질 때
슬픔은 얼마나 짜고 쓴지
저녁 해가 지고 나서야 알았다

질퍽거리는 갯벌에 빠진
낡은 장화를 힘껏 잡아당기자

탯줄 같은 어둠이 길게 딸려 나왔다

깊은 숨죽이며 살아온 염부
폐에 물이 차고 빠지면서
소금꽃이 하얗게 피었다.

엄마

신 지 성
(인천 대인고등학교 3학년)

어릴 적 천식을 앓았던 엄마는
아련한 추억을 목에 고이고 계신다.
답답해진 가슴을 뒤척거릴 때마다
꺼내놓는 그리운 얘기들이 있다.
고향 마을에 자주 끼었다는
안개를 밤새 불러낸다.

엄마는 그런 날이면
고향 들길 위에 한 송이 소국이 되어
그 작은 꽃잎으로
하늘을 받치고 곱게 피어나는 꿈을 꾸곤 하셨다.
요즘 따라 기침이 잦은 엄마는
잠 못 이루시는 날이 많아지셨다.

〉

비가 내리는 날이면
어김없이 밤새 꿈속 들길에 물이 차오른다는 엄마.
귓가에 물줄기가 흐르고
추억이 침수되어 땀으로 흠뻑 젖곤 하셨다.

그날 밤
들길 위에 핀 한 송이 소국이
한줄기 추억을 놓지 않고
오래된 것들을
들길 위에 벗어놓은 것을 보며

나는 엄마 꿈길 어디에
작은 꽃송이 소국들 틈에
다소곳이 다른 빛깔을 뽐내어
엄마와 얼굴을 마주한 채
말을 걸지 않아도
소중한 마음을 전해주어
엄마의 추억 속에 영원히 남아 있는
첫 번째의 꽃이 되어
늘 엄마 입가에 잔잔한
미소를 걸어 주고 싶다.

220101 빨간 행성

윤 지 우
(경남 마산여자고등학교 3학년)

명절이 다가오기라도 하면
맥없이 끊겨버리는 외할머니와 엄마의 통신
행방불명인 것처럼 위장된 신호
손에서 기름 냄새가 난다는 걸 모르게 하고 싶었다

사람들이 식사를 시작할 때
엄마는 다 치우지 못한 그릇을 헹궈내고 있었다
밥그릇이 다 비워지는데도 묵묵히 일을 해야 했다
완벽한 이방인
외로운 뒷모습이 선명해졌다

엄마는 어느 별에서 왔어
질문이 떠오르던 날
사람들이 가득 들어찬 행성으로 향했다

당연하게도 돌아오는 공전 주기처럼 또다시

우리는 모두 같은 성을 가졌는데
엄마만 비틀린 성을 가졌다
모두 동글동글한 머리말인데
왜 이렇게 날카로운 글자들이 가득할까

엄마랑 할머니는 같은 행성에서 왔나 봐
주방 밖을 벗어날 수 없는 가녀린 존재들
상에 절도 할 수가 없대
흩어지는 향냄새 때문에 눈앞이 흐려졌다

고장 난 마음을 가졌는데
진짜 가족이 될 수 있을까
도와주겠다고 건네지는 손길은 얄팍해서
엄마가 붙잡기도 전에 돌아가고 말았다

흘깃 쏟아진 할머니의 운석
무거운 시선이 엄마에게로 떨어졌다
그래도 괜찮다는 이상한 사람
묵묵히 나물의 가짓수가 늘어갔다

〉
멀리 떨어진 엄마의 행성
올해도 도착하지 못할 것 같아
전달되는 말 사이로 웃음소리가 버석거리며 새어 나왔다

둥근 집안에도 꼭짓점은 존재하고
엄마는 모서리에 박혀서 숨죽여 있었다
외계어를 쓴다는 핑계로 아무도 듣지 않고
유음으로만 말하는 집안사람들

헤어지고 나면 훌쩍 떠나버릴 수 있다는 것
엄마는 쉽게 외계인이 되었다
묶어둔 이름이 헤어지고 나면 나도 외계인이 될 수 있을까
이상한 마음
난해한 질문을 가지고 비행선에 발을 디뎠다

사실 우리는 모두 같다는 걸 알고 있잖아
방 한구석에 무릎을 세우고 앉아 잠든 건
낯선 외계인이 아니라 마르고 주름진 엄마였다고
기름 튄 손등의 문양이 아프게 서려 있다.

늦둥이

신 희 수
(대전 동방고등학교 3학년)

엄마의 배가 점점 부풀어 오른다
배 안에는 큰 강이 있다고 했다
1인실이라는 표지판이 세워진 강안에서
작은 손을 쥐었다 폈다 하는 아이
매일같이 주변을 이리저리 둘러보는 것은
아직도 3억 명의 친구들이 주위에 있는 줄 아는 걸까
둥그런 모양으로 몸을 웅크린 채
허파로 가느다란 숨을 내쉰다
눈도 제대로 가누지 못하는 아이는
엄마의 손이 제 피부를 쓰다듬는 것을 아는지
기지개를 펴며 엄마의 배를 툭툭 건드린다
뚜벅뚜벅 엄마의 걸음걸이 소리에 맞춰
파도가 아이의 몸을 이리저리 울렁인다
자신의 성별도 제대로 가늠하지 못한 아이

한 달 한 달의 시간이 켜켜이 쌓여가고
시간과 비례한 엄마의 배가 부풀어 오른다
아이는 조금씩 강가를 탈출할 준비를 마치고
부풀어 오른 배를 따라
강물은 점점 말라가기 시작한다
바닥이 드러난 강가를 뒤로 하고
아이의 머리가 좁은 통로를 비집고 나온다
1인실 강을 갓 탈출한 아이
우렁찬 울음소리가 엄마의 귓가로 스며든다.

달이 강가에 쓰러져

박 하 은
(경기 LCA 국제학교 중학교 3학년)

달이
강가에 쓰러져 흐느낀다

이 검은 밤은
참 무심하기도 하지

창문들은 자기 일이 아니라는 듯
눈만 깜빡이고
아무도 듣지 않을 신음만 내뱉는 가게 간판들

참 이상한 세상이다
세상은 눈부신 경제 성장과
더 행복한 사회를 약속한다
〉

카메라가 세 개 달린 스마트 폰도
수영장이 딸린 집도
가질 수 있으면 다 네 것 해보라고

그런데 무릎이 까여서 불어 달라고 하면
일단 다시 달리라고 한다
오늘 행복을 찾겠다고 하면
내일 이자까지 쳐서 준다고 한다

달이
떠나갈 물살을 잡고 흐느낀다
모두가 이불을 걷어차고
아무 일 없이 하루를 굴려나갈
그 아침을 두려워한다.

앵무과 서울택시(재우교통)

강 찬 우
(경기 중산고등학교 2학년)

택시의 매연에서 앵무새가 흘러나오고 있습니다
기침이 나올 것 같은 언어들을 반복합니다
CS* 가스처럼 단어들이 연기 속에 섞여 들어가면
일상들이 몸속에서 도망칠지도 모르죠
새는 지겹도록 위치를 외웁니다
이곳에선 택시 위에 달린 표지판 때문에 벗어날 수 없습니다
어쩌면 서울은 기사의 죄수 번호
정해진 돈을 매일 다른 간수들로 채워야 합니다
만약 취한 간수가 오면 쇠창살에 갇힌 것처럼
한 자리에서 꼼짝없이 있어야 합니다
앵무새는 어떤 속박의 세계를 읊조리고 있습니다
소음이 큰 문고리와 고장 난 히터를 또박또박 읽는 것 같습니다
기사는 지도를 켜고 사람들의 시선이 모이는 곳으로 갑니다
차 안에선 비슷한 얼굴들이 다양한 토사물을 뱉기도 합니다

트렁크에 쌓아둔 걸레로 그것들을 닦는 게 형벌일 것입니다
그럼에도 브레이크를 밟지 못하는 발목은
생채기를 닮은 족쇄처럼 자국이 남아있습니다
택시의 스키드마크는 흉터처럼 새의 입에서 부유하고 있으며
벗어나지 못하는 언어들로 술집을 지나쳐야 합니다
새벽이 오면 음주운전 아닌 음주운전을 저지릅니다
그러다 다시 잠수하는 가난에 발이 빠집니다
차창에 금 50개가 그어졌습니다
탈옥수의 기억을 가진 기사가 감옥에 다시 들어온 것으로 보입니다
오는 길에 새장 하나를 샀습니다 재깔대는 것들을 가두었습니다
앵무새는 기사가 새장에 들어가는 것을 오래 바라보았습니다.

*CS 가스: 화생방 훈련에 사용되는 화학 가스

정적 바이러스

김모은
(경남 웅천고등학교 2학년)

정적이 종식되었다
라는 문자가 전국을 떠들썩하게 했다
사이비인가 거짓말인가 우리 모두를 상대로
나비가 되기를 기다리는 번데기처럼, 몸을 가득 웅크리고 집 안에 머물던 이들이
하나 둘 껍질을 깨고 나오기 시작했다
세상은 전과는 달랐다
소리가 없어진 이후로 유행하던 뜨개질, 십자수들이 쓰레기통에 넘쳐났고
거리는 클럽으로 가득 찼으며
사람들은 쉬지 않고 말했다 당연하게 단 하나의 민원도 제기되지 않았다
나는 소리가 없어진 이후 친해졌던 친구를 찾아가
그동안의 회포를 풀고자 하였다
내 차례가 끝나고 그가 입을 열었다
나는 느리게 눈을 깜빡였다
그는 아이들을 아이를이라고 발음했고

엄마를 어마

우리 카페 가자를

으리 카헤 가자로 발음했다

나는 그가 가자는 대로 따라가며 주변을 살폈다

그리고 다시 그의 뒷모습을 바라봤다

거대한 산을 앞에 두고 걷는 것만 같았다

그와 대화를 나누는 두 시간 반 동안 나는

다른 생각을 했다

연락을 끊었고 밖을 나가지 않았다

무엇보다 참을 수 없던 것은 느리게 눈을 깜빡인 그 순간이었다

삼 년 전 암전 바이러스가 세상을 잠식했던 그때,

캄캄한 어둠 속에서 말문을 텄던 이가

불이 켜지고 나의 화상 자국을 보며

느리게 눈을 깜빡이던 그때처럼

종식은 멀었다는 것을 느낀 그날처럼

나는 울었다.

둥근 바다

문 하 랑
(인천 고2 학령기 청소년)

지구본을 만지다가 문득 든 생각이
아 나는 물속에서 태어났었지

거꾸로 뒤집혀 바라보던 세상은
온통 굴곡진 투명이었어

당신은 늘 내게 기대하라고 했지만,
막상 물밖에 나서자 물구나무를 선 기분
물에서 살던 내가 물구나무라니

또렷한 모든 것들
그 지나친 명쾌함의 불쾌란,
내가 태어나자마자 물을 토한 까닭
세상을 흐리게, 흐르게, 둥글게 만들기 위해

〉

언젠가 어항에 얼굴을 넣자 엄마는 울었고
갓 태어난 나는 이해할 수 없었어
엄마가 지구를 쓰다듬는 손길은, 그 지진 같은 사랑은
언제나 물길에 실려 오곤 했으니

인간은 어떻게 인간을 만들어내는가
기원 모를 물의 둥근 힘을 빌려서
지구본을 닮은 엄마의 배,
그러니 죽음은 결국 내 고향이라는 걸
이제 물에서 숨을 쉴 수 없는 이유는
이미 허락도 없이 당신이 날 낳아버렸잖아

배를 타고 떠난 가족여행
엄마의 배에 기대 바다를 내려다볼 때
뛰어들고 싶은 충동을 잠재우려
갑자기 시작한 잠드는 척, 그러니까 시체 놀이
그러면 엄마는 내 굽은 등을 쓰다듬고
마치 내가 온 세상인 것처럼
나는 그만둬야 했었지 그런 멸망을 닮은 놀이라니

〉

지구본을 만지다가 문득 든 생각이
아 나는 당신의 배만큼 작았더랬지

판판하고 울렁대는 당신 배에 기대서,
세상에 심장을 부여하는 일이 얼마나 위험하고 무모한지
감히 나의 고동을 들으며 실감하던 날

적도를 따라가 손가락을 멈춰 봐
잘린 탯줄이 거기에 있고
색색의 나라들을 엄지로 문질러,
벌겋게 달아오르면
나는 다시 한번 깨닫는 거지
그건 아토피로 발가벗겨진 내 어린 피부의 오마주

지구본을 만지다가 문득 든 생각이
아, 엄마. 당신의 세상은 물속에서 태어났었지

뛰어들고 싶었던 건 사실 생존 본능
어항에 머리를 넣었던 건 부활의 습관화
우리 운명을 흐리게, 흐르게, 둥글게 만들기 위해
지구본을 껴안으며 나는 배꼽으로 숨을 쉬고

저주처럼 읊조리지, 다음엔 꼭 내가 당신을 낳을게

꾸준하게 반복되는
바다에 빠져 익사하는 상상 그건 결국 윤회의 역사
모두가 누군가의 축소판 지구

이제 물속에선 숨 쉬려 하지 않을게.

오아시스

장 윤 아
(전북 이리여자고등학교 3학년)

책 한 권을 겨드랑이 사이에 끼고 걷는 남자
사막 한가운데 동그랗게 오려져 있다
책을 뒤적거리던 손은 바싹 말라가고
그는 몽당연필을 꺼내 힘겹게 무언갈 적는다

남자의 뒤로 보이는 그림자는 수십 개
빛의 굴절로 만들어진 신기루들이
남자의 세계를 부양하고 있다

매일 밤 심장의 껍질을 벗기는 남자
태양을 마주친 예민한 속살은
붉게 부풀어 오르다 끈적한 삶들을 흘려댄다

길쭉한 몸통에 쏟아지는 가시들

뜨거운 모래 속에 파묻힌 사람들
뱃속에 고인 슬픔으로 목을 축인다

그는 나타날 것이라고 믿는다
열려라, 라고 적으면 나타날 커다란 문을
그 속에서 일광욕하고 있을 몇 명의 사람들
남자는 눈을 따갑게 하던 삶을 문 안에
차곡히 쌓아둔다

남자는 손에 쥔 책을 갓 구운 식빵처럼 뜯어 먹는다
주머니를 뒹굴던 몽당연필도 오도독 씹어 삼킨다
한껏 구겨진 얼굴을 한 남자의 뱃속에는
소화되지 못한 환상들이 뒤엉켜있다

아지랑이 피어오르는 아스팔트 바닥
바싹 마른 시체 옆 놓여 있었다던
낡은 노트 한 권
여러 번 힘주어 눌러쓴 표지에는
오아시스, 라고 적혀 있다.

어느 늦봄의 하루

김 수 진
(대구 도원고등학교 3학년)

오늘 날씨가 참 따뜻하다.
이런 날엔 오른손 약지에 낀 링거는 뽑고 나들이를 가야지.
저기 창밖의 벤치에 걸터앉은 소녀를 봐.
창백한 얼굴을 하고서도 흰 모잘 쓰고 나왔는데
그녀는 갑자기 내 안쪽 손목을 잡아채다.
엄마, 걸친 게 좀 더워 보이는데 벗어두시지, 왜
곧 겨울이네… 아, 괜찮다니까, 내가 신을게.
오늘 어디서 화재가 났나 봐. 온종일 뉴스에 그 이야기뿐이네.
와, 하늘이 진-짜 파랗다. 근데 사람이 왜 한 명도 없지
소녀는 곧 스러질 얼굴을 하고서도 나와서 햇볕을 즐기는데, 부럽다.
저기요, 저 아이 아세요? 그 분은 아무렴 잘 안다고 한다.
그 애도 참- 독하다.
심하게 백혈병을 앓고서 시한부 9개월을 선고 받았는데
일주일이 더 지나도 용케도 살아 있댄다.

그다지 불쌍하다는 생각은 들지 않다. 나라고 뭐 다를까.
공기가 일렁일렁 익어가는 게 보이다.
좀 더운 것 같다. 비가 오면 좋겠다.
우습게도 내 모습이 마치 물에 녹은 시체 같다.
이렇게 눈물이 날 정도로 웃은 지가 언제인지 기억이, 기억이…

그녀의 입가엔 웃음만이 아득이다.
소녀의 어깨에 무거운 빗방울이 떨어지다.

이글이글

김 지 은
(경기 GIA micro school Mbcc고등학교 3학년)

짐승의 머리 뿔 조심하며 평평한 동심원 속 걷다 보면 상처 난 어깻죽지 신경 쓰이고
거리거리 고꾸라진 잔꽃 꺾다 정신 차리니 개의 목소리가 짐승과 닮을 때 있어
단단한 이빨 사이 하얀 낯빛을 띤 소년아
엎어지자
일어나자
고꾸라지자
상상하자
조금만 더….
높은 곳에서 본 공기의 모양들이 피부와 맞닿을 때까지

달리자
넘어지자
그림자가 하나가 되고 목소리는 헤아릴 수 없어진다
조금만 더….

인사는 기본인 21세기에 점조차 찍히지 않은 종잇장을 갈래갈래 찢을 때는 어떤 기분이지
알려 줘
조금만 더….
바다에 데여 타버린 이글이글
눈이 녹아 시력 잃은 이글이글
평평한 땅 밟으면 내가 네가 되고 네가 내가 되는 곳으로
어쩌면 우리 둘은 닮았을지도 모르겠다.
너는 알지.

소라게

안 선 용
(경기 안양예술고등학교 3학년)

밀물이 흰 거품을 물고 올 때
소라 속으로 한쪽 귀를 모아본다

저 수평선으로부터
녹슨 바다를 옮기는 나는
모래사장에 묻힌 문장을 발견했다

몸에 맞는 껍데기를 찾는 것은
글을 쓰는 시인의 뒤를
따르는 것 같아서

파도의 무늬를 빌린
나는 반쯤 들어오는 햇살에도
창문의 커튼을 치고 있다

＞
불안이 패각되면서 커지고
단단해지고 다시 연해지기까지
붉은 속살을 드러내지 않기 위해
나는 지금도 집을 떠나고 있다

소라였는지 게였는지 모를
껍질 없는 문장은 빈껍데기일 뿐

나는 몸만으로
밖을 돌아다니지 못하고

차가운 방바닥에 누워
조용히 계단을 오르고 있는
사람한테 귀 기울인다.

중력과 민들레

유 지 현
(서울 광영여자고등학교 3학년)

초여름 작은 나비들이 나풀나풀,
세상을 가벼이 서성거리다
질 좋은 흙도 늘 푸른 산도 아닌
그저 아스팔트 도보 위에 틈새에
바람은 매정히 던져버린다.
조금 안쓰러워 살짝 옮겨주면
다시 힘없이 바람에 던져져
아, 참 얄궂은 운명인 것이다.
어찌어찌 간신히 정착한다 한들
뜨거운 햇빛에 곧 지져지리라
그나마 가을에 운 좋게 해를 피해도
미친 듯한 추위에 얼어붙어버리리라
아마 뜨거운 햇빛이 그리울 만큼
나는 그저 무심히 내버려 두었다.

그 힘없는 것은 별 볼일 없을 거라고
어느새 겨울은 그들을 괄시하듯
힘만 잔뜩 부풀리다 떠나가고
바라던 봄이 왔을 때, 그들은
괜찮다는 듯 파헤쳐 나와 버린다.
누군가 무참히 밟아도 꿋꿋하게
무거워 보이는 시련과 압박은
참으면 중력과 같은 것이라면서
나는 참 기특해 보였다.
그래 너희는 꽃 한번 크게 피워보아라
다시 나비 되어 중력을 벗어날 때까지
다시 내려간들 기세 좋게 비상할 너희일 테니 난
몇 번이고 갸륵히 바라봐 줄 테니 라며.

번아웃

최 서 현
(경기 고양예술고등학교 3학년)

종이를 넘기던 손가락에 힘이 풀린다
스르륵
중지 손가락 마디 사이에서
아무도 모르게 살이 벌어진다

피는 이파리 끝 물방울처럼 맺힌다
어디서 흘러나왔는지 모를,

나는 언제나 아무도 모르게
숨어있었지
어딘가에서 태어나 어딘가로 사라지는지도 모르는 채
점점 무뎌지고,
빈칸이 채워지지 않은 프린트들이 쌓여간다
〉

너는 나를 몰라
나도 너를 몰라
우리는 서로를 모르는데

검지 손가락과 중지 손가락을 비튼다
손가락들을 놀리고,
우리는 서로를 놀렸지

헛바닥을 깨물어
새어나오는 피를 삼키는 동안

여전히.

제 2 부

산문부문 당선작품

그레이트 블루홀

이 다 현
(경기 덕계고등학교 3학년)

그 애는 바다를 좋아했다.
나는 바다를 좋아하는 그 애를 좋아했다.

나는 바다를 좋아하는 그 애를 좋아했다. 그 애와 같은 중학교, 같은 고등학교를 나온 탓에 나는 그 애를 알고 있었다. 내가 그 애를 알았던 것처럼 그 애도 나를 알았을지는 모르겠고 내가 그 애를 잘 안다고는 할 순 없었지만, 어찌 됐든 나는 그 애를 알고 있었다.

그 애는 아는 친구는 많아 보였지만 자신의 곁을 내어줄 만큼 친한 친구는 없어 보였고, 공부도 열심히 하고 학교도 성실히 다니는가 싶다가도 한 번씩 학교를 안 나올 때가 있었다. 어딘지 모르게 붕 떠 있는 것 같은 그 애는 가끔 금방이라도 사라질 것 같은 얼굴을 했다. 수업을 듣다가도 창밖을 바라보며 알 수 없는 표정을 지었고, 반 친구들과 재밌게 얘기하다가도 어느 순간 조용해져 시끄럽게 떠드는 아이들을 아무 말 없이 바라보았다. 입가는 미소를 띠고 있었지만 어딘지 모르게 그 아이의 눈은 슬퍼 보였다.

어느 날이었다. 언제였는지 정확한 날짜는 기억할 수 없지만, 비가 많이 오는 날이었다. 예고 없이 내린 비라 우산이 있는 아이들보다 없는 아이들이 더 많았다. 그 애도 우산이 없는 아이 중 하나였다. 친구의 우산을 같이 쓰는 아이, 비를 조금이라도 덜 맞겠다고 뛰어가는 아이 등 많은 아이가 빗속을 뛰어갈 때, 그 아이는 세차게 떨어지는 비를 바라보다 조용히 빗속으로 발걸음을 옮겼다.

왠지 모르게 그날따라 그 아이를 붙잡지 않으면 안 될 것 같았다. 조용히 후드 모자를 쓰고 빗속을 천천히 걸어가는 그 애를 그냥 보내면 안 될 것 같았다. 지금 생각해봐도 왜 그런 생각이 들었는진 모르겠다. 그냥, 그러면 안 될 것 같았다.

그 애는 갑작스레 내민 우산에 놀란 것 같았다. 어떻게 보면 그 애가 놀라는 것도 무리는 아니었다. 학교에서 그 애와 나는 어떠한 접점도 없었고, 기껏해야 같은 반 학생이라는 명칭으로 정의 내릴 수 있는, 정말 별거 아닌 관계였기 때문이다. 집이 어디냐는 나의 물음에 그 애는 세하아파트에 산다고 답했고, 나 역시 같은 아파트에 살았기에 아이와 나는 하나의 우산 아래에서 빗속을 걸어갔다.

비가 내리고, 우산은 빗방울을 튕겨냈다. 거리는 빗방울이 한데 모여 만든 웅덩이 투성이였고, 우산이 미처 튕겨내지 못한 빗방울이 그 애의 신발과 나의 다리를 적셨다. 세상은 빗소리로 가득 찼지만, 함께 쓴 우산 속은 침묵뿐이었다. 그 고요함이 어색하진 않았다. 오히려 어설픈 말 한마디가 그 애를 불편하게 만들 것 같았다. 그래서 나는 그저 그 애의 어깨가 조금이라도 덜 젖기를 바라며 우산을 그 애 쪽으로 기울이는 것밖에 할 수 없었다.

그 애가 사는 곳까지 다다랐을 때, 나는 내일 보자고 했고 그 애는 어떠한 미사여구도 늘어놓지 않고 간결하지만 담백하게, 어쩌면 그 애답다고 할 그저 고맙다는 말만 남긴 채 집으로 올라갔다. 나는 유리문 너머로 걸어가는 그 애의 뒷모습을 한참이고 바라봤다. 학생이라면 누구나 매고 다니는 책가방은 유달리 그 애에게만 무거워 보였고, 젖은 후드 모자가 그 아이의 심정을 대변해주는 것 같은 착각이 들었다. 나는 그 애를 잘 몰랐지만, 그런데도 나는 그 아이에게 집은 새장과도 같은 곳이겠구나 하는 주제넘은 짐작을 했다. 그 애가 사라진 후에도 나는 아이가 서 있었던 자리를 곱씹으며 서 있었다.

다음 날, 그 아이는 학교에 오지 않았다. 조금이나마 맞은 비가 그 앨 아프게 했는지 선생님은 그 애가 아파서 오지 못한다고 했다. 아무것도 몰랐던 나는 선생님의 얘기를 믿었고, 그저 그 아이가 아프지 않기를 바랄 뿐이었다.

그 아이는 비가 오고 이틀이 지나서야 학교에 왔다. 아팠다는 선생님의 말씀과 달리, 그 애는 아픈 기색이 보이지 않았다. 그래서 나는 그 아이의 아픔이 괜찮아진 줄 알았다.

학교가 끝나고 그 애는 나에게 같이 집에 가자고 했다. 그 애와 나는 친하지 않았기에 같이 하교하는 일이 없었던 터라 당황했지만, 거절할 이유가 아무것도 없었던 나는 알겠다고 했다. 그야말로 갑작스러운 동행이었기에 나는 그 애에게 무슨 말을 해야 할지 몰랐다. 지난번과 달리 정적은 어색한 공기를 만들어 냈다. 집에 거의 다 와서야 나는 침묵을 깨고 그 애에게 아픈 건 괜찮냐고 물었다. 그 애는 놀랍게도 자신이 아프지 않았다고 답했다.

엄마가 아팠어.

담담한 말투로 그 아이는 이야기를 계속했다. 그 아이의 말을 따르면 그 애는 자신의 엄마가 아파서 응급실에 갔는데 보호자가 없어 자신이 보호자로 갈 수밖에 없었다. 링거를 맞고 잠든 엄마의 손을 잡고, 뚝뚝 떨어지는 링거액을 보며 그 애는 많은 생각을 했다. 그리고 그 많은 생각에 내가 있었다.

보호자 침대에 앉아있는데, 웃기게도 내일 보자던 네 말이 생각났어.

그래서 학교에 온 거야.

그 애의 이야기를 듣고 나는 아무 말도 할 수 없었다. 처음으로 마주한 타인의 우울, 타인의 힘듦, 타인의 깊음. 어린 나는 그것들을 듣고 해줄 말이 아무것도 없었다. 어설프게 위로의 말을 건넸다간 오히려 그 아이에게 상처를 줄 것 같았고, 그래서 나는 그저 고개를 끄덕이는 것밖엔 할 수 있는 것이 없었다.

그 아이의 집에 도착하고 그 애가 유리문을 넘어가기 전, 내게 내일 보자고 했다. 뜻밖의 말에 나는 미처 대답하지 못했고, 그 아이는 내 대답을 기다리지 않고 홀쩍 사라졌다.

그 뒤로 나와 그 애는 같이 하교하기 시작했다. 내가 청소로 늦게 끝나는 날엔 그 아이가 나를 기다리고 있었고, 그 애가 선생님의 부탁을 들어주느라 여기저기 뛰어다니는 날엔 내가 그 애를 기다리고 있었다. 같이 하교한다고 해서 내가 그 애와 친해졌음을 의미하는 건 아니었다. 학교에서 그 아이와 나는 그 전과 달라진 것이 없었고, 단지 하교를 같이할 뿐이었다. 같이 하교하면서 나와 그 애가 많은 얘기를 나누는 것은 아니었다. 오히려 아무 말 없이 조용히 하교하는 날이 더 많았다. 그래도 그 애는 종종 자신의 얘기를 하곤 했다.

그 아이는 끝을 싫어한다. 그 애는 자신의 엄마가 아빠가 교통사고로 돌아가신 후, 엄마가 자신이 아닌 술과 살았다고 말했다. 엄마가 술만 마시면 다 끝낼 거라고, 모두 끝이라고 소리지른다고 덧붙였다.

　나는 그런 엄마가 싫었어. 다 끝이라고 하는 게 싫었어.

　엄마의 끝을 바라보는 게 싫었어.

　근데 이제는 엄마의 끝뿐만이 아니라, 어떤 것이든 마지막이 싫어졌어.

　그래서 난 졸업식도 싫어해, 어찌 됐든 마지막이라는 의미니까.

　그리고 그 애는 바다가 좋다고 했다. 바다가 왜 좋냐는 나의 물음에 그 애는 매번 다르게 얘기했다. 어느 날은 바위에 부서지는 파도의 모습이 예뻐서, 라고 말했고 또 어느 날은 햇살에 반사되어 반짝이는 물결의 모습이 아름다워서, 라고 했고 또 어느 날은 깊이를 알 수 없을 만큼 어두운 바다의 색깔이 맘에 들어서, 라고 답했다. 그 애는 나의 질문에 매번 다르게 답했지만 결국 마지막엔 바다가 끝이 안 보여서 좋다고 답했다. 그 애가 끝을 싫어한다는 걸 몰랐다면 그게 왜 좋은 건가, 생각했을 터이다. 그 아이는 끝을 싫어해서, 마지막이 없는 것 같은 바다를 좋아하는 건 당연했다.

　마지막으로 그 애는 공부를 잘했다. 그 아이는 자신이 궁금한 게 많아서 공부한다고 말했다. 그 애는 지금보다 어렸을 적, 알고 싶은 게 많아 선생님께 이것들을 어떻게 해야 알 수 있냐고 물어봤었다. 그러자 선생님은 공부하면 된다고 답했다. 공부하면 자신의 의문점을 해결해주고 모르는 것을 알게 해준다고 했었다. 그래서 그 아이는 공부를 시작했다고 말했다. 자신의 의문점을 없애고 자신이 알지 못하는 자기 자신에게 하는 질문의 답을 찾으려고 공부를 한다고 말했다.

　우리 엄마는 언제쯤 끝날까.

나는 언제쯤 끝날까.

네가 이 질문의 답을 안다면, 나한테 꼭 말해줘.

그 아이와 하교하기 전에는 그 애가 나와 달리 잘 지내는 줄만 알았다. 평범한 가정에서 자랐지만, 어딘지 모르게 부족했던 나와는 다르게 충족한 삶을 살아온 줄 알았다. 그 애의 얘기를 알기 전에는 그 아이가 아무 일 없이 무사히 잘 자라온 줄만 알았다. 그러나 그러지 않았다. 그 아이의 얘기를 듣고 함부로 넘겨짚었던 나 자신이 부끄러워졌다.

어느 날이었다. 그 아이는 학교에 오지 않았다. 그 애가 오지 않는 것은 가끔 있는 일이어서 그날도 선생님은 그저 아프다는 말밖에 하지 않았다. 나는 오랜만에 혼자 하교하면서 그 애가 괜찮았으면 좋겠다고 생각했다. 그다음 날, 그 애는 멀쩡하게 학교에 나왔고, 아픈 건 다 괜찮냐는 주위 친구들의 물음에 그 아이는 괜찮다고 답했다. 그래서 나는 그 애가 학교에 오지 않는 게 단순히 아파서인 줄만 알았다.

느지막이 청소가 끝나고, 하교하면서 나 또한 그 애에게 괜찮냐고 물었다. 학교에선 괜찮다고만 답했던 그 애가 그제야 안 괜찮다고 답했다.

나 하나도 안 괜찮아.

물어보면 맨날 괜찮다고만 했는데 안 괜찮다고 하니까 조금 이상하네.

어디가 아픈 거냐고 묻자 그 애는 자신의 가슴께를 가리키며 여기가 아파, 라고 답했다. 그 애는 마음이 아팠다. 자신도 왜 아픈지 모르겠다고 했다. 그저 어느 날에 자신의 마음이 아프단 걸 깨달았다고 말했다.

그걸 깨달은 날, 처음으로 학교에 안 갔어.

무작정 지하철을 타고 아무데나 내렸어.

그리고 그날, 바다를 봤어.

골목길을 따라 걷다 보니 길의 끝에서 바다가 보였어.

난 아직도 그날의 바다를 잊지 못해. 넓은 모래사장, 머리 위를 비행하는 갈매기 떼, 그리고 푸른 바다

그 푸른 바다가 아픈 내 마음을 치유해주는 것 같았어.

내 마음을 안고 나를, 위로해주는 것 같았어.

그날 있었던 일을 회상하는 그 애가 비로소 살아있는 것 같았다. 학교에선 볼 수 없었던 생기로 가득 찬 눈, 그 애답지 않게 흥분한 목소리. 그걸 보고 나서야 깨달았다. 그날 본 바다가 그 애를 살렸구나. 바다가 그 애를 숨 쉬게 하는구나. 오직 바다만이, 그 아이의 구원이 될 수 있겠구나.

그래서 그 애는 학교에 오지 않았다. 아니, 학교에 올 수 없었다. 만일 학교에 왔었다면 그 아이는 금방이라도 바스러졌을 것이다.

가끔 문득, 죽고 싶을 때가 있어.

이렇게 사는 게 무의미하다는 생각이 들 때가 있어.

그럴 때마다 나는 바다를 찾아가.

내가 처음 봤던 바다를 찾아가.

그날의 나를 살린 바다를 찾아가.

그 바다를 바라보면, 그제야 내가 살아있다는 생각이 들어.
그제야 내가 뭍 위에서 숨 쉬고 있구나, 생각이 들어.

그 애를 살리는 것은 바다였다. 깜깜한 지하에서 숨 쉴 수 없어 금방이라도 숨이 넘어갈 것 같던 그 애를 땅 위로 올려놔 맑은 공기로 숨 쉬게 만든 것은 바다였다.
나중에 시간이 지나면 그 바다에 들어갈 거야.
나를 살렸던 그 바다에 들어가 평생을 살 거야.

자신을 살린 바다에 살겠다는 그 아이에게 나는 아무 말도 할 수 없었다. 그 애를 살리는 것이 내가 되겠다는 당찬 포부를 밝힐 수도 없었고, 네가 그러지 않았으면 좋겠다고 조심스럽게 얘기할 수도 없었다. 그 아이의 무거움을 같이 들어주겠다고 얘기하지도 못했다. 그렇게 얘기하기엔 나는 아직 그 애가 가진 슬픔의 깊이를 몰랐고, 섣불리 얘기할 수 없어 나는 그 애를 집으로 보낼 수밖에 없었다.

그 아이의 얘기를 들으면서 나는 그 애가 어딘지 슬퍼 보인다고 생각했다. 분명 그 애는 슬펐을 것이다. 그러나 그 애에 대해 많다고 하면 많을, 적다고 하면 적을 얘기들을 들었지만 나는 여전히 그 애가 왜 슬픈지 몰랐다. 나는 그 슬픔의 이유가 궁금했다. 그 아이를 무겁게 하는 것이 무엇인지, 왜 무엇 때문에 그 애가 우울을 품고 있는지 알고 싶었다.

시간은 흘러 어느덧 졸업식이 코앞이었다. 끝을 싫어하는 그 애가 학년의 끝이 다가옴에도 불안한 기색이 없어 보였다. 다른 아이들과 웃으며, 미래의 얘기를 나누며 잘 지내는 것 같았다. 그리고 그것은 나의 착각이었음을 졸업식 당일이 되어서야 깨달았다.

　그 아이는 졸업식에 오지 않았다. 학교에서 그 애를 볼 줄 알았던 나는 그 애가 없다는 것을 알고 당황했지만, 어떻게 보면 끝을 싫어하는 그 애가 졸업식에 오지 않은 것은 당연하다 생각했다. 졸업식을 새로운 시작이라고들 하지만 결국에 학생으로서의 끝, 청소년으로서의 끝, 가벼운 인연의 끝을 의미하기도 하니까. 나는 졸업식에 오지 않은 그 애가 어디로 갔을지 알 것 같았다. 집을 싫어하는 그 애가 어디에 있을지 짐작됐다. 그래서 나는 주인을 찾지 못한 졸업장을 들고 그 애가 있는 곳으로 향했다.
　그 아이는 자신을 살린 바다에서, 끝이 보이지 않는 바다에서 마지막을 바라보고 있었다.
　여기서 뭐 해?
　그냥, 바다를 보고 있어.
　무슨 생각해?
　바다의 끝은 끝이 없구나, 생각하고 있어.

　여긴 왜 왔어?
　졸업장 주려고.
　갖다 줘서 고마워. 오느라 고생했어, 이제 돌아가.
　그러고 싶지 않아.
　왜?
　널 두고 가면 내일 너를 보지 못할 것 같아서 못 가겠어.

그 애를 두고 가면 나는 그 애의 마지막을 볼 것 같았다. 끝을 싫어하는 그 아이가 자신의 끝을 찾으러 갈 것 같았다.

넌 항상 내가 쓰러질 때마다 나를 일으켜 세우더라.

예전에도 그랬어.

그때나 지금이나

넌 몇 번이나 나를 살리는구나.

나는 그 애의 구원이길 바랐다. 그 애의 우울을 알게 된 뒤로부터 나는 그 아이의 웃음이 되어주고 싶었다. 그 애가 어깨에 짊어진 짐들을 같이 견디며 그 애의 우울을 이해해주고 싶었다. 그 애를 살린 것은 바다였지만, 그 아이가 살아가게 하는 것은 나이길 바랐다. 그 애의 발받침이 되어 그 애가 살 수 있게. 최선이 아니어도 최악은 아닐 수 있게 하고 싶었다.

20살, 미성숙한 아이의 끝자락과 어설픈 어른의 시작에서야 나는 비로소 그 애를 살릴 수 있었다.

나는 끝을 생각하는 것이 싫어서 새로운 관계를 시작하는 것도 두려워.

그래서 깊은 관계를 갖는 것이 나한테는 정말 어려운 일이고, 그만큼 많은 용기가 필요해.

근데 너라면, 그런 깊은 관계를 만들어가도 괜찮을 것 같아.

사실 지금도 무서워. 너와 깊은 관계를 만들어간다고 생각하니까.

근데 지금은 마지막이고 뭐고, 아무것도 생각하고 싶지 않아.

너만큼은 끝을 생각하고 싶지 않아.

너만 괜찮다면, 나랑 새로운 이름으로 시작해보지 않을래?

그 아이와 새로운 관계가 된 이후로 나는 그 애의 힘듦을 조금 더 알게 되었다. 그 애는 자신이 아닌 술과 사는 엄마와 같이 살고 싶지 않다고 했지만, 자신이 곁에 없으면 엄마의 마지막을 볼 것 같아 차마 집을 떠날 수 없다고 했다. 그리고 그 애가 종종 학교에 가지 않은 이유가 바다로 향해서이기도 했지만, 술을 마신 엄마가 소리 지르며 물건을 부숴 그런 엄마를 말리려다 다치기도 해서 갈 수 없었다고 말했다. 자신이 다칠 때도 있었지만, 엄마가 다치는 경우가 많아 보호자라는 이름으로 병원에 가느라 학교에 갈 수 없었다고 덧붙였다.

그 애는 공부를 잘했기에 좋은 대학에 진학할 수 있었고, 나는 공부에 흥미가 없어 대학에 가는 것 대신 카페에서 일하기 시작했다. 그 애는 종종 내가 일하는 카페에 찾아왔고, 내가 일하는 모습을 지켜보는 듯하면서도 자신의 과제를 해결해 나갔다. 대학을 다니면서 그 애는 별 탈 없이 하루, 하루를 보냈고, 대학을 졸업할 때가 되자 나는 그 애가 또 한 번 졸업식에 없을까 걱정했지만, 불행인지 다행인지 그 애는 자신의 졸업식에 나타났다.

대학을 졸업하고 그 아이는 한 잡지사에 취업했다. 공부도 잘했지만 글 쓰는 것 또한 잘했던 그 애는 글을 쓰고 싶다며 잡지사에서 일하기 시작했다. 자신이 원하는 것을 하기 시작한 그 애가 생기 있게 살아갈 줄 알았다. 그러나 그것 또한 나의 착각이었다.

회색 건물은 그 아이에게 어울리지 않았다. 그 애에게 맞지도 않았다. 암만 자신이 원하는 일을 하고 있다고 해도, 먼지덩어리 건물은 그 아이에게 독이었다. 잿빛 도시는 그 아이의 마음을 점점 아프게 했고, 그 애를 가만히 내버려 뒀다간 그 아이가 금방이라도 먼지가 될 것만 같았다. 그래서 나는 그 아이에게 바다에 가자고 말했다. 바다가 보이는 집에서 살자고 말했다. 푸른 바다는 그의 색이 선명해서 자신의 색이 흐릿해진 그 애의 색깔을 되찾아 줄 수 있을 것 같았다. 어린아이를 살린 것처럼, 다시 한번 그 애를 살릴 수 있을 것 같았다. 그래서 나는 그 아이에게 바다가 보이는 집에서 살자고 했다.

다음날부터 그 애는 바다가 보이는 집에서 살기 시작했다. 먼지 가득한 공기를 벗어나 바다 내음이 가득한 곳에서 살아가기 시작했다. 밥을 먹을 때도, 집에서 일할 때도, 잠자리에 들기 위해 집안의 불을 다 끄고 침대에 누울 때도 바다가 보이는 집에서 살았다. 그 애는 캄캄한 방에서 바다를 바라보면 자신이 바다 속에 있는 것 같다고 말했다. 어둡게 빛나는 바다와 함께 잠이 들면 금방이라도 자신의 머리맡으로 물고기가 헤엄치며 지나갈 것 같다고 했다. 그리고 잠에서 깨면 바다가 보이는 것이 퍽 맘에 든다고 덧붙였다.

그 애는 자기 삶과 바다를 떼려야 뗄 수 없는, 어딜 봐도 바다가 보이는 집에서 살았다.

그 애의 집은 사람이 살아가기에 필요한, 정말 최소한의 물건만 있었다. 사람 사는 집 같지 않다는 나의 농담에 그 애는 사람 사는 집이 아니라고 웃으며 답했다. 그 애의 답변이 맘에 들지 않았던 나는 그 아이에게 눈을 흘겼다. 그 애의 집을 둘러보면서 부족한 것이 무엇인지 살폈다. 그리곤 마트로 곧장 가서 그 아이에게 없는, 그 애에게 필요하다고 생각되는 물건들을 잔뜩 샀다.

집으로 돌아와서 산 물건들을 내려놓고 집 정리를 시작했다. 나의 손길로 하나, 둘 채워진 집은 그제야 사람 사는 집 같아 보였다. 그 애는 그러지 않아도 괜찮다고 말했지만, 나는 대답 없이 그저 묵묵히 그 애의 집을 채워갈 뿐이었다. 그 애가 사는 집이 사람 사는 집이 되기를, 그 아이가 사람 사는 집에서 살길 바라며 그 애의 집을 채워갈 뿐이었다.

덕분에 그 애의 집은 나의 손길이 닿지 않은 구석이 없었다. 유리잔 하나, 밥그릇 하나, 사소한 거 하나부터 책상, 의자, 침대까지도 모두 나의 손길이 닿아있었다. 나는 그 아이의 집에 내 흔적을 남겼다. 아이러니하게도 그 애의 집이었지만, 그 애의 흔적보다 나의 흔적이 더 많았다. 그래서 나는 그 애의 집에 갈 때면 그 아이의 집이 분명했지만 마치 내 집과도 같이 느꼈다.

나의 일이 끝나고, 그 애의 일도 끝나면 그 애는 매일 내 손을 잡고 해변을 하염없이 걸었다. 해가 지는 바다를 바라보며, 천천히, 자신만의 속도로 내 손을 잡고 해변을 걸었다. 발자국을 지우는 파도를 바라보며, 해를 삼키는 바다의 지평선을 바라보며, 자신의 발을 간지럽히는 물을 바라보며 해변을 걸었다.

나는, 바다를 바라보는 그 애를 바라보며 걸었다. 금방이라도 바다로 걸어 들어갈 것 같은 얼굴을 한 그 애를 바라보며, 무슨 생각을 하는지 종잡을 수 없는 그 아이의 눈을 바라보며, 그 애의 손을 잡고 해변을 하염없이 걸었다.

바람이 머리칼을 엉망으로 만들고, 저녁노을이 우리를 붉게 물들이면 세상은 점점 어두워졌지만 그럴수록 그 애의 얼굴은 환해졌다. 바다를 보는 그 애의 얼굴은 어린아이가 선물을 받은 것같이 기쁨을 담고 있었다. 천진난만한 아이의 웃음과도 같이 맑은 미소로 바다를 보고 있었다.

그런 그 애의 얼굴을 볼 때면 나는 그 미소의 끝에 내가 있기를 바랐다. 그 애의 시선에 담겨 있길 바랐다. 그 아이의 웃음이 내가 되어, 그 애의 곁에 있을 때마다 그 애가 웃기를 바랐다.

그 아이에게 바다는 축복과도 같았지만 나는 바다가 텅 빈 도화지 같았다. 바다는 너무나도 넓어서 많은 생명체를 담을 수 있고, 실제로 그랬음에도 넓은 바다는 꽉 채워질 수 없어 어딘가 공허해 보였다. 그래서 어느 날에 나는 바다가 너무 공허하지 않으냐고 물어봤다. 많은 것이 담겨있음에도 어딘지 모르게 비어 보인다고, 그래서 바다가 공허해 보이지 않으냐고 물었다. 그래서 바다를 좋아한다고 그 애는 답했다. 모든 것을 담고 있으면서도 어딘지 모르게 비어있는 것 같지 않으냐고, 그래서 바다를 좋아한다고 답했다.

바다가 비어있는 것 같은 게, 꼭 나 같아서 좋아.

그 애는 바다를 마치 자신의 잃어버린 쌍둥이를 찾은 듯이 애틋하게 바라봤다. 바다에 자신의 전부를 두고 온 것처럼, 자기 고향을 바라보는 것처럼 바다를 바라봤다. 자신의 모든 것을 바라보듯, 자기 자신을 바라보듯, 자신을 투영하여 바다에 애정 어린 시선을 보냈다. 나는 그 아이가 그렇게 바다를 볼 때, 그 아이가 바다처럼 텅 비어있는 것 같았다. 그 애의 곁엔 분명 내가 있고, 그 애의 삶에도 무언가가 있음에도 나는 왠지 모르게 그 아이가 바다처럼 공허해 보였다. 그래서 나는 비어있는 그 애의 속을 채워주고 싶었다. 음식이라는 물리적인 것으로는 채워지지 않을 그 애의 속을 가득 차게 만들고 싶었다. 중요하지 않은 것부터 중요한 것까지. 그 애의 관심사부터 나의 관심사까지. 세상의 모든 것을 가져와 그 애의 속을 메우고 싶었다.

언젠가 그 애는 바다에서 부는 바람은 너무 세서 자신이 날아가 버릴 것 같다고 말했다. 그리고 그런 자신을 누군가가 붙잡아줬으면 좋겠다고 덧붙였다. 나는, 내가 그 누군가가 되어주고 싶었다. 그 애가 날아가지 않게, 거센 바다가 그 아이의 몸을 휩싸고 날아가 높은 하늘에서 덜컥 그 아이를 놓지 않게 그 애를 붙잡아 줄 누군가가 되어주고 싶었다. 그 애는 마음도 텅 비어 내 눈에는 가벼워 보였다. 그래서 그 애가 말한 것처럼 바다에서 세게 부는 바람이 그 아이를 날려 보내지 않게 꽉 잡아놓고 싶었다.

바다가 모래 위에 그리는 그림은 매번 달랐다. 파도가 한 걸음 다가와서 그림을 그리고 가면 햇볕이 파도의 그림을 지웠다. 자신의 그림이 지워지는 걸 알면서도 파도는 계속 한 걸음 다가와 모래 위에 그림을 그리고 갔다. 파도가 그린 그림의 가장자리를 눈으로 좇다 보면 그림은 어느샌가 사라졌다. 나는 파도가 그린 그림처럼 그 애가 사라지지 않기를 바랐다. 바다가 그 애의 색을 만들어 주고 있었지만, 그 애는 아직 본연의 색이 돌아오지 않아 흐릿했다. 그래서 나는 아이의 색이 영영 돌아오지 않아 흐릿해져 사라지지 않기를 바랐다.

여느 날처럼 바다를 걷던 날, 그 애는 비가 오던 날을 기억하느냐고 물었다. 학창 시절 비를 맞으며 걸어가던 자신을 멈춰 세운 나를 기억하느냐고 물었다.

나는 단 한 번도 그날을 잊은 적이 없었다. 나는 나와 그 아이를 이어준 그날을 생생하게 기억한다.

그 애는 비가 오던 그날, 뛰어내리려 했다고 말했다. 자신이 사는 8층을 지나 옥상으로 올라가 비와 함께 하늘에서 바닥으로 떨어지려 했다고 말했다. 그날 내가 자신을 붙잡지 않았더라면, 내가 같이 우산을 쓰지 않았더라면, 내가 내일 보자고 하지 않았다면, 자신에게 오늘은 없었을 것이라고 말했다.

그리고 그다음 날, 응급실에 간 엄마의 손을 잡고 후회했다고 했다. 어제 떨어졌더라면, 자신은 이곳에 없어도 되었을 것이라고. 오늘 이렇게 숨을 쉬고 있어 후회하지 않았을 것이라고. 파들파들 떨리는 손으로 엄마를 부여잡고 엄마의 마지막일까 조바심에 떨고 있지 않았을 것이라고. 그렇지만 그때도 내일 보자던 내 말이 생각이 났다고 했다. 그래서 다음 날 학교에 간 것이라고 말했다. 졸업식 날, 자신을 살렸다고 말한 것이 이 일이라고 덧붙였다.

그때, 왜 나랑 같이 우산을 쓴 거야?

모르겠어.

그냥, 그날따라 친하지도 않은 너와 같이 우산을 쓰고 싶었어.

그 애의 친구는 불안이었다. 불안은 항상 그 아이와 함께였고, 그 애의 삶에서 불안이라는 이름의 친구는 지울 수 없는 존재였다. 그것의 힘이 약해질 때도 있어 가끔 그 친구의 존재를 잊게 되지만, 그럴 때면 불안은 늘 자신을 잊지 말라며 자신이 존재함을 상기시켰다. 나는 그 애의 곁에서 불안이 그 애를 잠식하던 모습을 지켜봤고, 해줄 수 있는 것이 아무것도 없었던 나는 그저 떨리는 그 아이의 손을 붙잡으며 불안이 그 애의 친구가 아니게 되길 간절히 바랄 뿐이었다.

그 애는 불안이라는 친구 때문에 가끔 두렵다고 말했다. 자신이 살아간다는 것이, 내가 자신과 이 관계를 이어간다는 것이, 언젠가 마주해야 할 마지막이 두렵다고 말했다. 나 또한 겁이 났다. 그 애가 두려워하는 게 나는 두려웠다. 그 애가 불안과 같이 살아가는 것이, 두려움을 느끼며 살아가는 것이 무서웠다. 그 아이가 차가운 손을 떨며 내게 말할 때마다, 낭떠러지에 간신히 서 있는 그 애의 발이 미끄러져 떨어지려 할 때마다, 그 애의 마지막을 느낄 때마다 나는 늘 두려웠다.

그 아이와 나는 두려움과 함께 살아가는
아니
죽어가는 존재였다.

그 애의 행동 하나, 하나에도 민감하게 반응할 정도로 그 아이는 내게 커다란 의미였다. 그 애가 나의 세상을 넓혔기에, 무채색으로 가득하던 나의 세상을 다채롭게 칠하고 무기력하게 살아가던 나를 생기롭게 만들었기에, 나의 세상을 그 아이가 만들었다고 해도 과언이 아닐 정도로, 그렇기에 그 애는 나의 전부였다. 내 세상에는 오직 그 아이밖에 존재하지 않았다.

그래서 나도 그 아이의 전부가 되고 싶었다. 이미 바다라는 존재가 그 애의 세상 전부임을 알고 있으면서도 바다가 아닌 내가 그 애의 세상 전부가 되고 싶었다.

만일 내게 그 아이가 없었다면 나는 반쪽만을 가지고 살아갔을 것이다. 나는 반쪽짜리 인간이어서 그 애가 필요했다. 나의 부족함을 그 아이가 채워줘서 나는 그 애가 있어야 비로소 온전한 하나가 될 수 있었다. 나는 그 애가 없으면 반이나 모자라서 혼자서 살아갈 수 없었다. 그래서 나는 그 아이가 필요했다. 내가 온전히 살아가기 위해서. 내가 사람답게 살 수 있도록 그렇지만 나는 이제 영원히 온전한 인간이 될 수 없다.

그 애는 이제 내 곁에 없다.

그 애는 평소 소원처럼 바다에 잠겨 죽었다. 아니, 그 애는 바다에서 살기 시작했다. 31살을 앞둔 30살의 끝에서, 30살의 며칠을 뭍 위에 남겨두고 바다에서 살기 시작했다. 내가 만들어준 집을 두고, 나를 두고, 그러나 내게 어떠한 말도 남기지 않고 바다에서 살기 시작했다.

그 아이는 바다를 끔찍이도 사랑해서. 그래서 자신의 전부를 바다에 줬다고 나는 생각한다. 아이는 이제 저 깊은 바다에 살아서 밖으로 나오지도 못한다. 그렇기에 그 애의 얼굴을 보기가 어려워 그 아이가 잘 살고 있는지 알지도 못한다.

누군가 그랬다, 바다에 빠진 이는 인어가 된다고. 그래서 나는 매일같이 바다를 찾는다. 인어가 되어버린 그 애가 혹여나 흐릿하게나마 보일까 하는 마음에. 나는 매일 같이 바다를 찾는다.

그 아이가 바다에 들어간 것은 이것이 처음은 아니었다. 어느 날의 새벽, 곤히 잠든 나를 두고 그 아이는 바다를 향해 걸었다. 빛이 없어 아무것도 보이지 않아 누가 있는지도 몰랐던 그 애는 바다에 들어가려 했다. 바다에 들어가던 아이를 이상하게 여긴 안전요원이 그 애를 붙잡지 않았더라면, 그 아이는 하염없이 바다를 걷고 있었을 것이다.

이와 비슷한 일은 종종 있었다. 그래서 나는 그 아이를 찾는 습관이 생겼다. 아침에도 그 애를 찾았고, 조금이라도 내 시야에 그 애가 없으면 나는 아이를 찾았다. 특히나 늦은 새벽, 잠을 깨고 일어나 그 아이를 찾는다. 침대에 그 애가 누워 있는지 이불을 더듬는다. 그 애가 있다는 걸 알면, 죽은 듯 자는 그 아이의 코에 손을 대 그 애가 숨 쉬고 있는지를 매번 확인한다. 그리고 아침 해가 밝아올 때까지 그 애를 넋 놓고 바라보다 겨우 잠에 청한다.

그 아이는 내게 습관을 만들어 주었단 걸 알았을까.

눈을 감으면 나는 습관처럼 그 애를 그려낸다. 내가 본 적이 없는, 볼 수 없는, 바다로 걸어 들어가는 그 애를 매번 그려낸다. 차갑게 식은 모래에 발을 딛고 뜨거운 해를 삼킨 바다를 생기 있는 눈에 담아내며, 따뜻한 손으로 바닷물을 어루만지며 까만 바다 속을 향해 걸어가는 그 애를 그려낸다. 그 애를 그려낼 때면 더운 7월에 태어났지만 더위보다 추위를 잘 타던 그 애가 춥지 않았을까 생각한다. 왜 하필 그 아이는 추운 겨울에 들어가 차가운 바닷물을 삼키고 일렁이는 해초를 감고 무심히 헤엄치는 물고기와 눈을 맞추는 그 앨 그리게 했을까. 그 애의 추위를 걱정하고 매일 생각하게 했을까. 덕분에 나는 더운 여름에도 그 애가 춥지 않았을까 날마다 걱정한다.

그리고 한때는 끝을 싫어했던 그 애가 자신의 30살의 끝을 보기 싫어해서 그 마지막을 보지 않고 바다에 들어갔구나. 감히 짐작도 해봤다. 그 아이에게 왜 그랬냐고 물어볼 수도 없어 나는 그 애가 한 행동의 이유를 넘겨짚을 수밖에 없었다.

31살의 그 애는 어떤 모습이었을까, 그 애의 내일은 어땠을까, 왜 나한테 아무것도 남기지 않고 홀연 사라졌을까, 나는 그 애에게 아무것도 아니었을까, 나를 생각해 줄 여유조차 없었던 걸까, 마음이 텅 비어버려서 바닷물로라도 마음을 채우고 싶었을까.

그래서 그 아이는 바다에 들어간 걸까.

내가 감히 그 애의 구원이라고 착각했던 때도 있었다. 그 애를 온전하게 살리지는 못하더라도, 적어도 최악은 아니게. 그렇게 그 애를 구제해 주고 싶었다. 지하로 파고 들어가는 그 애의 손을 잡고 끌어올려 뭍 위를 걷게 하고 싶었다. 어두운 우물 속에 갇혀 지내는 그 아이에게 넓은 세상을 주고 싶었다. 살아 숨 쉬는 것을 두려워하지 않게, 더 이상 마지막이 두렵지 않게 만들고 싶었다.

나는
그 아이의

구원이
아니었을까

나는
왜
그 앨
살리지 못했을까

그 아이가 사무치게 그리운 날엔 푸른 바다 속으로 몸을 던져볼까 생각도 했었다. 사실 나는 매일 그 애가 그리웠다. 밥을 먹다가 문득, 차를 타고 가다가 문득, 화장실 거울을 보다가 문득, 잠이 오지 않던 새벽에 문득. 그 아이가 미치도록 그리워져서, 그리운 마음을 안고 검은 바다 속으로 몸을 던져볼까 생각했었다. 여름이면 7월에 태어난 그 애가 생각나서, 겨울이면 얼음장같이 차가운 바다에 들어간 그 애가 생각나서, 그래서 바다 속에 들어갈까 생각도 했었다. 바다 속에 들어가면 그 아이가 나를 반겨줄까 싶다가도, 너무 빨리 오지 않았느냐며 나를 타박할 것 같았다. 그래도 바다에 들어가면 그 애가 있을 거란 생각에, 그 아이가 편히 숨 쉬고 있을 거라는 생각에 바다 속에 몸을 던져볼까 싶었다.

그렇지만

그러지 않았다.
그 애를 따라가지 않을 이유가 존재해서 그러지 않았다. 그 애가 내게 했던 질문의 답을 찾아야 해서 나는 그 애를 따라갈 수 없었다. 그 애가 평생 궁금해 했던 의문점을 해결할 열쇠를 찾아야 그 아이를 만나러 갈 수 있다. 나는 그 질문의 답을 찾기 전까지는 그 애를 따라갈 수 없었다.

그 아이를 따라가지 않을 이유가 존재한다고 해서 그것이 내가 살아야 할 이유가 되진 못했다. 나는 하루하루 죽어갔다. 하루하루를 살아가는 다른 사람과는 달리 나는 하루하루 죽어갔다. 그래서 매일 바다를 찾았다. 그 애를 찾기 위해서 바다에 간 것도 있지만, 그 애를 찾음과 동시에 죽어가는 내게 살아야 하는 이유를 알려주러 바다에 갔다. 매일같이 바다를 향했음에도 불구하고 나는 내가 살아야 하는 이유를 몰랐다. 그렇지만 나는 내가 죽어가는 이유는 분명하게 알고 있었다.

그 애를 그리워해서, 그 애를 보고 싶어 해서, 나는 매일매일 죽어갔다.

누군가가 그 애를 그리워하는 이유가 그 아일 사랑해서냐고 묻는다면 나는 대답할 수 없었다. 사랑이라는 단순한 이름으로 그 애를 정의 내리기엔 나에게 그 아이는 너무나도 큰 의미였기 때문이다. 사랑을 넘어선, 마치 신을 숭배하듯이. 나는 그 애를 그런 의미로 바라봤다. 무감각한 내게 감정을 불어 넣어준 그 애는 내게 마치 신과도 같았고, 서투른 감정의 쓰임을 하나, 하나 가르쳐 준 그 애는 내게 가족과도 같았다. 내 삶에서 그 애를 뺀다면 겨우 한 번 내쉴 숨만 남을 정도로 그 아이는 내게 커다란 의미였다. 그 아이에게 바다가 전부였다면, 나에겐 그 애가 전부였다. 그 애의 모든 것은 바다였다면, 나의 모든 것은 그 아이였다. 그 애가 바다에 가지는 의미와 내가 그 아이에게 가지는 의미는 같았다.

그리고 그런 의미를 나는 잃어버렸다. 영원히 찾을 수도 없게.

나는 바다를 좋아하지 않았다.

나는 그저, 바다를 좋아하는 그 아이를 좋아했을 뿐이다.

그 애를 살리는 것은 바다였지만, 그 애와 나를 영영 떼어 놓은 것도 바다였다. 그래서 바다를 안 좋아한 것인지 모르겠다. 내가 평생 그 아이를 그리워하게 만든 바다를 좋아하지 않을 수밖에 없었던 것인지 모르겠다.

그렇지만, 나는 이제 바다를 좋아한다. 바다를 좋아하지 않을 이유가 충분히 많음에도 내가 좋아한 그 애가 바다에 있다는 이유 하나만으로 나는 바다를 좋아한다.

바다는 이제, 나의 전부다.

인간의 이기심, 쓰레기가 되어 돌아오다

유 가 빈
(경기 분당 영덕여자고등학교 1학년)

　몇 년 전 겨울, 나는 '비둘기'에 대한 글을 썼다. 평화의 상징이었던 비둘기가 언제부터인가 거리의 음식물 쓰레기들을 먹으며 더러움의 상징이 되었고, 그러한 비둘기들을 우리의 일상에서 쫓아내기 위한 여러 가지 방법들과 개인적인 나의 아이디어들을 이야기하는 글이었다. 그 글을 쓰면서 우리의 일상 속에서 우리가 버린 음식물 쓰레기를 먹고 사는 비둘기들의 습성을 발견하게 되었고, 비둘기가 음식물 쓰레기를 먹는 주된 장소 등에 대해 찾아보았는데 그 과정에서 나는 비둘기보다 오히려 음식물 쓰레기에 관한 사진이며 기사들을 더 많이 볼 수 있었다. 비둘기가 거리뿐만 아니라 우리의 주거지까지 침입하게 만든 건 어쩌면 우리의 '음식물 쓰레기 처리 방법' 때문이었다. 그리고 나는 이 문제가 사회적으로 이슈가 되고 있는 '플라스틱과 비닐 문제' 못지않게 심각한 문제라고 깨닫게 되었다. 음식물 쓰레기는 말 그대로 우리가 먹고 남긴 음식을 말한다. 인간에게는 더는 효용 가치가 없는, 말 그대로 버려야 하는 쓰레기다. 음식물 쓰레기가 문제시되는 가장 큰 이유는 바로 '냄새' 때문이라고 생각한다. 음식물 쓰레기는 시간이 지나면 악취가 나고 그로 인해 많은 사람이 불쾌감을 느낀다. 또 이러한 음식물 쓰레기의 부패 정도에 따라 구더기나 날 파리 등 우리가 꺼리는 많은 벌레가 꼬이는 아지트가 된다. 하지만 우리는 음식물 쓰레기부터 자유로울 수 없다. 왜냐하면, 애초에 쓰레기를 만들기 위해 음식을 만드는 괴상한 사람은 없을 것이기 때문이다. 음식물 쓰레기는 말 그대로 우리의 의지와 관계없이 어쩔 수 없이 자연스럽게 만들어진 쓰레기이다. 가정에서도, 식당에서도, 거리의 푸드 트럭에서도 음식물 쓰레기는 매일 매일 너무 많은 양이 생산되어 나오고 있다. 어쩌면 문제이기 때문에 발생된다는 표현이 더 어울릴지도 모르겠다. 하지만 음식물 쓰레기의 발생이 두려워 음식을 안 만들고 안 먹을 수는 없다. 우리가 음식물 쓰레기를 대하는 최선책은 덜 만들고 잘 버리는 것이 될 것이다.

　그러면 우리의 생활 속에서 음식물 쓰레기를 덜 만드는 방법은 무엇일까? 일단은 잔반을 줄이는 것이 우선일 것이다. 가정에서도 가족들이 먹을 만큼만 음식을 만들어 최대한 음식물 쓰레기를 줄여야 한다. 요즘처럼 더운 여름이 되면 높아지는 온도와 습도 때문에 음식들이 쉽게 상하고 날 파리와 같은 벌레들에 노출될 확률이 높아진다. 자체적으로 상태가 변하거나 다른 해충들에 의해 오염되어 섭취했을 때 식중독에 걸릴 확률이 높아져서 음식물 쓰레기로 배출이 될 확률이 높다는 이야기이다. 가정 뿐 아니라 음식점에서도 팔지도 못할 양의 음식을 욕심껏 너무 많이 미리 만들어 놓는 일이 없어야 한다. 사실 아무리 경력이 오래된 요리사라도 오늘 이 음식이 얼마만큼 팔릴지 정확한 양을 예측할 수 있는 사람은 없을 것이다. '그것이 알고 싶다'나 '골목 식당'과 같이 음식점과 관련된 시사나 예능 프로그램들을 보면 가끔 게으른 식당 주인들이 자기가 편하게 조리하고 팔기 위해서 많은 양을 한꺼번에 미리 만들어 놓는 장면들이 적발되었다. 그 날 다 팔지 못한 음식들은 그다지 위생적이지 못한 환경에서 냉동되어졌다가 다음 장사에 해동되어 방금 만든 음식인 양 변신하여 다시 판매되는 것이다. 그런 방송을 보고 나면 식당에 갈 때마다 '이곳은 괜찮을까?' 하며 나도 모르게 의심을 하게 된다. 물론 남은 음식들을 냉동했다가 다시 조리하여 먹는 것은 그냥 버리는 것보다는 효율적이다. 하지만 가족 수가 어느 정도 정해져 있는 가정에서도, 평균적인 손님 수가 어느 정도는 예측되어지는 식당에서도, 조금 더 세심하게 소비량을 예측하며 조리한다면 조금이라도 음식물 쓰레기를 줄일 수 있지 않을까? 365일 쉬는 날 없이 늦은 저녁 시간까지 아침과는 다른 상태의 음식을 판매하는 '낮과 밤이 다른 음식점'보다는 손님이 많은 날은 '재료가 소진되어 판매를 할 수 없다'는 팻말을 걸고, 재료의 특이성에 따라 수급이 어려울 때에는 한시적으로 가게 문을 닫는 음식점이 더 양심적이고 정직하며 호감으로 보일 것이다. 항상 같은 자리에서 변함없는 맛과 정성으로 손님을 대하는 것과 마냥 문을 열어 놓고 손님을 기다리는 것은 분명 다른 자세이기 때문이다. 남은 음식을 냉동식품으로 만드는 경우에도 소량으로 포장해서 필요할 때마다 그때그때 편하게 해동하고 조리해 먹을 수 있도록 하는 것이 음식물 쓰레기를 줄이는 방법이 될 것이다. 많은 양을 냉동포장 하는 것은 해동하여 재가열 했을 때 남은 양이 결국 버려지거나 애초에 부담스러워 해동하기를 꺼리는 '얼은 쓰레기'가 될 수 있기 때문이다. 우리나라에서 가장 많이 망하기도 하지만, 가장 성공을 많이 하고, 그 수가 많은 가게가 바로 음식점이라고 한다. 그렇다면 이러한 음식점의 시스템부터 바꿔 간다면 음식물 쓰레기의 양을 줄일 수 있지 않을까? 꼭 한정식 집뿐만 아니라 한식집이나 분식집 같은 우리나라의 많은 음식점은 여러 가지 종류의 넉넉한 양의 반찬을 주는 것이 인심이고 장점으로 여겨졌다. 물론 맛있는 반찬의 경우에는 잔반 없이 상을 물릴 수 있겠지만 그렇지 않은 경우는 기본적인 김치나 깍두기부터 많은 반찬들이 그저 젓가락으로 한두 번 휘저어진 잔반이 되고 만다. 과거에는 그것을 아깝게 여겨 비위생적으로 잔반을 재활용하는 문제들이 많이 발생했다. 하지만 매체에서 보여주고 소비자들의 제보가 이어지며 그것에 대해 규제를 하기 시작하자 어쩔 수 없이 식당의 반찬 종류나 양이 줄었다. 이전에 비해 더 나은 차이를 발견하지 못한 소비자들이 음식점을 덜 찾게 되자 많은 식당들은 다시 '인심 좋은 가게'로 변신하면서 대신 음식물 쓰레기가 늘어날 수밖에 없었다. 나 역시도 여러 가지 반찬을 골고루 넉넉히 먹을 수 있는 한정식집이나 뷔페를 좋아하지만, 환경을 생각한다면 음식물 쓰레기가 무제한 증가할 수 있는 그런 시스템에 마냥 박수를 칠 수는 없다. 개인적으로 이러한 문제를 해결할 수 있는 가장 나은 방법은 '셀프 바'라고 생각한다. 물론 연세가 있는 어르신들의 경우에는 '식사를 하러 가서 내 발로 움직여서 내 손으로 내 반찬을 덜어 와야 하는' 이러한 시스템이 불편하다고 생각하실 수도 있겠지만 그런 경우엔 식당 측에서 자신들의 매출을 위해 서빙 하는 종업원에게 필요량을 제공하게 하는 방법을 병행하더라도 장사와 쓰레기 문제, 두 마리 토끼를 잡아야 할 필요가 있다. 설렁탕집이나 칼국수 집, 분식집처럼 한두 가지 반찬만 제공되는 음식점이 아닌 경우에는 처음부터 맛을 알 수 없는 여러 가지 반찬을 가져오게 하는 것은 오히려 번잡스러울 수도 있다. 한차례 정도 소량의 기본 반찬은 제공해서 음식에 대한 필요를 확인한 후 좀 더 자주 오가더라도 자기가 먹을 수 있는 만큼만 반찬을 가져오는 방법을 적용하고 잔반에 대해서는 확실하게 환경 부담금을 부가하는 제도를 다진다면 잔반의 양은 줄어들 수밖에 없다. 뜨거운 불을 옮기는 고기집의 경우라도 시중드는 직원과 손님들의 통로를 구별한다면 셀프 바로 인한 번잡함은 막을 수 있을 것이다. 코로나 이전 내가 친구들과 자주 이용하던 떡볶이 뷔페인 '두끼'의 경우 전체적으로 셀프 바 형식으로 운영하면서 가격도 저렴한 편이다. 하지만 아무래도 먹다보면 조금씩 잔반이 남는 경우들이 있었는데 아직까지 한 번도 환경 부담금을 낸 적은 없다. 물론 사람들이 잔반을 많이 남기지는 않지만 그래도 내 생각엔 환경 부담금에 대해 시스템이 좀 느슨한 것 같다. 사실 우리 테이블 같은 경우엔 다섯 친구가 남긴 여러 가지 음식들을 다 모으면 한 접시가 가득 찰 정도의 양이었을 건데 각자 여러 개의 앞 접시에 나눠 담기다 보니 남은 양이 적어 보였을 수는 있다. 우리는 벌금을 내지 않아서 좋았지만, 환경을 생각하니 죄책감이 든 것도 사실이다. 우리 옆 테이블의 경우 떡볶이를 먹고 밥을 볶는 과정에서 불 조절을 못했는지 새까맣게 냄비가 탄 채로 식사를 끝냈는데 그 손님들도 환경 부담금을 낸 것 같지는 않아 보였다. 아마도 가게들은 환경 부담금에 대한 경고문은 붙여 놓지만 손님을 놓칠까봐 막상 환경 부담금을 물리지는 못하는 것 같다. 손님을 늘려야 하는 가게의 입장도 이해가 되기는 하지만 어찌 보면 비겁해 보이기도 한다. 음식점 주인 입장에서 정말 옳은 선택은 음식을 매우 맛있게 만들어서 그간의 잔반에 대한 잘못된 습관 때문에 한 두 번은 부담금을 물더라도 다시 그 가게를 재방문해서 다시는 잔반을 남기지 않는 '착하고 현명한 고객님'을 늘리는 것이 아닐까? 덜 만드는 것 못지않게 중요한 건 역시 잘 버리는 방법이다. 우리가 버리는 음식물 쓰레기는 식물이나 가축의 비료 혹은 사료로 사용되는 경우가 많은데 가공한 음식물이나 잘못 버린 음식물 쓰레기는 그러한 재활용을 할 수 없게 만든다. 예를 들어 음식물 쓰레기통에 비닐이나 플라스틱을 함께 버리거나, 가축이 먹으면 안 될 분해되지 않는 뼈나 가시, 조개껍데기나 양파나 옥수수 껍질 등을 버리는 것은 대표적으로 음식물 쓰레기를 잘못 버리는 예이다. 이 글을 쓰며 나는 사실 조금 마음이 무거웠다. 왜냐하면 요즘의 나는 생각보다 잔반을 많이 만들고 있었기 때문이다. 중학교에 입학하기 전까지는 정말 '돼지 같다' 싶을 정도로 급식을 잘 먹고 건더기가 남을 잔반은 물론, 소스나 국물까지 한 방울도 남기지 않고 먹어서 매달 우리 반이 '잔반 처리왕 반'이 되는데 한몫을 했기 때문이다. 잔반을 남기지 않는 모범적인 반으로 칭찬을 받아 간식도 받고, 반에서도 '잔반 처리왕' 메달을 따던 아이가 바로 나였지만 중학생이 되어 수행평가로 인해 수면 시간이 줄면서 생체 리듬이 깨져서 그런지 입맛이 없어지기 시작했다. 점점 튼튼해지는 나의 허벅지를 보며 다이어트를 시작해야겠다고 생각하게 되었는데 때마침 가정 시간에 우리 몸에 가장 살이 많이 찌게 하는 것이 지방과 탄수화물이라고 배우게 되었다. 음식을 조금 먹으려 노력하면서 자연스럽게 나의 잔반양이 많이 늘어났던 것 같다. 하지만 이것은 나의 성장에도 환경을 보존하는 일에도 모두 악영향을 끼치는 행동이라는 것을 '친환경'이라는 주제로 고민하고 글을 쓰면서 다시금 알게 되었다. 이제 2년 반 정도 남은 나의 고등학교 생활 동안은 잘 먹고, 잘 소화시키며 나와 환경 모두를 가꿔 나가도록 할 것이다. 친환경은 그저 '환경과, 자연과 친해지자'는 생각만으로 되는 것이 아니다. 친환경의 진짜 의미는 환경을 오염시키거나 훼손시키지 않는 데에 있다. 새들을 지켜 주겠다고 나무에 인공적인 새장을 달아 주는 것보다는 어미 새가 아기 새에게 플라스틱 빨대를 먹이지 않도록 자연 속에 쓰레기를 버리지 않는 것이 친환경이다. 북극곰이 광고하는 콜라를 열심히 사먹고 페트병을 바닷가에 버려 북극곰에게 선물하는 것보다는 북극곰이 꽁꽁 언 빙하 위에서 편안하게 쉴 수 있도록 해주는 것이 친환경적인 행동일 것이다. 지금 세계는 플라스틱과의 전쟁 중에 있다. 사실 이 전쟁은 아주 오래 전, 플라스틱이 생겨나면서부터 시작되었을지도 모른다. 하지만 분명한 것은 편하게 쓰고 잘못 버리는 습관을 줄인다면 이러한 전쟁에서도 어느 정도 승산이 있다는 것이다. 플라스틱이나 비닐 역시 그들 나름의 장점은 있다. 플라스틱은 철이나 유리보다 가볍고 더 강하며 아이들이 사용하기에도 안전하다. 또 값이 싸고 가공도 쉬워 일상생활 속에서 많이 사용되고 있다. 무엇보다 재활용이 가능한 소재이다. 하지만 문제는 이러한 플라스틱을 잘 쓰고 재활용하는 경우보다는 함부로 잘못 버리는 경우가 대부분이라는 것이다. 플라스틱을 매립한 경우 토양 속에서 썩는데 약 500년이 걸린다고 한다. 토양 속 플라스틱은 미생물의 번식을 방해해서 생태계의 원활한 순환을 막게 된다. 소각하는 경우 대기 오염을 유발시키며, 바다 속에서는 해양 박테리아를 오염시키게 된다. 또 플라스틱이 분해되는 과정에서 미세플라스틱이 생기는데, 일상 속에서 플라스틱 사용량이 늘게 되면서 미세플라스틱이 플랑크톤이나 해양 생물들에도, 동물들이 먹는 사료에도, 심지어 모기나 다른 해충들의 몸 안에도 들어있어 수돗물을 사용하고, 여러 가지 야채, 해산물이나 육고기와 같은 식재료들을 먹으며, 벌레에 물리면서 사람들의 몸 안에는 매우 자연스럽게 미세플라스틱이 차곡차곡 쌓이고 있다.

이 미세플라스틱으로 인해 우리는 매주 신용카드 1장 분량의 플라스틱을 먹고 있고, 우리 주변에는 쓰레기 섬, 쓰레기 산이 늘어가고 있다. 편리함을 위해 만들어지는 쓰레기, 우리가 버리는 여러 가지 종류의 쓰레기들은 점점 우리 삶을 장악하고 있다. 단지 인간 뿐 아니라 생태계 전체에 커다란 악영향을 주고 있다. 빨대 쓰지 않고, 텀블러나 머그컵을 사용하고, 장바구니를 사용하는 것도 물론 좋은 방법이다. 플라스틱을 먹는 '아스페르길루스 튜빙센시스' 같은 곰팡이를 키우고, 목재 펄프와 게 껍데기를 사용해 보다 더 질기고 항균 능력도 갖춘 바이오 플라스틱 기반 생분해성 고강도 비닐봉지를 개발하여 기존의 플라스틱을 대체하는 것도 중요하다. 하지만 가장 좋은 방법은 최소한의 필요량만 만들고 최대한 안 쓰는 것이 아닐까?

음식물 쓰레기도 플라스틱이나 비닐도, 잘 사용하면 재활용할 수 있는 방법들이 있음에도 우리는 너무 쉽게 버리곤 한다. 하지만 편리함을 추구한 우리의 이기심은 어느새 우리의 삶 속에서 악취를 풍기는 쓰레기가 되어가고 있다. 최근 들어 공장을 임대하여 쓰레기를 버리고 도망가는 신종 사기꾼들이 생기고 있다고 한다. 태평양의 쓰레기 섬은 점점 커지고 있고 중국이며 필리핀으로 해외로 수출한 쓰레기들은 다시 우리나라로 반환되어 오고 있다. 농가에선 더 이상 위험한 식재료인 음식물 쓰레기를 가축에게 먹이지 않겠다고 한다. 편리함만을 추구한 우리의 이기심은 이렇게 쓰레기가 되어 돌아오고 있다. 몸속에 쓰레기를 쌓으며 쓰레기에 덮여 죽는 것이 우리의 마지막 모습이 되지 않도록 이제부터라도 우리는 우리를 살 수 있게 해주었던 자연을 지키기 위해 진정한 노력을 해야 할 것이다. 자연 속에서, 자연 덕분에 살아가는 우리, 우리의 편리함을 위해 더 이상 '쓰레기 같은' 행동을 해선 안 되겠다.

불청객과의 열흘

김 현 수
(서울 동마중학교 2학년)

1월 1일, 새해의 출발선인 만큼 그 어느 날보다 특별하고 설레는 날이다. 온 가족이 한 자리에 모여 한 해의 복을 나누고 새 출발을 알리는 이날, 우리 집의 즐거운 새해 계획은 어느 불청객으로 인해 엉망이 되고 말았다.

이 사건의 시작은 2021년 12월 29일 수요일, 새해를 앞둔 즐거운 연말의 아침으로 돌아간다. 우리 집은 모두가 함께 보낼 즐거운 연말과 새해만을 머릿속으로 그리며 설레는 분위기에 들떠 있었다. 이제 새해까지 단 이틀 남았다는 생각과 함께 방학을 앞둔 나는 평소처럼 등교 준비를 하고 있었다. 겨울방학이 막 시작된 동생은 대부분의 아이들의 방학 아침처럼 늦잠을 자고 있었고 밤새 일하고 돌아오신 부모님께서는 한창 주무시고 계셨다. 이렇듯 우리 가족 모두는 그저 평범한 하루를 보내고 있었다.

그렇게 평화로운 일상의 우리 집을 뒤로 하고 나는 경쾌한 발걸음과 함께 등교하였다. 그렇게 찾아온 1교시, 미술시간이었다. 미술 선생님께서는 한해의 마지막 수업을 마무리하며 간단한 퀴즈를 진행하셨고 수업이 10분여 남짓했을 때였다. 노크와 함께 교실 앞문이 열리며 담임선생님께서 들어오셨고 퀴즈에 몰입해 있던 우리 반 친구들 모두 갑작스레 들어오신 선생님을 뚫어져라 바라보았다.

나는 누군가에게 어떤 문제가 생긴 것 아닐까 하고 생각했다. 그런데 웬걸 선생님께서 호명하신 그 누군가가 다름 아닌 바로 나였다. 나는 당연히 나와 관련된 일은 아닐 것이라 생각하고 있었으나 갑작스레 불린 나의 이름에 화들짝 놀라며 대답했다.

선생님께서는 방금 전 어머니께서 전화하셨고 아버지가 보건소로부터 코로나 확진 판정을 받으셨으니 서둘러 가방을 챙겨 조퇴하라고 말씀하셨다. 나는 선생님의 말씀을 듣고 우선 자리에서 일어나 가방을 열고 짐을 챙길 준비를 하였으나 머릿속은 오직 "아빠의 확진"이라는 생각으로 가득 차 아무런 생각이 들지 않았다. 그 때문에 나는 필통과 공책 몇 권만을 대충 챙긴 채 서둘러 가방 문을 닫았다. 반 친구들은 모두 그런 나를 쳐다보았고 그중 몇몇은 조심히 가라고 이야기해 주었지만 나는 그 시선과 말에 신경 쓸 겨를이 없었다. 심지어 미술 선생님께 인사드리는 것조차 까먹고 그저 서둘러 반을 빠져나왔다.

담임선생님께서는 나를 독려해 주시며 서둘러 가보라고 말씀하셨고 나는 학교 건물 입구부터 교문까지 빛의 속도로 뛰어 나갔다. 그 순간 나의 휴대전화의 벨소리가 울렸고 엄마께서 전화를 하신 것이었다. 전화를 받자마자 엄마는 내게 학교에서 나왔냐고 급히 물으셨고 엄마도 방금 차로 출발하였으니 학교 근처의 코로나 검사소에서 만나자고 하셨다.

나는 심란한 마음을 조금이라도 잊기 위해 단숨에 검사소로 뛰어갔다. 얼마 지나지 않아 할머니, 엄마 그리고 동생까지 모두 도착하였다. 우리는 잠깐의 이야기를 나눌 틈도 없이 코로나 검사를 받기 시작했다. 나는 여태까지 7번도 넘게 코로나 검사를 받아보았지만 그때 받았던 코로나 검사는 그 어느 때보다도 긴장되었다. 하지만 나의 긴장과 우려와 달리 코로나 검사는 우리 4명이 모두 받는데 채 1분이 걸리지 않았다.

그렇게 검사를 마친 우리는 평소와는 달리 최대한 서로간의 대화를 줄이며 주차장으로 향했다. 우리는 차 안에서도 마스크로 중무장을 한 채 부동의 자세로 앉아 있었고 그렇게 아빠가 계신 집으로 갔다. 우리가 막 집에 도착하였을 때 아빠는 확진에 대한 일은 까마득히 모른 채 안방에서 주무시고 계셨다. 확진 안내 전화가 왔을 때 아빠가 주무시고 계셔 엄마가 대신 받으셨기 때문에 이 상황에 대해 아무것도 모르고 계신 상태였다. 엄마는 마스크를 철저히 쓰고 안방으로 혼자 들어가셨고 조심스럽게 아빠를 깨워 상황 설명을 하셨다. 아빠는 잠도 채 깨시지 않았을 뿐더러 열이 나 오한도 있으셨는데 거기에 코로나 확진이라는 충격적인 소식까지 더해졌다. 아빠는 그 충격에 잠도, 몸살도 모두 떨쳐내시고 벌떡 일어나셨다. 그렇게 엄마와 격리에 대한 상의 후 결국 아빠는 1달 전 할머니, 할아버지께서 잠시 서울에 볼일이 있으셔서 머무르시기 위해 구해 놓으셨던 방 한 칸 작은 집에 가 있기로 결정하셨다.

아빠는 그 길로 서둘러 여러 옷가지들과 간단한 주방용품들을 챙기셨다. 그리고 아빠는 우리가 모두 각자의 방에서 조용히 있던 사이 아무런 배웅 없이 짐 가방을 둘러메셨다. 자차로 이동해야 했기 때문에 어쩔 수 없이 엄마께서는 아빠와 함께 주차장으로 향하셨다. 방안에만 있을 수밖에 없던 나는 배웅 없이 집을 나서신 아빠가 몹시 걱정되었다. 혼자 아프신 몸으로 그 좁은 방에서 잘 지내실 수 있으실지, 필요한 약이나 식수는 어떻게 하실지 등 수많은 걱정이 들었다.

그나마 아빠의 증상은 그리 심하지 않다는 소식이 나를 달래주었다. 그리고 더 이상 우리 집에서 추가 확진자가 나오지 않기만을 바라며 충격의 연속이었던 그날 하루를 서둘러 보내기 위해 잠을 청했다.

하지만 나의 바람은 운명과 엇갈렸다. 아빠가 확진 판정을 받기 이틀 전 가장 밀접 접촉을 하신 할아버지께서도 코로나에 걸리신 것이다. 특히 코로나에 가장 취약한 나이층이라는 60세 이상, 하필 그 나이 대에 속하시는 할아버지께서 확진되시다니! 이런 우리 가족의 마음을 아는지 모르는지 불난 집에 부채질하듯 끊임없이 울려대는 60대 이상 어르신의 위중증 및 사망률에 대한 안전 안내 문자는 도리어 우리 집의 걱정을 키웠다.

하지만 지옥 같았던 이틀이 지난 후, 다행히 할아버지와 아빠의 증상은 점차 호전되어 갔고 그렇게 우리 집에서 그 불청객이 물러나는 듯 했다. 하지만 코로나와의 질긴 악연은 그리 쉽사리 끊어지지 않았다. 1월 2일의 아침, 그 어느 때보다 시끌벅적해야 할 시간에 우리 집은 마치 아무도 없는 것처럼 고요했다. 왜냐하면 우리 가족은 모두 각자의 방에서 휴대전화만을 바라보고 있었기 때문이다. 바로 전날 받은 나의 코로나 검사 결과를 확인하기 위해.

나는 아빠가 확진되셨던 당일에 받았던 코로나 검사에서는 음성 판정을 받았었다. 하지만 그 뒤로 며칠 후 나에게서 감기증상이 나타났다. 그래서 검사를 다시 한 번 받게 되었고 방안에서 격리를 하며 그 결과만을 목 빠지게 기다리고 있었다.

운명의 시간은 8시 30분, 검사 결과가 음성이라면 문자가 도착할 것이고 상상도 하기 싫지만 만일 양성이라면 구청 보건소로부터 전화가 올 것이다. 나는 매우 긴장되었지만 시곗바늘은 무심하게 틱틱 움직여 갔고 시계는 어느새 8시 30분을 가리키고 있었다. 그때 적막을 깨는 벨소리와 함께 나의 휴대전화에는 번호 앞자리가 02인 전화 한통이 걸려왔다. 그 순간 나는 내 운명을 직감했고 떨리는 손으로 전화를 받았다.

아니나 다를까 그 전화는 보건소로부터의 연락이었고 내가 당일 코로나 확진자 3683명 중 한명이 되었음을 알렸다. 뉴스에서만 봐오던 일이 바로 내게 일어난 것이다. 나는 그 충격에 아무런 말도 하지 못하며 마치 냉동인간이 된 것처럼 굳어버렸다.

하지만 보건소에서는 너무나 평범한 일상이라는 듯 평온한 목소리로 안내사항들을 공지하였다. 그렇게 얼이 빠져 그 자리에 앉아만 있던 사이 어느새 10분이 지났다. 불행 중 다행인지 구청에서 격리 시설에 자리가 남아있다는 문자가 왔고 나는 서둘러 앞으로 열흘 동안 격리 시설에서 사용할 생활용품들을 챙기기 시작했다. 그렇게 20분 정도 지났을까, 나를 잡으러 온 건지 태우러 온 건지 모를 사이렌 소리와 함께 구급차가 도착하였고 나는 가족들과 전화로 인사를 하며 시설로 이동하였다.

15분 정도 이동해 구급차가 멈춰선 곳은 명동의 한 호텔, 코로나 사태로 인해 이곳을 빌려 격리시설로 사용하고 있는 모양이다. 그곳의 관리원께서는 내게 폐기물 처리 방법부터 격리 기간까지 수많은 수칙들을 설명해 주셨고 그중 가장 기억에 남는 한 마디, "격리 시설에 들어가는 그 순간부터 약 10일 정도의 기간 동안은 절대 외출 불가입니다."

그렇게 걱정을 가득 안고 들어간 격리 장소는 1인실로 원래 호텔이었던 공간이기에 생각보다 쾌적했다. 격리 장소에 들어선 시간은 오후 4시, 그 시간이 내가 외부 세계로부터 로그아웃 당한 첫 시작이었다. 집에서 가져온 짐들을 하나하나 정리하다 보니 어느새 해는 숨어버리고 어두운 밤이 찾아왔다. 그렇게 [DAY 1] 그 첫 번째 날이 지나갔다.

[DAY 2] 앞으로 있을 열흘 생존기의 두 번째 날이다.

격리시설에서의 두 번째 날이자 첫 번째 아침이었던 그날의 시작은 혼란 그 자체였다. 지난 7년 동안의 학교생활에서 단 한 번도 지각을 하지 않았었던 내가 격리 시설에서 진행하는 오전 7시 자가진단에 무려 1시간이나 늦은 것이다. 나는 너무 피곤했던 나머지 세상 돌아가는 줄 모르게 자고 있었고, 간호 센터에서의 안내 전화로 8시가 넘어서야 기상하게 되었다.

나는 서둘러 체온계와 산소포화도 측정기, 혈압계를 가져와 각각의 결과를 자가진단 어플에 적기 시작하였다. 처음 해보는 산소포화도 측정에서는 조금 헤매기도 하였으나 차근차근 설명서를 보며 진단을 해 나아갔고 마지막 체온 측정만을 남겨두었다. 그곳에서 지급한 전자 체온계. 집에서 사용하던 적외선 귀 체온계와는 방식이 달라 헷갈리긴 했지만 이번에도 설명서의 도움을 받아 측정을 시작했다. 그런데 웬걸 체온이 35.0로 측정된 것이다. 측정이 잘못되었나 싶어 다시 한 번 시도하였으나 또 비슷한 체온이 나왔다. 나는 열이 오르면 올랐지 떨어지지는 않을 거라고 생각하였는데 저체온증이 의심될 정도로 열이 낮게 측정되어 놀랐다. 설명서를 다시 확인해 보기도, 측정을 수십 번 다시 해보기도 하였으나 그 결과는 35도 대를 벗어나지 않았다. 결국 나는 마지막 측정 결과인 35.9도를 자가 진단서에 제출하였다.

말도 많고 탈도 많았던 생존 첫 번째 아침의 시작이었지만 그럭저럭 잘 마무리되었다. 그렇게 정신없던 자가진단 시간이 지나고 조식이 배식되었다는 안내에 맞추어 방문을 살짝 열고 음식을 가져왔다. 아침 메뉴는 샌드위치와 과일 음료수였다. 나는 아침에 빵 먹는 것을 그리 좋아하지는 않지만 생존을 위해 아무 생각 없이 먹었다. 그렇게 아침 시간이 지나고 보니 시간은 어느새 10시가 되어 있었다. 그 때까지만 해도 별다른 증상 없어 평범한 방학의 하루를 보내는 듯하였다. 하지만 그것은 나의 큰 오산이었다.

그 날 오전 11시 경부터 잦은 기침을 동반한 인후통과 어지러움 때문에 나는 그저 누워있기만 하며 오후 내내 숙면만 취했고 어느새 저녁이 되었다. 나는 억지로 힘든 몸을 일으켜 석식을 수령했고 밥이 입으로 들어가는지 코로 들어가는지도 모른 채 저녁을 먹었다.

저녁 식사 후 나는 오늘 있었던 증상들을 간호 센터에 연락을 통해 이야기했고 그곳에서는 약을 처방해 주겠다고 하였다. 그렇게 짧은 식사와 통화 후 나는 서둘러 잠을 청했고 생존 이틀째의 하루가 지나갔다.

[DAY 5] 지루한 생활이지만 시간은 흐르고 흘러 찾아온 다섯 번째 날.

과연 인간은 적응의 동물인 것인가. 셋째 날과 넷째 날에는 서투르기만 하였던 아침 자가진단 측정과 식사 수령이 이제 제법 익숙해졌다. 그리고 어제까지만 해도 열이 조금씩 나고 어지러움이 있어 둘째 날에 이어 셋째 날, 넷째 날도 계속 누워있기만 하였다. 하지만 지금은 증상이 크게 호전되어 책상에 앉아 책을 읽기도, 문제집을 풀기도 하였다. 그리고 이 고립된 방에서 유일하게 바깥세상과 나를 이어주는 휴대전화를 통해 뉴스 기사를 보기도 하며 여유로운 시간을 보냈다. 그러나 그 여유로움으로도 덮을 수 없는 허전함, 그것은 바로 가족들의 부재였다.

물론 매일 영상통화를 하며 서로의 안부를 묻고 각자의 일상을 나누고 있지만, 통화로는 채울 수 없는 가족들의 부재가 이 생활을 지루하게 만들었다. 그 때문에 늘 자고 먹기만 하던 우리 집 반려견 리치의 하루가 바로 이런 느낌이었을까 하는 생각이 들었고 이렇게 지루한 하루를 매일 보내는 리치의 기분에 공감이 갔다.

하지만 그 생각도 잠시, 나는 앞으로의 나의 일정이 걱정되었다. 지금도 이렇게 지루한데 앞으로 5일이나 더 갇혀있어야 한다는 생각에 하루 종일 늘어지고 아무런 활동이 없다보니 소화도 잘 되지 않아 식욕도 뚝 떨어져만 갔다. 아침, 점심, 저녁 모두 그저 그렇게 먹었고, 지루함을 잊기 위해 서둘러 잠자리에 들어 하루를 때웠다. 그렇게 생존 5일 차는 이곳에서의 생활한 이후 최악의 하루를 보내며 마무리되었다.

[DAY 7] 열흘 생존기 그 일곱 번째 날.

격리 시설에서 맞이하는 화창한 첫 주말이 밝아왔다. 물론 집에서 보내는 주말만큼 즐겁지는 않지만 이 주말을 더욱 빛나게 하는 두 소식이 있었다. 첫 번째 소식은 바로 아빠와 할아버지께서 코로나 완치 판정을 받으시고 집으로 돌아오게 된 것이다. 우리 가정 내 첫 확진자였던 아빠는 큰 증상 없이 무사히 완치되셨고, 조금 많으신 연세에 특히 걱정이 되었던 할아버지 또한 시설에서 무탈하게 나오시게 되었다. 그리고 두 번째 소식은 나의 코로나 증상이 크게 호전되어 3일 후면 이 지긋지긋한 격리 생활도 끝이라는 것이다.

2021년 연말, 우리 집에 불현듯 찾아왔던 불청객과의 사투가 드디어 종착점에 점점 다가가고 있다. 물론 하루 전 할머니의 추가 확진이라는 좋지 못한 소식도 있었지만 할머니께서도 다행히 쾌유 중이셔서 우리 가족은 한결 마음을 놓을 수 있게 되었다. 이 황금 같은 주말을 가족들과 함께 보내지 못한다는 것은 정말 끔찍한 일이지만 그나마 나를 위로해 주는 두 소식을 생각하며 여느 때와 같이 시설에서 주는 대로 먹고 시간되는 대로 자며 세상에서 가장 지루한 주말 하루를 보냈다.

[DAY 9] 항상 멀게만 느껴졌던 열흘이지만 하루가 지나고 또 하루가 지나 마침내 나는 그 결승선까지 한 발자국 남겨 놓게 되었다. 바로 자나 깨나 늘 머릿속으로 그려왔던 격리 시설에서의 마지막 날이 다가온 것이다.

지난 8일 동안의 그 어느 아침보다도 활기찬 기운과 함께 나는 이 즐거운 날을 서둘러 맞이하고자 서둘러 기상했다. 나의 다리도 신이 나는지 오늘 따라 발걸음이 경쾌했다. 격리 시설에서의 그 마지막 날은 아침부터 매우 분주했다.

오전에는 내가 사용했던 폐기물들을 종이 박스에 담아 준비해 놓아야 했고 오후에는 내가 집으로 가져갈 물건들과 그렇지 않은 물건들을 분류하여 소독 및 폐기 처리 준비를 완료해야 했다. 그렇기에 나는 서둘러 조식을 먹고 내가 사용했던 폐기물들을 한데 모아 깨끗이 소독하여 박스에 담아 폐기물들의 탈출을 막기 위해 테이프로 5중 포장하여 그렇게 오전 일과를 마쳤다.

오늘은 시간도 나를 도와주는지 어느새 오후 한시가 되어 있었다. 뒤이어 나는 내가 그곳에서 읽었던 책, 사용했던 세면도구, 입었던 옷가지들을 하나하나 소독하여 위생 봉투에 담았다. 모든 물품들을 하나하나 소독하는 것이 쉽지만은 않은 일이었지만 오늘은 무슨 일을 해도 절로 휘파람이 나왔다. 그렇게 나는 오후 시간 내내 그곳에서 사용했던 물건들을 소독, 폐기했고 침구와 화장실도 깨끗이 정리했다.

그 어느 날보다 분주했던 날, 평소와 같았다면 가장 피곤한 하루였겠지만 그 때만큼은 가장 즐거운 하루였다. 그리고 D-Day인 내일을 위해 설레는 나의 마음을 서둘러 잠자리에 눕

했다.

[DAY 10] 불청객과의 열흘을 마무리할 대망의 그날이 찾아왔다.

나의 모든 신체 기관들도 마치 오늘이 어떤 날인지 잘 안다는 듯 눈이 일찍 떠졌고 일어나자마자 서둘러 조식을 먹고 세면을 마친 뒤 휴대전화를 찾아 들고 무언가를 기다리기 시작했다. 그렇게 한 15분쯤 지났을까. 내가 지난 열흘 동안 가장 고대하던 그 전화가 걸려왔다. 나는 전화번호도 제대로 확인하지 않고 빛의 속도로 통화를 수락했다. 그 전화는 바로 격리 센터에서 온 연락이었다.

그곳에서는 나의 퇴소 시간이 오늘 오전 10시임을 안내해 주었고 그 시간 전까지 모든 준비를 마쳐 달라고 이야기했다. 나는 그 안내 내용을 그대로 부모님께 전화해 말씀드렸고 부모님께서는 그 시간에 맞추어 데리러 오겠다고 하셨다.

시곗바늘이 가리키고 있는 시간은 9시, 나는 서둘러 옷을 갈아입고 내가 사용했던 짐을 모두 가방에 담았다. 그리고 대망의 10시, 나는 한시라도 빨리 그 방에서 빠져나가기 위해 서둘러 방문을 열었다. 처음 그 시설에 들어왔던 순간 이후 처음으로 방 밖에 나온 것이었다. 그렇기에 나는 뒤돌아보지도 않고 서둘러 엘리베이터를 타러 갔고 1층 로비로 향했다.

그곳에서는 시설 관리원분들이 나를 안내해 주었고 건물 밖으로 나가는 유일한 길인 거대한 철문을 옆으로 밀고 나는 2022년 1월 11일 10시, 꿈에 그리던 자유인이 되었다.

자그마치 열흘만의 외출이었고 상쾌한 바깥공기를 쐬며 나온 건물 앞에서는 부모님께서 기다리고 계셨다. 그렇게 부모님과의 감격스러운 상봉 후 나는 그동안 나누지 못했던 수많은 이야기들을 모두 털어놓으며 하도 오랫동안 보지 못해 그 모습을 까먹을 정도가 되었던 집을 향해 나아갔다.

그리고 그 순간 우리 가족들은 불청객을 집 밖으로 내보내는데 성공했다. 이 불청객과의 열흘은 정말 말도 많고 탈도 많던 나날들이었다. 가족들의 연이은 확진에서부터 구급차에 잡혀가 격리 시설에서의 열흘을 보내기까지 쉽지만은 않았던 긴 여정이었다.

그러나 이 경험을 통해 나는 나의 인생 이력서에 추가할 새로운 한 줄이 생겼다. 바로 코로나와 맞서 이겨낸 사람이라는 경력이다. 그리 달갑지만은 않은 경력이지만 격리 시설에서의 열흘처럼 이 또한 시간이 흘러 나의 인생 이력서를 다시 되돌아보았을 때 특별한 한 줄이 되어있을 것이다.

그렇기 때문에 불청객에게 빼앗긴 즐거운 연말, 연초는 아쉽지만 새 경력을 얻는데 쏟은 열흘은 전혀 아깝지 않다.

은상

어떤 여행에서 만난 자연

김 호 연
(경기 병점고등학교 1학년)

당신은 여행을 왔습니다. 당신 가족과 관광객들은 자연을 누렸습니다. 권리인 것처럼 말입니다. 바다가 주는 다양한 맛 좋고 건강한 해산물을 먹고 산을 산책하며 바다에서 수영했죠. 한숨이 터져 나올 수밖에 없었습니다. 항상 당신들은 똑같더군요. 계속 일회용품을 사용하고 아무 데나 쓰레기를 버리고 심지어 창문을 열어놓고 에어컨을 틀고 온갖 사치는 다 부리더라고요. 계속 보니까 참을 수 없네요. 그래서 저는 당신의 꿈속으로 들어가기로 했답니다.

오늘은 여행 두 번째 날이다. 오늘 일어날 일을 기대하며 일어나자마자 후다닥 준비해서 향한 곳은 여수의 오동도였다. 오동도는 여수에 가면 꼭 가야 하는 섬이다. 가봐야 한다는 것은 그만큼 아름답다는 것이겠지. 기대되는 마음으로 오동도로 향했다. 아빠께서 물론 걸어서 갈 수 있지만, 유람선을 타고 갈 것이라고 하셨다. 여기에 와서 유람선까지 탄다니. 정말 설레지 않을 수가 없었다. 바다를 가르며 다양한 것을 구경했다. 선장님이 케이블카, 하멜 등대, 오동도 등대, 한산도 대첩이 일어난 장소를 차례대로 해주시는 설명을 들으며 바다 풍경을 바라보았다. 바다는 언제나 보아도 평화롭고 따스했다. 부드럽게 물살이 갈라지는 것을 보며 행복함을 느꼈다.

얼마나 갔을까, 선장님께서 오동도에 도착했으니 구경할 사람은 나가서 구경하라고 하셨다. 우리 가족은 후다닥 밖으로 나갔다. 나오자마자 우리를 반긴 것은 환한 햇살과 나무가 무성한 숲이었다. 날씨가 정말 더워서 얼음물 2개를 샀다. 껴안으니 열기가 식혀지는 느낌이었다. 계속해서 내리쬐는 햇살을 온몸으로 받아서 땀을 뻘뻘 흘리며 오동도로 걸어 들어갔다.

아름다운 풍경과 시원한 그늘을 만끽하며 나무가 안내해 주는 길을 따라가 보니 신기하게 생긴 나무가 보였다. '남근목'이다. 아빠께서는 저게 뭐가 남근목이냐며 헛웃음을 지으셨다. 남근목은 커다란 가지 두 개가 갈라지는 곳 사이가 둥글었다. 상처를 많이 입었기에 모양이 특이하고 단단해진 것이겠지. 자연은 참 고마운 존재라고 느꼈다. 저렇게 우리에게 다양하고 아름다운 모습을 보여주니까 말이다.

남근목을 마음에 가득 담고 걷다 보니 어느새 대나무 숲을 지나고 있었다. 빽빽하게 둘러싸인 대나무 숲은 정말 웅장해 보였다. 순간 과거에 체험학습 갔을 때 이렇게 생긴 곳에 갔던 것이 생각났다. 여수에 와서 과거 생각이 나니 향수병이 올라올 것 같았지만 눈앞에 보이는 풍경을 보니 향수병이 사라졌다. 바로 앞에 보이는 저것은 바람골이다. 참 신기하게 이곳은 바람이 많이 불었다. 다른 곳은 바람이 아예 불지 않는데 말이다. 여기까지 올라오면서 흘린 땀을 식히며 휴식을 취하니 기분이 정말 좋아졌다. 밑에 보이는 풍경은 절경이었다. 거칠어 보이는 바위 절벽은 그 자체로도 위엄 있고 아름다웠으며 밑에 보이는 푸른 바다는 풍경을 더욱 풍성하게 해주었다.

땀을 식혀준 바위골 풍경을 핸드폰에 저장하고 다음으로 향한 곳은 용골이었다. 용골에는 마을 사람들이 이를 막은 후부터 새벽에 용이 이동하느라 파도가 일고 바닷물이 갈라지는 소리가 일어났다는 전설이 있다. 아파트 3층 정도로 정말 큰 굴이었다. 하지만 안타깝게도 용굴은 지나갈 수 없었다. 위험하다는 것이 이유였다. 들어가고 싶었지만 아쉬움을 뒤로한 채

섬 출구로 향했다.

　정말 더워서 그런지 물 2병을 어느새 다 마셔버렸다. 플라스틱 페트병을 쓰레기통에 버렸다. 아니 정확하게는 쓰레기통이 아니다. 쓰레기가 많이 모여 있는 곳에 살포시 올려둔 것일 뿐이다. 그때 뒤에서 한숨 소리가 들렸다. 곧 들리는 어린 소녀의 목소리. 이상하게 잘 들리지 않았다. 내 바로 뒤에 있는 것 같은데도. 하지만 뒤돌아보았을 땐 아무도 없었다. 순간 기류가 싸해진 것이 느껴졌다. 하지만 금방 다시 온화해졌다. 갑자기 바람이 불었거니 하고는 부모님을 따라 다음 장소로 이동했다.

　여행도 여행이지만 금강산도 식후경이라고, 밥을 먹어야 했다. 허기진 배를 든든히 채우기 위해 국민 밥도둑, 게장을 먹으러 갔다. 여수는 게장으로 유명하다. 배고프다고 난리치는 위장을 타이르며 게장을 기다렸다. 부모님과 수다를 떨다 보니 곧 게장이 식탁에 놓였다. 게장의 빛깔은 정말 좋았다. 게장의 향긋한 향기가 코에 닿았다. 식욕이 폭발하여 걸신이 들린 것처럼 먹기 시작했다. 여수가 게장으로 유명한 이유를 알겠다. 게 학살급으로 잔뜩 먹었다. 부모님께서는 걸신이 들렸다면서 감탄을 금치 못하셨다. 이렇게 수많은 게는 전부 내가 좋아하는 바다에서 나온 것이겠지. 신나게 게를 먹고 난 후 남은 것은 그저 껍질뿐. 맛있게 먹으며 삶의 즐거움을 느꼈다.

　다음 가는 곳은 바다였다. 바다에서 너무 놀고 싶어 하는 나에게는 무엇보다 최고인 곳인 셈이었다. 엄마께서는 맛있는 음식 몇 개를 들고 왔고 아빠께서는 발을 조금씩 바다에 집어넣으며 바다에서 헤엄치는 조그마한 물고기를 감상하셨다. 바다를 보자마자 눈물을 펑펑 흘리며 바다로 뛰어 들어갔다. 바다를 한동안 못 보았는데 마침내 보아서 반가워서 그랬는지 정말 아름다워서인지는 잘 모르겠다. 물에 풍덩 빠진 후 물에 빠진 개구리처럼 신나게 수영을 하다 물을 호로록 삼켜버리기도 하고 부드러운 바다에 누워서 바다에서 편히 쉬기도 했다. 바다에서 수영하니 신난다는 것이 무엇인지 알겠다. 오랜만에 초등학생 시절로 돌아간 것 같았다. 얼마나 수영을 정신없이 했을까, 슬슬 배고파서 밖에 나왔다.

　엄마께서 주신 음식을 먹고 조금 쉬었다가 다시 바다에 들어갔다. 바다 깊은 곳까지 가서 바다의 잔잔한 물결을 느껴보기도 하고 곧 아빠가 위험하다고 소리치는 말을 듣고 아쉬워하며 얕은 곳으로 헤엄쳐서 갔다. 정말 따스했다. 수영하면서 느낀 것인데 이상하게 바다 속에 쓰레기가 많았다. 원래 바닷가는 깨끗한 곳인데 말이다. 뭐든 간에 수영을 다 끝내고 몸을 씻은 후 엄마께 향했다. 엄마께서는 다 먹고 남은 쓰레기를 치우고 계셨다. 설핏 옆을 보았다. 사람들이 떠난 바닷가에는 초라한 쓰레기만이 남아있었다. 그때 파도는 정말 성나있었다. 평소에 지닌 온화함은 전혀 없는 상태로.

　저녁을 먹고 난 후 숙소로 돌아왔다. 엄마께서 환기해야 한다며 창문을 열고 에어컨을 트셨다. 에어컨은 왜 안 끄시는지 여쭈어봤는데 덥기도 하고 전기세를 우리가 내는 것이 아니기 때문이라고 했다. 밖에서 강한 바람이 불기 시작했다. 정말 강해서 창문이 깨지지는 않을까 걱정될 정도였다. 엄마께서 씻으라고 하셔서 바람을 뒤로 한 채 욕실 안으로 들어갔다. 따뜻한 물에 들어가 통 목욕하고 싶어서 물을 욕조에 담가 두고 휴식을 취했다. 정말 따뜻했다. 분주했던 하루여서 몸이 노곤해진 탓인지 눈이 서서히 감겼다.

　눈을 감고 슬며시 일어났다. 몸을 닦고 밖으로 나갔다. 밖으로 나가자마자 숨이 턱 막혔다. 정말 메케했다. 앞이 뿌예질 정도로 탁한 공기다. 불이 난 것인가 싶어 후다닥 밖으로 나왔다. 그러나 불이 아니었나 보다. 밖이 오히려 더 심각했다. 마침 옆에 산소통이 있어서 한 번도 사용해본 적은 없으나 설명서를 참고해 산소통을 착용했다. 와… 죽을 뻔했다. 죽을 고비를 넘기고 난 후에 보였던 풍경은 정말 최악이었다. 제일 먼저 바다는 검고 정말 거센 파도가 일고 있었다. 게다가 파도에 보이는 저 수 많은 물체. 저것은 쓰레기다. 그리고 죽은 생선이다. 악취가 풍겼다. 세상이 어떻게 돌아가고 있는 것일까. 파도가 튀어 몸에 닿았다. 아주 따가웠다. 조금 전까지만 해도 부드럽게 우리를 감싸주던 바다가 더는 아니다.

옆에는 아까 다녀온 오동도가 보였는데 오동도 역시 나무가 죽어가기 일보 직전이었다. 남근목으로 뛰어 올라갔다. 남근목은 아직 괜찮을까. 남근목은 없었다. 아니, 대부분 나무가 없었다. 나무 밑동만 자리를 지키고 있을 뿐이었다. 서둘러 바람골로 뛰어 올라갔다. 정말 더웠는데 아직 바람이 남아있을까 해서였다. 하지만 바람골에서는 바람이 불지 않았다. 악취만 남아있을 뿐이다. 가면 갈수록 더위는 점점 심해졌고 산소도 떨어져 갔다. 그만 털썩 바닥에 주저앉아버렸다. 바닥에 누워 하늘을 보았다. 하늘 끝은 보이지 않았다. 하늘은 어떻게 생겼더라. 어제까지만 해도 정말 하늘이 아름다웠는데. 푸르고 어여쁜 구름이 있었던가. 밤에는 예쁜 별들이 해맑게 웃고 있고 가끔 우주쇼가 보이고는 했지. 하지만 이제는 더는 볼 수 없겠구나. 정신이 희미해질 때쯤 작은 손이 나를 어딘가로 이끌었다.

눈 뜨자마자 보인 것은 푸른 하늘, 그리고 나보다 어린 소녀였다. 귀엽게 생긴 소녀는 괜찮냐고 물었다. 힘겹게 고개를 끄덕였다. 소녀는 조금 전 본 것이 무엇인 거 같냐고 물었다. 무엇이었을까. 잘 모르겠다. 방금 본 것이 지옥이었다는 것은 분명해. 소녀는 웃으며 말을 시작했다.

너의 여행을 지금까지 지켜보았어. 지금까지 여행이 참 즐거웠지? 근데 나는 꽤 실망스럽더라고. 그거 알아? 이 세상에 있는 모든 생물은 전부 자연의 사랑이 있었기에 살아갈 수 있었어. 먼 옛날 말이야. 우리는 우리 안에서 존재하는 자식과도 같은 아이들을 엄마의 마음으로 모든 것을 퍼주었어. 아이들은 많은 역경에서 스스로 진화하며 성장해 나갔지. 맛있는 음식과 숙소뿐만 아니라 아름다운 풍경 속에서 아이들은 굳세게 살아갔단다. 너희도 그중에 한 생명이었어.

　다른 생명보다 정말 약해서 늘 걱정이었어. 발톱도 없고 날카로운 이도 없어. 속도가 빠르지도 않고. 다행히 너희는 지능이 있었어. 다른 아이들과 달리 뛰어난 지능이 있었기 때문에 어느새 불을 찾아내서는 음식을 구워 먹고 무기도 만들어서는 농사를 시작했어. 다른 생명과 먹고 먹히며 꾸준히 성장했고 어느새 자연의 비밀을 조금씩 알아내기 시작하더라고. 뭐 그거까지는 상관없어. 지능이 있었기 때문에 많은 것을 알아내고 싶은 것은 당연한 거지. 근데 그 다음이 문제야.

　너네는 편하게 살겠다고 나무를 베고 해로운 기체를 만들어 냈어. 우리는 참았어. 뼈까지 빼주면서까지. 하지만 우리가 너무 경고하지 않았나 봐. 이제 너희들은 이제는 자연의 소중함도 잊어버리고 남용하고 있잖아. 뜨거운 물을 펑펑 쓰고 음식은 엄청나게 버리며 쓸데없는 명품이나 만들면서 말이지. 심지어 말을 못 하는 불쌍한 생명을 괴롭히며 죽이고 있잖아. 너희들과 천년 넘게 함께 지내오고 너희만을 충성하고 너희만을 위하던 귀여운 생명체들에게 도대체 무엇을 하는 거지⋯.

　너네는 도대체 무엇을 위해 이러는 것인가 생각해 보았어. 이런 행동은 곧 너희를 지옥으로 빠트릴 텐데 말이야. 곧 너희들은 지옥으로 가게 될 거야. 우리는 이제 거의 소생 불가능이야. 네가 좋아하던 예쁜 바다, 아름다운 풍경이고 뭐고 이제 없어. 맛있는 음식도 없다고. 우리는 죽어가고 있어. 너희에게 더 줄 것도 없고 자비도 없어. 우리는 너희에게 이제 슬슬 화가 나고 있거든.

　그래도 너희들은 우리의 아이들이기에 깨달음을 주려고 해. 너처럼 세상을 바꿀 가능성이 보이는 아이에게 조언해 주고 있거든. 근데 대부분은 우리의 말을 무시했어. 있잖아. 너는 그들과는 다른 거지? 우리는 더는 너희를 지켜주지 못한다고. 아 갑자기 눈물이 나오네. 너는 나와의 약속을 지켜줄 거지? 우리를 도와줄 거지? 더는 우리를 해치지만 말아줘. 자연을 괴롭히는 행동은 인제 그만둬. 아직 소생 가능성이 아예 없지는 않아. 너희들이 계속 우리를 지켜준다면 다시 밝고 온화하며 너희를 지켜주는 모습으로 돌아갈 수 있다고. 우리는 서로 지켜줘야 해. 실천으로 옮겨줘. 사람들에게 이 아픔을 알려줘. 네가 보았던 거는 계속 이대로 상황이 진행되었을 때의 몇 십 년 후의 이야기야. 약속할 거지?

소녀는 울 것 같은 표정으로 새끼손가락을 내밀었다. 그 표정이 너무 슬퍼 보여서 소녀의 새끼손가락에 손가락 고리를 살포시 걸었다. 소녀는 약속한 것이라며 누구보다도 해맑게 웃었다. 지금 보이는 세상은 정말 아름다워 보였다. 예쁜 밤하늘, 그리고 차분한 얕은 물. 소녀가 웃고 있으니 더욱더 예뻐 보였다. 소녀는 눈을 감으라고 했다. 이제 현실로 돌아갈 때라고 말이다. 소녀랑 더 같이 있고 싶으나 소녀와 약속이 있기에 하는 수 없이 눈을 감았다. 소녀는 까르륵 웃으며 내 이마에 입맞춤했다.

눈을 뜨니 온기가 사라진 물이 담긴 욕조에 누워있었다. 일어나서 물을 얼른 버린 후 후다닥 밖으로 나와 엄마께서 여신 창문을 닫았다. 엄마께서는 뭐 하는 거냐고 하셨다. 웃으며 말했다. 우리는 자연을 지켜야 한다고. 그처럼 되지 않으려면, 우는 소녀를 위해서라도 자연을 위해야 한다고.

꽃 피는 봄이 오면

홍 성 준
(경기 화홍고등학교 2학년)

s#1 선유도 공원/낮
진달래 개나리꽃이 만개해 있다
민희와 상식이 애타게 누군가를 찾고 있다
할머니! 어머니!
여기저기 공원을 뒤지며 사람들 사이로 민희 할머니를 찾고 있지만 할머니는 보이지 않는다.
점점 다급해지는 두 사람
이때 민희에게 전화가 한통 걸려온다

민희: 아빠 찾았어! (소리치는)

저만치서 민희부가 숨차게 달려온다.

민희부: 어디? 어디래?

s#2 파출소
민희는 파출소 풍경이 익숙한지 경찰서 안의 경찰들에게 박카스를 따서 돌리고 있다.

경찰들도 민희의 박카스를 받아들고 수고한다는 신호를 보낸다.
상식은 한구석에 앉아 있는 할머니에게 다가선다.

민희부: 어머님… 안 추우세요?(자신의 스웨터를 벗어서 할머니에게 입히며)

김순경: 여기가 노인 요양원도 아니고… 저희도 좀 사실 불편합니다.

민희: 김순경님~ 지난달 승급 시험 보신다더니 계급장 달라진 거 보니 승진하셨나 봐요? 책
　　　상도 새 걸로 바뀌시고(박카스를 건네며) 축하드려요~

김순경: 어 그래… 그걸 다 기억하네. 고마워 학생.

민희: 학생이 뭐에요… 제 이름은 민희… 김.

김순경: (말을 가로채는)알아. 김민희… 학생. 그나저나 학생이 고생이 좀 많다. 우리도 힘
　　　들어.

이때, 할머니는 파출소의 의자에 앉아서 그대로 오줌을 눈다.
민희 재빠르게 달려가 아버지의 스웨터로 할머니의 하의를 감싸며 주섬주섬 경찰서를 나올 때 누군가 고
함치는 소리가 들려온다.

박경장: 뭐야! 이거 누가 여기다 오줌 싼 거야! 누구야!!

고함 소리를 들으며 경찰서를 빠져 나오는 세 사람

s#3 차 안
운전을 하고 있는 민희부
어쩐지 표정이 어둡기만 하다.
뒷자석에서 민희와 민희 할머니가 털실을 가지고 실타래 놀이를 하고 있다.

민희: 할머니 이제 내 차례야. 잠깐 기다려봐.

할머니: 나쁜 년, 왜 너만 해?

민희: 내가 할 차례니까 내가 하지.

할머니: 나 안 해!(홱 돌아서는)

민희부: 어머니, 오늘도 꽃구경 나오신 거예요?

어린아이처럼 고개를 끄덕이는 할머니

민희부: 집에도 꽃 이제 많은데 집에서 구경을 하세요. 오늘도 새 화분과 꽃들이 많이 들어
왔어요.

s#4 민희네 집

할머니는 거실에 누워서 자고 있다.

민희부: 민희야, 아빠가 너한테 마지막으로 부탁 좀 해야 할 거 같다. 아빠 해외출장이 또 잡
혔단다. 이번에 돌아오면 아빠가 할머니를 모실 테니 아빠 다시 돌아올 때까지 수고
좀 해줄 수 있겠니?

민희: 저도 이제 고3 올라가서 준비해야 될 게 많아요. 성적도 많이 떨어지고….

민희부: 미안하다. 너한테 면목이 없구나!

몇 초의 정적이 흐른다.

민희, 어쩔 수 없는 듯 가만히 고개를 끄덕거린다.

민희부: 정말 고맙다. 민희야.

s#5 민희의 집 (새벽)
모두가 잠든 야심한 밤 누군가 민희를 흔들어 깨운다.
깜작 놀라 잠을 깨는 민희, 시계를 보니 새벽 2시를 가리키고 있다.

민희: (눈을 반쯤 뜨며)할머니 왜? 왜요?
할머니: 이년아 밥 줘! 나 배고파 빨리 밥 줘!
민희: 할머니, 아까 저녁 드셨잖아요.
할머니: (더 큰 목소리로 소리를 지르며)밥 줘!! 죄다 숨겨놓고 너만 먹으려고 이년아!! 빨리
　　　밥 줘!!

민희, 피곤한 몸을 이끌고 일어나 할머니를 진정시키고 밥을 차리기 위해 나간다.

s#6 민희의 집, 아침
할머니의 옆에 앉아 엄마처럼 할머니에게 밥을 떠먹여 주고 있는 민희.
민희, 시계를 보니 등교시간이 점점 가까워온다.
그 때 초인종이 울리며 나가보는 민희.
돌봄 아주머니다.

돌봄 아주머니: 아줌마가 좀 늦었지? 학교 태워다 줄까?
민희: (할머니를 바라보며)아니에요, 저 갈게요. 아줌마 고생하세요.

민희, 급하게 현관문을 박차고 뛰어나간다. 민희가 신은 스타킹 올이 다 나가있다.

s#7 민희의 학교, 복도
쉬는 시간, 민희와 윤석이 운동장 벤치에 마주 앉아 얘기를 하고 있다.

윤석: 김민희 요즘 너 뭐하는데 하루 종일 연락이 안 되냐?
민희: 요즘 내가 좀 하는 일이 있어서 그래.
윤석: (헛웃음을 지으며) 야 아무리 그래도 그렇지 어제 내 생일이었잖아. 기억 안 나? 우리
　　　같이 밥 먹기로 한 거.
민희:(눈을 피하며) 아참, 그랬었구나. 미안, 나 먼저 간다.

민희, 윤석의 눈을 피하며 교실로 발걸음을 옮긴다.
그런 민희를 바라보며 어이없다는 듯 중얼거리며 웃고 있는 윤석.

s#8 교실
평범한 고등학교의 일상을 보내고 있는 민희와 친구들.
수업을 듣고 있는 중이다.
이때, 누군가 급하게 문을 노크하는 소리가 들린다. 담임이다.

담임: 실례 할게요~ 민희야, 잠깐 나와 볼래?

교실의 뒤쪽에 앉아서 깜박 깜박 졸고 있던 민희.
친구가 흔들어 깨우자 문가에 서있는 담임선생님을 바라본다.

담임: 어… 민희야, 지금 너희 집에서 전화가 왔어. 급한 전화 같던데? 얼른 가서 받아볼래

민희 고개를 숙이며 묵묵히 복도를 걸어간다.

s#9 교무실
수화기를 들고 전화를 받는 민희.

돌봄 아주머니(F): 여보세요? 민희 학생이지? 나 도저히 못하겠어. 너무 지치고 힘들어. 나 지금 나갈 테니 빨리 와서 학생이 할머니 좀 돌봐.
민희: 제가 학교 끝나고 갈 때까지 만이라도 기다려 주시면 안돼요?
돌봄 아주머니(F): 내가 오죽하면 이러겠어. 내가 30분만 기다려 줄 테니 지금 좀 빨리 와.

전화가 끊어지며 당황하는 민희, 한숨을 깊게 내쉰다.

s#10 민희의 집
급하게 도어락을 누르고 집에 들어오는 민희.
할머니는 배변을 거실과 방안의 벽지에 가득 문질러 놨다.
암모니아 냄새와 악취가 민희 코를 찌르는 것만 같다.

놀란 민희가 기겁한 듯 입을 벌리고 멍하니 벽을 바라본다.
할머니는 민희가 들어온 것도 모르는 듯 빨간색 튤립이 들어있는 화분을 바라보며 웃음을 짓고 있다.

할머니: (꽃을 바라보며) 아가야 빨리 빨리 쑥쑥 크거라. 그래야 내가 고향으로 내려가지. 꽃피는 봄이 와야 고향으로 내려가지. 아범도 내려가고 우리 손녀도 내려가고.

균형을 잃고 휘청거리는 민희, 식탁을 겨우 붙잡고 버틴다.

s#11 욕실
할머니를 목욕시키고 있는 민희
할머니는 아이처럼 노래를 부르고 있다.

할머니: 나의 살던 고향은 꽃피는 산골 복숭아꽃 살구 꽃….
민희: 할머니는 그 노래는 잊어버리지 않네. 그 노래가 그렇게 좋아?
할머니: 그런데 누구신데? 내 때를 밀어주시는 건가요?
민희: 할머니, 난 할머니 냄새가 참 좋아. 엄마 냄새가 나거든….
할머니: 누구냐니까! 저리가! 저리가란 말이야!(욕실에서 일어나서 나가려고 한다.)

민희는 따라가서 할머니의 물기를 닦아주려고 한다.

할머니: 저리가 미친년아!(민희를 밀며)

민희는 비틀거리다 침대 모서리에 부딪치고 만다.

s#12 민희의 집
그날 밤 악몽을 꾸는 민희,
꿈에서도 할머니가 쫓아와 괴롭히는지 '할머니, 할머니, 나 좀 살려줘' 하는 잠꼬대가 들린다.
그때 누군가 방문을 두드리더니 문틈으로 쪽지 한 장을 집어넣고 문을 닫는다.
민희가 잠에서 깨어나 쪽지를 읽어보니 '미안해'라는 글자가 삐뚤빼뚤하게 적혀있다.
민희, 한참동안 말이 없다.

s#13 민희의 상상, 과거

손을 맞잡고 꽃밭을 걷고 있는 할머니와 어린 민희.

민희: 할머니! 할머니는 왜 꽃이 좋아? 나는 머리만 아프고 별론데.
할머니: 민희야 꽃은 벌도 친구로 삼고 나비도 친구로 삼아. 민희 벌 좋아?
민희: 아니, 벌 무서워! 유치원 선생님이 벌은 아프댔어.
할머니: 그치? 꽃은 남들을 다 감싸주려고 해. 그러니까 민희도 앞으로 꽃처럼 지내야 되는
　　　거야. 알겠지?
민희: 알겠어, 할머니.

해맑게 웃는 민희, 할머니는 민희를 끌어안아준다.

과거를 생각하고 피식하고 웃는 민희 멀쩡했던 할머니를 회상하며 잠에 드는 민희.

s#14 선유도공원
할머니와 산책을 하고 있는 민희.
민희는 할머니가 어디라도 갈까 싶어 할머니만 쳐다보고 있다.

할머니는 그런 민희의 마음을 알까. 꽃밭 앞에 쪼그려 앉아 꽃들을 유심히 관찰하고 있다.

민희는 어제 학교에서 선생님과 나눈 대화가 떠오른다.

s#15 민희의 학교, 교무실
민희는 아버지의 출장 때문에 학교를 결석한 1주일간의 결석계를 담임선생님께 제출한다.

담임선생님: 민희야, 무슨 일 있어? 학교도 잘 안 나오고 성적도 계속 떨어지는데. 무슨 일 있으면 선생님한테 털어놔 봐.

민희: (당황하며)네? 아니에요. 선생님, 아무 일 없어요.

담임선생님: 정말이야? 진짜 아무 일 없는 거지?

민희: 네 선생님, 그렇다니까요! 앞으로 학교도 잘 나오고 성적도 더 신경써볼게요.

담임선생님: 그래, 민희야 들어가~

민희, 인사를 하고선 돌아선다.
고개를 갸우뚱 젓는 담임선생님.

s#16 선유도 공원

생수 두 병을 사들고 할머니와 앉아있던 벤치로 돌아오는 민희,
멀리서 다가오는데 벤치에 있던 할머니가 사라졌다.

표정이 굳으며 주위를 두리번거리는 민희.
점점 발걸음이 빨라지고 할머니를 찾는 소리도 커진다.

s#17 선유도 공원, 공원분수대

공원분수대, 출입금지라고 적혀 있는 팻말을 넘어 할머니는 공원분수대에 피어있는 제라늄 꽃을 바라보고 있다.
분수대 근처 사람들이 모두 수군수군 거린다.

행인1: 저 할머니 미친 거 아니야? 어디 아픈가?

행인2: 할머니 빨리 나오세요, 들어가시면 안돼요!

민희도 그런 할머니를 보고 얘기를 한다.

민희: 할머니 빨리 나오세요. 거기 들어가시면 안돼요. 제가 기다리시라고 했잖아요!

할머니는 사람들의 말은 들리는지 천방지축 어린아이처럼 분수대 안을 휘젓고 돌아다니고 있다.
행인들의 목소리가 점점 커지자 민희도 분수대로 들어간다.
민희는 할머니를 나가자면서 잡아끈다.

민희: 할머니 나가셔야 돼요. 사람들이 다 보잖아요.
할머니: 싫어, 난 여기가 좋아. 이 꽃 좀 봐. 너무 예뻐.

민희는 할머니를 계속 잡아끌지만 할머니의 저항과 완력을 당해낼 수가 없다.
사람들은 마치 두 사람이 들어가 노는 것처럼 본다.

행인3: 학생이랑 늙은이랑 뭐하는 거야 저기서?

누군가는 그 모습을 핸드폰 동영상으로 찍는다.
그리고 할머니가 민희를 밀쳐낸다.
분수대에 빠지고 마는 민희.
호루라기 소리가 들리고 다급하게 뛰어오는 공원 관리인의 모습이 보인다.

s#18 민희의 집
집으로 돌아온 민희와 할머니.
이제 조금 쉬려는데 민희의 휴대폰 알림음이 울린다.
누군가 공중도덕을 지키지 않는 몰상식한 사람들이라며 커뮤니티 사이트에 글을 올렸다며 민희의 휴대폰 알림음이 끊이질 않는다.

민희와 할머니의 모습은 그날 밤 9시 뉴스에서도 보도된다.

앵커: 시대가 시대인 만큼 시민의식은 필수입니다. 공원은 모두의 자산이며 시민들의 것이라고 알아줬으면 합니다. 9시 뉴스 ㅇㅇㅇ이였습니다.

s#19 민희의집
그날 밤 할머니 목욕을 시키고 나오자 윤석에게 문자가 한 통 와있다.

윤석: 우리 그만 만나자.
민희: 내가 다 설명할게 . 할머니가 조금 아프서서 그래, 윤석아.
윤석: 아니 됐어. 이거뿐만 아니라 요즘 너가 나한테 관심도 없는 거 같고… 헤어지자.

민희가 답장을 보내고 전화를 해보지만 윤석은 묵묵부답이다.

s#20 민희의 집
민희는 한밤중에 일어나 몇 년 전 죽은 엄마의 사진을 보고 말을 한다.

민희: 엄마, 나 이제는 못 버티겠어. 내가 무슨 잘못을 했다고 이런 벌을 받아야 할까. 너무 힘들어. 보고 싶어 엄마!

그 때 할머니는 갑자기 문을 열고 불을 켠다.
할머니는 민희가 들고 있는 사진을 보더니 놀란 눈이 휘둥그레진다.

할머니: 이 나쁜 년! 이 년이 나 굶기고 못살게 굴었어! 이런 나쁜 년은 사라져야 돼!

할머니는 민희의 손에 들려져 있던 엄마의 사진을 뺏어 찢는다.
민희와 할머니는 사진을 가지고 옥신각신 몸싸움을 하다가 할머니를 벽으로 밀치고 만다.
그 때 출장을 마치고 집으로 돌아온 민희부.
민희의 따귀를 때린다.

할머니: 저 년이! 저 년이! 나를 때리고 밥을 안줬어!

오열하고 있는 민희.

s#21 민희의 집
다음 날 아침 바닥에 앉아, 소파에 앉아있는 민희부를 올려다보고 있는 민희.

민희: 아빠 어제는 제가 죄송했어요. 사진 가지고.
아빠: 아니야. 아빠도 미안해. 얘기도 안하고 손부터 나갔네.

책상에는 풀과 민희가 붙이다 만 사진조각들이 있다.

민희: (울먹거리며) 아빠 저 사실 너무 힘들어요. 아빠한테 말 못했던 것도 한두 개가 아니
    에요. 하고 싶은 거 못하고 항상 할머니한테만 매달렸어요. 아빠라도 저를 도와주셨
    으면 했는데. 항상 남은 건 저 혼자였어요.
민희부: 민희야, 아빠는 다 우리가족을 위했던 거야. 아빠가 돈을 더 벌어야 할머니 병도 호
    전되게 해드리고 그리고 우리 민희 좋은 대학도 보내지.

몇 초의 정적이 흐른다.

민희부: 아빠 내일 사직서 내고 올게. 그동안 고생했어, 민희야.
민희: 정말요? 아빠 정말 감사해요. 이제부터라도 우리 같이 잘 해봐요.

포옹을 하는 민희 부녀.

s#22 선유도 공원
선유도 공원에서 꽃구경을 하고 있는 민희부와 할머니.

아빠: 어머니, 이제 제가 어머니 모실게요.

할머니는 아는지 모르는지 웃기만 한다.
할머니는 콧노래를 부르며 걷는다.
그 때 아빠에게 전화가 걸려온다. 회사대표에게 직접 걸려온 전화다.

아빠: 네 대표님, 전화 받았습니다.
회사대표: 어 날세, 자네 사표 반려했네. 자네가 우리 계열사 사장직을 맡아줬으면 해.
아빠: 네? 제가요?
회사대표: 그래 자세한 건 출근해서 얘기하자.
아빠: (떨떠름한 말투로) 네, 알겠습니다.

전화가 끊어진다.

s#23 민희의 집
잇달아 동료들에게 축하 메시지가 온다.

김대리: 축하드려요 부장님!!
박차장: 앞으론 꼭 꽃 같은 길만 걸으세요!

민희부는 고맙다고 일일이 답하지만 민희가 신경에 걸리는 듯하다.

s#24 민희의 집
한밤중 엎치락뒤치락 하며 잠에 쉽게 들지 못하는 민희부.

s#25 민희의 집
다음 날 아침 식사를 하며 꽃구경을 가자고 하는 민희부.
할머니는 방방 뛰며 좋아한다.
노란 개나리꽃이 그려진 옷을 입고 나오는 할머니.

s#26 민희부의 차
차를 타고 어디론가 가고 있는 민희, 민희부 그리고 할머니. 그런데 모두들 표정이 심상치 않다. 점점 산골로 들어가더니 어느 한곳에 정차한다. 주위를 둘러보니 보이는 '행복요양원' 간판. 할머니는 차에서 내린다.

직원1: 할머니 어서 오세요~ 꽃들이 되게 예쁘죠. 여기도 이쁜 꽃들 많아요~

할머니는 관심이 끌린 듯 직원에게로 가서 꽃향기를 맡는다.

s#27 행복요양원

할머니가 직원이 든 꽃을 보고 좋아하는 모습을 멀찌감치 떨어져서 보고 있는 민희와 민희부.

직원: 할머니 저 쪽에도 예쁜 꽃 많은데 같이 구경하러 가실래요?
할머니: 정말? 보러가자. 예쁜 꽃 보고 싶어.

할머니는 어린아이처럼 반대쪽 꽃밭으로 뛰어간다.
직원은 민희부에게 눈으로 신호를 보내고선 할머니를 따라간다.

민희의 눈엔 눈물이 고인다.

시동을 걸고 천천히 요양원을 빠져나오는 민희부의 차.

민희: 아빠, 차 좀 세워주세요. 내가 할머니 돌볼게요. 네? 제발 세워주세요. 이제 짜증도 안
내고 공부도 필요 없어요. 할머니만 바라보고 살게요.

민희부는 아무 말 없이 차문을 열어준다.
민희 차에서 내리자마자 요양원으로 뛰어간다.
민희, 할머니에게 안긴다.

민희: (울먹이며) 할머니 사랑해요. 나 진짜 어디도 안가고 할머니 옆에 붙어있을게. 사랑
해요 할머니.

할머니는 웃음을 짓는다.

개구리와 우물

이 창 성
(서울 숭실고등학교 3학년)

어렸을 적 내게 새로운 세상을 선물한 동화책이 하나 있다. 제목은 가물가물하지만 책 안에 있는 개구리와 목소리가 대화하는 장면은 지금도 선명히 기억난다.

아주 깊은 우물 안에서 첨벙 소리를 내며 개구리가 뛰어다녔다. 개구리는 하루하루를 재밌어하며 즐거워했다. 그 시절 나는 넓은 우물 안을 혼자 뛰어다니는 개구리의 모습에 부러웠다. 누구의 방해도 받지 않고 살아가는 개구리가 있는 우물이 나한테도 있었으면 좋겠다고 생각했다. 하루는 깊은 우물 밖에서 목소리가 들려왔다.

"개구리야, 개구리야. 너는 그곳이 재미있니?"

개구리는 주걱 모양으로 생긴 빨판으로 벽에 매달려 말했다.

"이곳은 정말 재미있어. 너는 누구니?"

우물 밖 목소리는 개구리의 말에 답하지 않고 사라졌다. 개구리는 다음날 그 목소리를 또 듣는다면 그때는 꼭 말해주고 싶었다. 내가 있는 곳이 얼마나 재미있는지를.

개구리는 열심히 헤엄치고, 배를 까고 누워서 날아다니는 벌레들을 아무런 노력 없이 긴 혀로 낚아챘다. 개구리는 이 모든 것에 만족하며 두 눈을 감고는 물 위에 둥둥 떠다녔다. 몇 시간이 지나자 우물 안이 쾅쾅 울리면서 목소리가 들려왔다.

"개구리야, 개구리야. 그곳에는 먹을 게 다양하니?"

개구리는 그 목소리가 어제 들었던 목소리임을 알아챘다. 누워있던 개구리는 관절 마디마디를 기지개 펴고는 말했다.

"여기에는 정말 먹을 게 많아. 너무 많아서 탈이지. 노력 없이도 쉽게 먹을 수 있단 말이야. 너는 누구니? 너도 이곳에 오면 좋겠는데 말이야."

개구리의 말에 아무런 답도 하지 않고 목소리는 다시 사라졌다. 개구리는 아쉬웠지만 둥둥 떠 있는 물 위에 가만히 몸을 내버려 두고 기다렸다. 하루가 지나자 우물 밖에서 다시 목소리가 들렸다. 어제와 다르게 의미심장한 목소리였다.

"개구리야, 개구리야. 정말 그곳이 재미있니?"

개구리는 말했다.

"이 넓은 우물 안을 독차지하는 건 너무나 행복해. 목소리야, 목소리야. 너도 나처럼 넓은 곳에서 행복하니?"

이날 이후 목소리는 개구리를 찾지 않았다. 여기까지가 18살이 기억하는 내용의 전부다. 매년이 지나면서 동화책이 차지하고 있던 공간들은 다른 것들로 작아졌다. 제일 좋아하는 내용이었지만 지금 생각하니 그 뒤의 내용은 기억도 나지 않는다.

어렸을 적 개구리가 부러워 보였고, 자기만의 공간을 가진 개구리처럼 살고 싶었었다. 그리고 지금 나는 그런 개구리가 되고 싶지 않다. 개구리에게 말을 걸었던 목소리처럼 우물 밖에서 살아가고 싶다.

***

분필이 초록색 칠판 위에 또각또각 소리를 내며 한 글자씩 왼쪽에서 오른쪽으로 쭉 움직였다. 린넨으로 된 하얀 블레이저를 입은 선생님의 뒷모습을 보고만 있자니 괜히 창문 밖으로 고개가 돌아갔다. 선생님은 아름다우셨다. 여자애들이 보기에도 예뻤고, 패션 센스도 남달랐다. 칙칙한 색보다 화사하고 단정하게 입은 모습의 너도 나도 어떤 브랜드냐고 물어보기 바빴다.

"야, 오늘 담임쌤 입은 블레이저 왜 이렇게 예쁘냐?"

수진이가 선생님 들리지 않게 조용히 물어봤다.

"내가 어떻게 아냐, 나는 그냥 오늘 하루도 조용히 넘어갔으면 좋겠다."

"무슨 답이 그 모양이야, 누가 보면 학생이 아니라 선생님이 앉은 줄 알겠네. 왜 또 무슨 일 있어?"

수진이는 선생님이 적어둔 필기를 보면서 노트에 그대로 따라 적고 있었다. 손과 눈은 재빨리 움직여 한 글자 한 글자를 그대로 복사하고 있었다.

"나 자퇴하래."

"뭐? 잘 안 들렸어, 다시 말해봐."

"나보고 자퇴하래."

수진이는 열심히 따라가는 필기를 멈추고 두 눈동자의 방향도 칠판에서 내게로 돌렸다. 수진이가 입을 열지 않아도 이미 표정은 구겨져 있었다.

"야, 이별빛. 뭔 자퇴야 자퇴는, 갑자기 네가 자퇴를 왜 해."

수진이는 나대신 억울해하며 목소리를 조금 키웠다. 선생님은 그 소리를 들었는지 "얼른 받아 적으세요." 라는 말을 덧붙이시며 아이들 상태를 조금씩 바라보고 계셨다. 수진이는 눈치를 보면서도 말을 이어갔다.

"설마… 너희 오빠 일 때문에 그런 거야?"

수진은 조심스럽게 내 눈치를 살피고 있었다. 수진이랑 나는 중학생 때부터 친구였기에 모르는 비밀은 없었고, 나만 아는 비밀이 생겨도 그걸 같이 품을 수 있는 친구였다. 그런 수진의 눈빛을 보고는 나는 조용히 고개를 끄덕였다.

"맞아, 오빠 때문에 엄마가 나도 자퇴하래."

수진은 입을 오므렸다 폈다 하면서 나 대신 억울함을 호소하고 있었다. 선생님은 아이들이 하나둘씩 연필을 내려놓는 걸 보고는 그다음 부분으로 넘어가셨다. 단정한 청바지와 미키 마우스가 붙어있는 크록스는 반전되는 포인트같이 느껴졌다.

"일단 집중이나 해, 너 이러다가 선생님한테 또 불려 나가겠다."

수진은 고개를 숙이고는 열심히 적었다. 선생님 대신 창밖을 보다가 내 옆구리를 수진이가 툭툭 쳤다. 책상 위에는 수진이가 써놓은 포스트잇이 붙어 있었다. 나는 아무 말 없이 종이를 읽고는 수진이를 다시 한번 쳐다보고, 가볍게 미소 지었다.

- 오늘 학교 끝나고 집으로 가지 말고, 밀림 놀이터에서 만나. 청소 순식간에 끝내고 갈 테니깐 먼저 집으로 가지 말고!

수진이 어깨를 치고 나는 고개를 끄덕였다. 우리는 눈동자만 봐도 이야기가 통하는 듯했다. 선생님의 설명과 함께 학교는 끝났다. 창밖은 비가 올 듯 말듯한 구름으로 곳곳이 우울한 색으로 뒤덮였다.

"별빛! 너 집으로 가지 말고, 밀림에서 꼭 기다려."

"알았어, 알았어. 지각해서 청소하는 주제에 말이 이렇게 많아. 빨리 오기나 하세요."

교실 뒷문으로 그림자처럼 스르르 빠져나갔다. 복도에는 선생님들이 수업보다 더 바쁜 일이 있는지 분주하게 돌아다니셨다. 중앙 계단은 하교하는 학생들로 가득 붐벼있었다. 그 사이를 피해 오른쪽 계단으로 내려갈 때 진지하게 얘기하시는 선생님들의 목소리가 들렸다.

"미치겠네, 최선생 이번에 3학년 학폭 명단 봤어? 진짜 더럽게도 많더라. 교장 선생님 화나서 거품 물고 우리한테 뭐라 하시겠네."

"10명 정도… 망했네요. 하필이면 남자애들끼리 싸운 것도 아니고 다른 학교 여고생들도 포함된 것 같던데, 저도 모르겠네요. 빨리 퇴학처리나 시켜야죠."

선생님들의 한숨 소리는 괜히 내 옆구리까지 바늘로 쿡쿡 찌르는 것 같았다. 중앙 계단은 아직도 붐볐고, 오른쪽 계단에서 들려오는 대화는 간단하게 끝나지 않을 듯했다. 언제부터인지 내 선택권은 자꾸만 줄어드는 기분이다. 나는 하는 수 없이 반에서 제일 멀리 떨어져 있는 왼쪽 계단으로 걸어갔다.

밀림 놀이터는 나와 수진이 이름 붙인 장소였다. 놀이터 테마도 자연과 친해지라고 이곳저곳에 초록색으로 칠해진 미끄럼틀과 직접 심어 놓은 꽃들을 쉽게 볼 수 있었다. 놀이터가 있는 곳은 초식동물이 살 것 같이 화사하고 밝아 보였고, 그 뒤에 세워진 정자에는 야생 동물이 살 것 같이 나무도 어두웠고, 깊게 그늘져 있었다. 극과 극의 모습은 밀림에서 서로를 잡고, 살려는 동물들 같아 보여 우리는 밀림의 한 장면 같다고 느꼈다.

아이들이 웃고 떠드는 사이로 어두컴컴한 그늘 안으로 조심히 들어가 깊은 숨을 뱉으며 앉았다. 아이들의 웃음소리와 장난치는 소리가 노래같이 부드러운 선율 위로 올라간 듯했다. 푸른 숲을 가만히 바라보고 있다 익숙한 목소리가 들려왔다.

"별빛! 거기 있지?"

"어, 나 여기 있어."

수진이는 가방 끈도 한쪽으로 매고는 부랴부랴 뛰어왔다. 청소를 빨리하기는 진짜 빨리했나 보다. 교복 위에 물 튄 자국이 몇몇 보였다. 수진이는 내 손을 잡고는 반짝이는 두 눈을 끔뻑거리며 말했다.

"괜찮아?"

이 일에 내 감정은 중요하지 않았다. 누가 내 감정을 물어보는 게 오래만인 듯했다.

"나는 괜찮지. 아니다, 괜찮지 않아. 나도 나를 모르겠다. 수진아 나 진짜 자퇴할까. 근데 이상하게 내가 왜 문제아처럼 보이지."

"야! 네가 왜 자퇴 하냐고? 잘못한 건 너희 오빠잖아. 사실 나도 조금은 들었어. 이번에 3학년들 중에 꽤 많이 학폭에 걸렸다는데, 뭐 때문에 걸린 줄은 알아?"

오빠랑 관계는 나쁘지 않았지만 이 일에 대해서는 우리 가족은 숨겨놓은 듯 아무 말도 하지 않았다.

"뭔데?"

"뭐야, 너 몰라? 가족들한테 들은 얘기도 없어?"

수진은 나보다 더 황당한 표정으로 바라봤다. 나는 그런 수진의 표정을 보고는 나도 황당하다고 고개를 기울였다.

"이번에 우리 학교 오빠들이랑, 근처에 있는 여고 언니들이랑 카톡 방을 만들어서 집단 따돌림을 했나 봐, 거기에 선생님들 욕은 기본이고 몇몇 애들 사진까지 올라와 있었대. 피해자만 10명이 넘는다고 들었는데…."

"거기 카톡 방에 우리 오빠가 있었구나."

"아마, 그렇겠지. 그게 아니면 학폭 명단에 올라갈 일도 없고. 아무튼 오빠는 오빠고 너는 너야 이별빛. 절대 자퇴하지 마. 왜 네가 가해자 인척 학교를 나가야 하냐고."

수진이는 끝까지 내게 자퇴를 하지 말라는 말을 반복했다. 나도 자퇴를 원하지 않았다. 내 잘못을 인정하는 꼴인 것 같았다.

"나도 안 할 생각이었어, 내가 자퇴를 왜 해. 잘못은 오빠가 했는데, 근데 나 기분이 조금 이상해. 학교에서도 그렇고 나를 보는 시선이 평상시보다 더 무겁게 느껴져. 원래는 평범하고 아무렇지 않았는데 말이지."

"아무도 네가 잘못했다고 이야기하는 사람도 없고, 네가 문제가 있다고 말하는 사람도 없어. 우리 담임쌤도 너 잘못 없는 아이라고 항상 말씀하시는 걸 내가 봤다니깐. 아무튼 너 나랑 약속해."

수진이는 내게 새끼손가락을 들이밀었다. 오늘 내게 느꼈던 순간들이 수진이 말대로 기분 탓, 감정 탓이면 좋겠다고 속으로 주문을 걸었다.

"나 말고, 너를 위해서라도 절대 자퇴하지 마. 그리고 만약에 정 안된다면 차라리 저 멀리 전학 가. 나한테는 떠나기 전에 꼭 말해주고."

"당연하지, 절대, 절대 자퇴 안 해."

새끼손가락은 서로를 꽉 이어줬다. 수진은 이제야 안심하는 듯 안도의 숨을 흘렸고, 나는 그 모습에 오늘 생긴 고민들의 조금의 위로가 느껴졌다.

"부모님한테는 어떻게 말할 거야? 많이 화나셨을 것 같은데…."

오빠 일을 부모님이 안 뒤로는 집안에는 차가운 침묵만 돌았다. 오빠는 그림자처럼 집에 들어와서 곧장 방 안으로 들어가 나오지 않았고, 엄마는 오빠를 제외한 저녁을 준비하셨다. 싸한 침묵을 깨고 말해야 한다는 부담감이 괜히 어깨만 무거웠지만, 작은 결심은 생겼다.

"걱정하지 마, 내가 잘 말할 수 있어."

수진이랑 헤어지고 돌아가는 길은 은은하게 빛났다. 흔들렸던 마음이 이제야 똑바로 자리 잡은 듯했다. 집 앞까지 걸어가며 다양한 생각들이 쌓였다. '자퇴를 하지 않겠다고 하면, 부모님도 날 이해해 주시겠지?' 아니면, '여전히 자퇴를 강요하시면 전학을 가야겠다고 말해야 할까.' 우리 가족은 오빠 일을 알기 전에는 웃음소리가 잔잔하게 차지해 있었다. 부모님과의 관계도 좋았고, 행복했다고 자부하며 말할 수 있었다. 공부로 평가를 하지 않으셨고, 성품과 미소에 중요성을 강조하셨다. 다른 친구들의 부모님이 말다툼하는 이야기는 나에게 위화감만 드는 모습이었다. 그러나 이번 일로 미소도 행복도 마지못해 밝음조차 꺼져가는 하루를 애써 외면하고 싶지만 나는 아직 모든 게 지워졌다고 생각하지 않는다. 그렇게 믿고 싶었다.

집안은 여전히 침울하고 무겁게 깔린 적막 안에 감돌고 있었다. 엄마는 아무 말 없이 부엌에서 저녁을 준비하셨고, 아빠는 소파에 앉아 멍하니 천장만 보고 계셨다. 말하지 않아도 어떤 생각인지 짐작이 갔다. 대화가 단절된 집안에는 내가 움직이며 내는 소리가 전부였다. 화장실에 들어가 샤워를 할 때 샤워 호수에 나오는 물줄기가 더 강했으면 좋겠다고 생각했다. 평상시보다 샤워를 오래했다. 멍 때려서 그런지 아님 물줄기가 끊기면 찾아오는 적막이 싫었는지 나도 모르겠다. 엄마는 연기가 모락모락 나오는 국과 미리 만들어 둔 반찬들을 식탁 위에 하나씩 올려놨다. 전기밥솥에서 까랑까랑한 여자 목소리가 들렸다. "맛있는 백미가 완성되었습니다." 자랑스럽게 말한 밥솥 대신 내가 눈치를 보며 식탁에 앉았다. 엄마는 여전히 아무 말 없이 밥그릇에 밥을 담고는 자리에 올려 두셨다. 내 눈을 피하는 건지 엄마는 나랑 끝까지 눈을 마주 보지 않았다.

"식사하세요."

엄마의 첫마디. 아빠도 힘없이 식탁에 앉아서 숟가락을 드셨다. 오빠는 없었다. 원래 없는 사람인 듯 흔적도 없었다. 밥을 한술 떠 입안에 가득 넣을 때 웃겼다. 차가운 공기 속 뜨끈하게 씹히는 밥알들이 눈치 없어 보였다. 숟가락이 그릇과 맞닿아 내는 긁는 소리, 국물을 마시는 소리, 젓가락을 식탁 위에 올려두며 나는 옥구슬 소리. 그 사이에서 나는 말했다.

"나 자퇴 안 할래."

시간이 길고 질기게 흘러가듯 했다. 고작 한마디에 엄마, 아빠는 그제야 나를 똑바로 바라봤다. 엄마는 깊은 한숨을 내셨다. 어떤 의미인지 모르지만 다시 수그러들면 안 된다고 느꼈다.

"나 자퇴 안할 거야. 처음부터 하고 싶지 않았어."

아빠는 숟가락을 떨궜다. 엄마는 아예 모든 걸 내려놓고 고개를 숙이고는 가만히 계셨다. 아무런 반응이 없으니 조금은 움츠려 들었지만 지금이 아니라면 쌓아 둔 모든 이야기를 꺼내지 못할 것 같았다.

"엄마, 아빠는 오빠 때문에 나한테 자퇴하라고 말했을 텐데, 나는 자퇴하고 싶지 않아. 처음부터 나한테 자퇴하라고 말을 한 순간부터 나는 항상 묻고 싶었어. 오빠의 잘못을 왜 나까지 물려받아야 하는 건지. 가족이라는 이유로 나까지 가해자 안에 포함시키는 건 내가 싫어. 그리고…."

아빠는 내 말을 부드럽고, 단호하게 끊었다. 화가 난 목소리도 아니었고, 나를 혼내려는 말투도 아니었다.

"별빛아 미안해. 하지만 아빠는 너만은 지키고 싶어. 아빠, 엄마는 천벌을 받아도 마땅해. 너희 오빠 저렇게 될 때까지 관심 안 주고, 집안에서 착실하게 행동했으니깐 그걸로 판단한 모습들을 보면 지금도 잘못을 돌이킬 수 없다고 생각해. 그런데, 네가 잘못이 없다고 세상은 너를 보호해 주지 않아."

엄마는 눈물을 흘리고 있었다. 참고 또 참았는지 눈물은 굵게 떨어졌다. 엄마는 휴지를 뽑고는 말없이 눈물을 닦고 떨어지는 눈물을 다시 닦았다. 이 상황조차 나는 억울했다. 어디서 꼬였는지 찾을 수 없었다.

"나는 그래도 상관없어. 다른 사람들이 어떤 시선으로 바라보든지 그게 내 잘못이라 생각하지 않아. 내가 자퇴하겠다고 쓰는 사유가 그 사람들 때문인 건 싫어. 단지 오빠의 행동 때문에 자퇴를 하는 건 나도 똑같이 인정한다고 생각해. 아빠도 내 심정이 어떤지 알 거 아니야."

"이미 선생님한테 자퇴 이야기로 상담도 드렸어. 억울하고 네가 가해자처럼 느껴지겠지. 별빛아 이건 잘못했다, 안했다의 문제가 아니야. 네가 너 자신을 지키는 행동이야. 너한테 미리 말하지 않고 선생님이랑 상담한 거 미안해. 하지만 아빠는 이게 최선이라고 생각했어."

배신감이 갑자기 들어왔다. 아빠는 이미 내게 자퇴 이야기를 꺼내기도 전에 선생님한테 미리 상담을 하면서 자퇴 이야기를 서로 주고받은 듯했다. 처음으로 아빠가 나에 대해 아무것도 모르는 것 같았다.

"아빠! 이게 나한테 더 힘든 거야. 이게 왜 최선이야 다른 방법도 많은데, 그게 최선이라면 나는 죽어도 자퇴 안 해. 아니! 자퇴할 마음도 없다고 가서 얘기할 거야. 나도 피해자야, 나라도 저런 오빠를 두고 싶겠어?"

의자를 박차고 자리에서 일어났다. 수북하게 쌓인 밥은 윤기가 죽어 말라 있었고, 뜨거운 국물은 맹물로 건더기만 둥둥 떠다녔다. 차갑게 식어버린 식탁은 말라있었다. 내가 뒤돌아 방으로 들어갈 때 아빠는 딱 한마디만 말했다.

"미안해, 정말."

그 말도 이제는 지긋지긋했다. 방문을 모두가 듣게 세게 닫았다. 침대에 누워 베개에 얼굴을 파묻고 뜨겁게 흐르는 눈물을 삼키려고 노력했다. 핸드폰이 시도 때도 없이 울렸다. 누구도 나를 공감할 사람이 없는 걸 나도 잘 알고 있다. 애써 그 소리를 무시했다. 귀가 영원히 닫혔으면 좋겠다고 생각했다.

뉴스에서는 이미 이 사건을 크게 보도시켰고, 아침 등교 시간에는 방송국과 기자들이 정문 앞에서 진을 치고 있었다. 아이들은 신기해서 두리번거리며 들어갔지만 나는 그렇지 않았다. 노란색 바탕에 검은 이름이 새긴 명찰을 최대한 숨기고는 그 사이를 빠져 들어갔다. 누군가 내게 마이크를 건네며 '가해자 가족인데, 이 사건을 어떻게 생각하십니까?'라고 묻는다면 나는 사과를 해야 하고, 눈물을 흘릴 것만 같았다.

　모자이크로 가려진 얼굴들은 실루엣만 봐도 누군지 알아볼 수 있었다. 이미 학교에는 정보들이 끊임없이 쏟아졌다. 잘못이 없다고 속으로 되묻고 말하고를 반복했지만 막상 교실 안은 차갑고 싸했다. 그 이유가 단지 나 때문인 것 같았다. 어제랑 오늘의 온도차는 정확하게 느껴졌다. 작게 들리는 목소리에 어깨가 움츠러들었다. 눈동자를 굴려 나를 바라보는 애들은 없는지 확인했다. 죄를 지은 사람처럼 말이다.

　학교는 이미 큰일을 겪고 있었다. 창밖에는 피해자 가족들의 울음소리와 그걸 저지하는 경찰들이 뭉쳐있었고, 선생님들도 고개를 숙이고 진정시키고 계셨다. 어제 식탁에서 아빠한테 내 잘못이 아니라고 말했지만 모든 일이 나로 벌어진 것 같았다. 시선을 돌려 핸드폰을 바라봤지만 그곳도 똑같은 상황이었다.

　'제발 천벌을 받아라!' 미디어에 달린 댓글들은 실시간으로 늘어갔다. '이게 학생이냐? 범죄자지.' 단순히 가해자를 욕하는 댓글이 아닌 다른 댓글도 달렸다. '가해자 가족들은 반성하고 뉘우치세요.' 피할 곳이 보이지 않았다. 숨이 답답하고, 버겁기 시작할 때 선생님이 내 이름을 불렀다.

　"별빛아, 잠깐만 선생님 좀 볼까?"

　그 목소리에 아이들은 하나같이 나를 쳐다봤다. 눈빛들은 하나같이 똑같이 말하는 듯했다. '그럼 그렇지, 쟤도 가해자 아니야?' 자리에서 일어나 교실을 나가는 시간은 아주 느리게 흘러갔다. 아름답게만 느껴진 모습들에 하나씩 금이 나기 시작했다. 괜찮아 보였던 나도 왜인지 망가진 장난감 같았다. 선생님을 따라 들어간 곳은 학교 상담실이었다. 선생님과 진학 상담부터 시작해 진로와 사소한 고민까지 주로 이루어지는 장소였다.

　"괜찮으니깐 어서 들어와."

선생님의 말투는 상냥하고 다정했다. 내가 알던 선생님의 모습이랑 다르지 않아 괜히 안심이 들었다. 한순간에 변한 상황이 낯설었지만 그래도 선생님의 모습은 한결같다고 생각했다. 상담실 안에는 부드러운 질감으로 놓여있는 원목 책상이 있었다. 선생님은 자리에 앉아 슬며시 미소를 지으며 나를 기다렸다. 나는 맞은편 의자에 앉아 선생님이 말하기 전까지 기다렸다. 그게 내 최선인 것 같았다.

"아침부터 많이 놀랐지? 아무래도, 워낙 큰 사건이고 파장도 만만치 않네. 선생님이 왜 별빛이를 불렀는지 혹시 알고 있을까?"

이미 알고 있었고, 그에 대한 말도 준비했다. 나는 자퇴를 하지 않을 거라고. 원래라면 당당하게 입을 열어야 했지만 내 계획이 벌써부터 틀어져 버렸다.

"모르겠어요."

선생님은 옆자리에 보이지 않게 둔 불투명한 파일을 집어 들었다. 파일 안에서 팸플릿과 전단지 같은 것들이 하나씩 빠져나왔다. 선생님은 애써 웃음을 지어보였지만 나는 그게 어떤 의미인지 대충 짐작 갔다.

"음… 다름이 아니라 별빛이도 알겠지만 이번에 오빠가 그 사건에 있는 거는 알고 있지?"

"네."

"그래, 그럼 다행이다. 선생님이 부모님이랑 전화 상담도 해보고 얘기도 많이 나눴는데, 자퇴를 하는 게 가장 괜찮을 것 같아. 어떻게 생각해?"

이 말이 나오기를 원치 않았다. 모든 게 나를 몰아세우는 것 같았다. 선생님은 팸플릿을 슬쩍 내 앞으로 밀어두셨다. '학업중단 숙려제 함께해요, 우리.' 아무 생각 없이 글자를 반복적으로 눈으로 읽었다. 말하려고 했던 생각들이 바람 빠진 풍선처럼 땅으로 하찮게 추락한 것 같았다. 선생님을 바라보고 말했다.

"저 자퇴하고 싶지 않아요. 저는 범죄자가 아니에요, 잘못도 하지 않았어요. 단순히 오빠 때문에 권유하시는 거면 저는 자퇴 안 할래요."

"알지, 어떤 생각인지 선생님은 다 알고 있어. 선생님도 별빛이가 범죄자라고 생각하지 않아. 그저 이 이상으로 힘들지 않음에 자퇴를 조심스럽게 권유하는 거야. 누구도 죄 없는 사람을 범죄자라 생각하지 않지만 이건 정말 가까이 있는 사람만 알기 때문이란다."

아빠와 똑같이 선생님도 말했다. 결국 다른 사람에게 상처받지 말라는 말이었다. 고작 사람들의 시선 때문에 이 자리에 있는 것도 억울한데, 그 이유 하나만으로 자퇴를 선택해야 하는 갈림길에 서있는 것 자체가 화가 났다.

"상관없어요, 다른 사람이 저를 어떻게 보든 그게 기준이 될 수 없어요. 저는 그냥 저로 살고 싶어요. 그러니깐 이런 전단지도 저한테는 필요 없어요."

선생님은 더 이상 나를 붙잡지 않으셨다. 내가 강고하게 말해서 그런지 나를 이해해 주시는지 알 수는 없지만 선생님은 고개만 끄덕이며 알겠다고 말없이 답했다. 막상 하고 싶은 말을 밖으로 꺼내도 속은 여전히 답답했다. 선생님은 자퇴 원서를 내게 주시고는 말했다.

"혹시라도 생각이 바뀐다면 언제든지 알려줘도 좋아."

거기에 대해 아무 말 없이 나는 상담실에서 나왔다. 어디든 좋으니 도망가고 싶었다. 복도에서 마주치는 눈빛들은 하나같이 매서웠다. 소문은 소문을 만드는지 교실 분위기는 아침과 다르게 침울하게 그림자가 져있었다. 자퇴 원서를 조심스럽게 숨기고 책상에 앉아 풀썩 엎드려 버렸다. 빨리 이 모든 게 끝나기를 바랐다.

점심도 먹지 않고 자리에 엎드려 누워 있었다. 누구 하나 걱정을 해주거나 말을 걸지 않았지만 그 편이 오히려 나았다. 시간은 누군가 가지 못하게 막고 있는 것처럼 느리게 흘러갔다. 마지막 종이 울리는 순간에도 나는 고개를 들지 않았다. 반 아이들이 하나둘씩 가방을 싸고 혼자 남은 교실은 고요함만이 묻어났다. 몸을 천천히 세워 아침에 가져온 가방을 그대로 들고 학교 밖을 나갔다.

정문 옆에는 한 할머니가 폐지가 수북하게 담긴 유모차를 옆에 두고는 하염없이 울고 계셨다. 고개를 돌리고 가려 해도 발길이 쉽사리 떨어지지 않았다.

"할머니 여기서 왜 이렇게 우세요."

"내 손주를 아프게 한 아이들이 여기 있어요. 하나뿐인 내 손주를 그렇게 아프게 한 아이들이 여기 있어요."

할머니는 눈물로 목이 멘 목소리로 말했다. 말끝마다 흐릿해졌고, 소리는 밖으로 나오지 않고 목구멍으로 자꾸만 들어갔다. 그런 할머니를 보면서 무슨 말을 해야 할지 입이 떨어지지 않았다. 목구멍으로 나오는 말들이 자꾸만 안쪽 깊게 숨어들었다.

"죄… 송합니다. 정말… 죄송합니다."

고개를 숙여 말하고는 나는 그 자리에서 벗어났다. 피하고 싶은 마음보다 무서운 마음이 컸다. 내가 아니라고 생각했던 것들이 거짓말처럼 행동으로 드러나 보였다. 핸드폰에는 수시로 알람이 울렸다. 학생들이 남기는 익명 게시판에는 내 이름이 거론되지 않았지만 그 외의 이야기로 가득 넘쳐 있었다.

- 그 오빠 그 동생이라고, 선생님한테도 불려갔더라? 백 프로 가해자로 불려간 거야. 오늘 반에서 피해자 코스프레를 어찌나 해대던지.

- 헐, 대박 너도 봤어? 그 모습에 숨이 턱하고 막혔다니깐. 잠재적 범죄자가 우리 반에 있었던 거야?

이야기들은 숨 없이 몸집만 불어나고 있었다. 보이지 않는 곳에서도 보이는 공간에서도 누구 하나 내 편을 들어주는 사람은 없었다. 핸드폰 전원을 완전히 끄고는 밀림 놀이터로 걸어갔다. 아이들의 웃음소리는 해맑았고, 벽을 쌓지 않았다. 밝게 핀 놀이터 너머 그늘진 정자에 앉아 파묻혀 생각했다.

모든 게 아름답다고 느껴지는 순간들이 마치 그렇게만 느껴지도록 만들어진 세상 같았다. 나는 그 속에 속해 있으면 안 되는 존재. 이제는 그 속에 들어가지 못하는 존재처럼 느껴졌다. 선생님의 말도 아빠의 말도 아니라고 말하면서 피했지만 어떤 뜻인지 오늘 하루 뼛속 깊게 느껴졌다. 내가 생각하고 굳게 믿었던 나 자신마저 부정하는 생각으로 스며들어 가고 있었다. 분명 수진이와 약속한 장소는 여기였지만 나만의 공간으로 숨어 들어가고 싶었다.

가방에서 자퇴 원서를 꺼냈다. 자퇴 원서 종이는 간단했다. 이름과 소속, 연락처, 자퇴 사유로 적힌 네모 칸 7개가 전부였다. 이 상태로는 아무것도 할 수 없는 게 앞으로도 당연하듯이 보였다. 자퇴 원서를 가만히 들여다보고 있자니 이 선택이 어쩌면 맞아 보였다. 놀이터에 아이들을 데리러 오는 엄마들은 나를 보고는 약간은 흠칫하며 돌아갔다. 나는 세상이 얼마나 차가운지 경험하고 있지만 아니라고 믿고 싶었다. 단순히 잠깐이라는 시간 안에.

자퇴 원서를 방에서도 계속 들여다봤지만 도저히 쓰고 싶은 생각은 들지 않았다. 나를 위해서라 해도 아직은 내 편이 남아있을 거라고 믿었다. 해가 온전히 뜨지도 않은 하늘 아래 학생들이 오지 않을 이른 시간에 홀로 등교하고 있었다. 잠겨있는 문을 열고 창가에 앉아 가만히 하늘만 바라봤다. 시간이 지나고 정문으로 들어오는 학생들의 숫자가 점점 많아졌다. 차갑게 식은 학교도 발걸음으로 뜨겁게 달궈지고 있었다. 앞문으로 들어오는 학생들과 뒷문으로 들어오는 학생들은 다양했지만 내 두 눈은 수진이를 애타게 찾고 있었다.

"아 진짜? 나 그거 먹어보고 싶었는데, 그럼 우리 오늘 학교 끝나고 바로 먹으러 갈까?"

"콜, 오늘은 수진이 네가 쏘는 걸로."

뒷문에서 수진이 이름 소리가 들렸다. 나는 고개를 돌려 수진이를 바라봤을 때 어색하게 올라가 있는 수진이의 표정이 보였다.

"별빛, 어제는 내가 아파서 학교에 못 나왔어."

수진이는 내 옆자리에 앉으면서도 간격을 두고 앉았다. 나는 수진이가 하는 행동과 표정 하나하나가 이해가 가지 않았다.

"너도 나 피하는 거야?"

"아니? 전혀, 내가 너를 왜 피해."

수진이는 말하면서도 아이들은 들리지 않게 조심스럽게 말하고 있었다. 수진이에게 한마디 더 붙이려다가 수진이는 눈치 보며 질질 이야기를 끊었다.

"어… 별빛아 미안. 나 지금 애들이랑 교무실 좀 들렀다가 와야 할 것 같아서… 이따 얘기하자…."

수진이는 그렇게 말하고는 어색하고 인위적인 미소를 짓고는 나가버렸다. 그 모습은 어쩌면 당연하고, 내게는 혹독했다. 내가 있어야 할 공간은 더 이상 존재하지 않았다. 해맑게 웃으며 나가는 수진이를 보고 있으니 내가 어떤 사람인지 중요하지 않은 걸 알았다. 선생님을 만나러 교무실로 들어갔다. 다른 선생님들은 내가 오는 게 껄끄러운지 흘깃 쳐다봤다. 선생님은 내 표정을 보시고 나를 토닥이며 말했다.

"그래, 하고 싶은 말 있니?"

"저, 자퇴할게요."

자퇴는 간단했다. 부모님의 서명과 사유 그리고 상담 선생님과의 특별 상담 정도가 전부였다. 학업중단 숙려제가 있음에도 나는 하지 않겠다고 말했다. 선생님도 알겠다고 그날 자퇴 원서를 가지고 나랑 같이 결제를 받으러 돌아다니셨다. 당연하다는 듯 다른 선생님들은 고개를 끄덕이며 결제해 주셨다.

오빠는 퇴학 처리를 당하고는 집안에 아예 들어오지 않았다. 아빠와 엄마는 피해자 가족들을 만나러 매일매일 나가셨다. 우리 가족을 아는 사람들은 어떠한 연락도 없었고, 도움을 주려는 사람도 없었다. 당연했다. 우리 가족은 더 이상 존재하지 않았다.

나는 자퇴하고 한 달 뒤에 친할머니 집으로 떨어져 살기로 결정했다. 자연도 볼 겸, 사람과 관계도 적게 하라는 의미로 가게 되었다. 할머니 집은 작은 한옥집이었다. 외관이 화려하기보다 정감이 가득했다. 주변에는 흔히 보는 마트나 편의점도 보이지 않았다. 정말 시골의 순수함만 남은 곳이었다.

"할머니?"

신발을 벗고 나무 향기가 가득 나는 집 안에는 할머니가 보이지 않으셨다. 어디를 나가셨는지 내가 오는 걸 모르고 주무시는지 방을 살펴봤지만 인기척도 나지 않았다. 할머니랑은 어렸을 때부터 친하게 지냈다. 아빠가 혼자 갈 때마다 나도 따라간다고 떼를 썼고, 할머니가 해주시는 요리들은 엄마가 만든 요리보다 맛있어서 여기서 살고 싶다고 말한 적도 종종 있었다. 시간이 오래 지남을 보여주는 소파를 지나 작은방에 들어갔다. 방안에는 수없이 많은 책들이 꽂혀있었고, 심지어 외국 책들도 수도 없이 깔려있었다. 기웃거리며 제목도 살피고 몇권은 꺼내 읽어보기도 했다. 내 가슴 정도에 오는 칸에 얇은 책이 꽂혀 있었다. 옆 표지에는 제목이 없어 궁금함에 그 책을 꺼내봤다. 책의 제목은 '우물 속 개구리'였다. 내가 어렸을 때 제일 재미있게 읽었고, 충격 받았던 그 동화책.

"이게 여기 있었어? 진짜 오랜만이다."

책을 꺼내 그 자리에 앉아 기억나지 않는 뒷부분을 얼른 펼쳤다.

목소리는 며칠째 개구리를 만나러 오지 않았다. 개구리는 여전히 혼자만 있는 우물 속에서 나름대로 열심히 쉬고, 먹고를 반복했다. 우물 안으로 비가 내리는 날 개구리는 가만히 비를 맞으며 앉아 있었다. 그때 들려오는 낯익은 목소리가 다시금 들려왔다.

"개구리야, 개구리야 거기는 춥지 않니?"

개구리는 몸에 동그랗게 떨어진 빗방울을 핥으며 말했다.

"목소리야, 여기는 춥지 않아. 너도 여기 오지 않을래?"

목소리는 고민하듯 뜸을 내고 있었다. 그 사이 하늘에서 내리는 비는 그치고 맑게 갠 하늘이 펼쳐졌다. 우물 안에서 보는 개구리는 그 모습이 너무나 시원하게 느껴졌다. 목소리는 개구리에게 말했다.

"개구리야, 그곳은 너무나 작아. 너무 작아서 넓은 세상의 아름다움을 볼 수 없어. 나는 그곳에 들어가지 않아. 네가 보는 건 단지 동그란 입구로 보는 세상이 전부잖니."

개구리는 하늘을 바라보고 목소리에게 말했다.

"목소리야, 목소리야. 그곳은 넓지만 아름답지는 않아. 아름다운 것들은 이 작은 입구만으로도 충분히 느낄 수 있어."

목소리는 개구리에게 말했다.

"개구리야, 너는 우물 안에 있어서 세상에 대해 아무것도 모르지 않니?"

개구리는 눈을 감고 말했다.

"세상이 날 우물로 데려왔단다."

목소리는 이날 이후 다시는 우물 근처에 오지 않았다. 개구리는 작은 우물 속 행복을 갖고 살아갔다.

내게도 우물은 편했다. 세상은 날 우물로 데려왔다. 나는 우물 안 개구리였다.

가시

한 경 동
(경기 고양예술고등학교 3학년)

등장인물
남자
의사
아들
간호사

소아과 진료실 안. 무대 위에는 책상과 의자가 있다. 책상 옆에는 낚싯대가 있다.
휴대폰 벨소리가 울리며 무대가 밝아진다.

의사: 정리할까.
간호사: 아직 다섯 시는 안 됐는데, 벌써요?
의사: 아들이랑 낚시 가기로 해서 말이야. 어차피 곧 다섯 시잖아.
간호사: 네. 그럼 정리하겠습니다.
의사: 그래.

간호사: 어제 올리신 인스타그램 게시물 봤어요. 원장님 인스타그램 보면 저도 늘 엄마한테 전화하게 되더라고요. 원장님 어머니는 정말 행복하시겠어요.

의사: 고작 선물 드리고 같이 밥 먹은 것뿐이야.

간호사: 아예 손 놓고 부양도 안하는 사람들도 많은데, 무슨 말씀이세요.

의사: 근데 이상한 사람이 내 인스타그램을 보는 것 같아.

간호사: 누구요?

의사: 지인은 아닌 것 같은데 내 게시물에 항상 좋아요 누르고 댓글을 달더라고.

간호사: 어머, 무슨 댓글이었는데요?

의사: 아니. 그냥 '보기 좋습니다.' 같은 내용.

간호사: 그럼 그냥 인스타그램 보다가 원장님 게시물이 우연히 보였던 사람은 아닐까요. 이상한 댓글 다는 사람도 아니니까 괜찮을 것 같아요.

의사: 그런가. 오케이, 고마워. 내일 보게.

간호사: 네.

간호사 나간다. 의사의 휴대폰에서 다시 한 번 벨소리가 울린다. 의사는 전화를 끊는다. 간호사가 다시 들어온다.

간호사: 원장님. 진료 한 번 더 보셔야 될 것 같아요.

의사: 누가 오셨나?

간호사: 새로 오신 분이세요.

의사: 그래… 들어오라고 해.

간호사가 나가고 남자가 진료실에 들어온다.

의사: 어서 오세요. 어디가 불편해서 오셨나요?

남자는 의자에 털썩 앉는다.

의사: 혼자 오셨나요?
남자: 네.
의사: 그렇군요. 혹시 어디가?
남자: 목이 아파서 말입니다. 목에 가시가 걸렸습니다.

의사의 휴대폰 벨소리가 울린다.

남자: 의사 선생. 전화 왔는뎁쇼.
의사: 신경 쓰지 않으셔도 됩니다.
남자: 이상한 보험 권유 문자인가 보네.
의사: … 그렇죠.
남자: 나는 여기서 치료받아야 합니다.
의사: 목은 제 분야가 아닙니다.
남자: 여기서만 치료받을 수 있을 겁니다. 이 가시는 어렸을 때부터 내 목구멍을 막고 있었
　　　으니까 내겐 선명하게 느껴지지. 기도로 넘어가서 식도로 내려가기 직전의 통로에
　　　단단히 박혀 있는 것이.

의사의 휴대폰 벨소리가 다시 울린다. 의사는 의자를 박차고 일어난다.

의사: (통화)어머니, 그만 전화하세요.

의사, 전화를 끊는다.

남자: 어머니신가요?
의사: 신경 쓰지 마세요.

의사가 한숨을 쉬고 목을 관찰하는 도구를 꺼낸다.

의사: 위치만 확인해 볼게요.
남자: 그러죠.

남자가 입을 벌린다. 의사는 그 안을 관찰한다.

의사: 안 보이는데요.
남자: 그럴 리가 없는데.
의사: 이비인후과에 가서 정밀 검사를 받아보세요. 도움이 되지 못해 죄송합니다.

남자는 미동도 하지 않는다.

남자: 지금 내게는 가늘고 긴 가시가 목구멍에서 꿈틀대는 게 느껴지는데 없다니. 아까 분명히 위치는 확인해 본다고 했잖아요. 위치가 확인될 때까지 나는 나가지 않을 겁니다.

의사가 머리를 짚는다.

의사: 밖에서 기다리세요.

남자와 간호사가 퇴장한다.

의사: (통화)어머니, 자꾸 이렇게 전화하시면 곤란해요. 지금 업무 중이라고요. 집 팔았어요. 이제 계속 거기서 지내시면 돼요. 거기 좋잖아요. 요양보호사들도 있고 시설도 좋고, 거기 계셔야 어머니가 건강해져요.

　건강해지면요? 그 다음에는… 뭘 하냐구요?

의사가 전화를 끊는다. 의사가 후두내시경 장비를 꺼낸다.

의사: 들어오시라고 하세요.

간호사와 남자가 들어온다.

남자: 그게 뭐죠?
의사: 후두내시경입니다.
남자: 내시경이면 마취 필요하고 그런 거 아닌가?
의사: 후두내시경은 간단하게 끝난다고 가정하면 보통 10분 정도 걸립니다.
남자: (자리에 앉는다.) 정말인가?

의사: 정말입니다.

남자: 의사 선생을 믿을 수가 있어야지.

의사: 저는 의사입니다. 저를 믿으세요.

남자: 글쎄.

남자가 입을 벌린다.

의사: 소리 내보세요.

남자: 아~

의사: 한 번 더.

남자: ….

의사: 소리 내세요.

남자: ….

의사: 대체 왜 그러십니까?

남자: 왜 그러냐니? 의사 선생이 거짓말을 많이 해서 그러는 거야.

의사: 계속 그러시면 제가 진료를 할 수 없습니다.

의사의 휴대폰에서 벨소리가 울린다. 의사는 짜증 섞인 한숨을 쉰다.

남자: 받는 게 좋지 않겠수?

의사: 안 받아도 됩니다.

남자: … 어머니 전화인데.

의사: 엿들으셨나요?

남자: 귀가 밝아서 말이지. 어렸을 때 아버지 따라 고기 잡으러 바다에 나갔었거든. 신경을 곤두세우고 떡밥을 누가 무는지 언제 무는지 감지해야 했지.

의사: 물고기요?

남자: 아버지가 어부야.

의사: 그럼 어렸을 때 물고기를 많이 드셨겠네요.

남자: 아버지가 많이 잡아주셨으니까.

의사: 그럼 생선 가시가 목에 걸린 건가요.

남자: 그럴 리가 있겠나.

의사의 휴대폰 벨소리가 한 번 더 울린다.

남자: 아무튼 의사 선생. 그 전화는 받는 게 좋겠네.

의사: 왜 그러시는 거죠. 남의 집 일에 신경 쓰지 마세요.

남자: 어머니는 어디 실버타운에라도 보낸 건가?

의사: 무례하시군요. 어서 나가세요.

남자: 인스타그램이랑은 많이 다르군.

의사: 네?

남자: 그걸 매일 보면서 댓글까지 달았는데. 그게 다 거짓말이었다니.

의사: 그 사람이….

의사가 멍한 표정으로 남자를 본다. 남자가 피식 웃는다. 의사가 남자를 일으킨다.

의사: 나가세요.

남자: 실버타운에는 강제로 넣은 것 같고, 얼마나 된 거지?

의사: 조용히 하세요.

남자: 좋아 보이지는 않는군. 어깨가 무거워 축 처질 것 같으니 말이야.

의사: 아니요. 홀가분합니다. 여기 화면 보이시죠? 환자분 목구멍 속에는 아무것도 없습니다. 아무것도요.

남자가 화면을 들여다본다.

의사: 틀림없는 사실입니다.

남자: 의사 선생. 선생은 어머니와 어떤 관계인가?

의사: 뭐 하시는 겁니까. 어머니 이야기는 왜 묻습니까?

남자: 나는 환자로서 권리를 요구하는 거야. 치료받을 권리. 당신 어머니는 좋은 분이셨는데 말이야.

의사: 예전에도 여기 오신 적이 있으십니까?

남자: 그래. 당신 어머니가 여기 원장이었을 때. 내가 초등학생이었을 때. 우연히 인스타그램을 보다가 당신 게시물이 뜨더라고. 어머니와 함께 찍은 사진, 같이 먹은 음식들… 어쩌면 당신이 이 가시를 빼줄 수 있을 것이라고 생각하고 난 여기에 다시 찾아온 거야.

의사: ….

남자: 그런데 당신이 올린 수많은 게시물이 다 거짓말이고 소설이었단 건가?

의사: 당신이 신경 쓸 건 없습니다. 나가주세요.

남자: 어머니는 지금 실버타운에서 뭘 하고 계시지? 거긴 왜 보냈나?

의사: 왜 그런 걸 물으시는 겁니까?

의사가 자리에 앉는다.

남자: 앉아. 이거 하나만 말하지. 나는 오늘 꼭 치료받고 돌아갈 거야. 그러니까 당신은 지금 내 가시를 빼주어야겠어. 밥도 못 먹고 잠도 못 자. 이 상태로는. 그러니까 당신이 해결해 주어야겠어. 안 그러면 한 발자국도 움직이지 않을 테니까.

남자가 자리에서 일어선다. 그가 의사의 책상 옆에 있는 낚싯대를 어루만진다.

남자: 나도 어렸을 때 아버지랑 함께 낚싯대를 들고 바다로 나갔다네.

남자가 구석으로 가서 낚싯대를 잡는다. 남자가 자리에 앉아 낚시하는 시늉을 한다.

남자: 아버지는 늘 내 옆에 앉아 있었어. (고개를 옆으로 돌린다.) 고개를 돌리면 아버지가 늘 옆에 있었지. 건강하고 울퉁불퉁한 근육이 있는, 세상에서 가장 강한 나의 아버지 말이야.

남자가 고개를 잡아낚는 듯이 낚싯대를 위로 힘차게 올린다.

남자: 월척이다! 아버지는 늘 이렇게 내게 말했지. 식탁에는 언제나 아버지가 잡은 물고기가 올라왔어. 그것이 나의 뼈와 살, 피가 되었지. 내 혈관에는 아버지의 피가 흘렀고, 내 살은 아버지의 땀으로 만들어진 것이었지.

남자가 낚싯대를 던진다.

남자: 그런데 내가 고등학생이 되고 아버지의 머리카락은 마치 죽어가는 물고기처럼 새하얗게 변하더라고. 아버지의 울퉁불퉁한 팔도 없어지고.

남자가 의사를 돌아본다.

남자: 의사 선생의 어머니도 이러신 게 아닌가. 머리를 빗으면 흰 머리카락이 차르르 내려오는 걸 자네는 보지 않았나? 병상 위에서 어머니가 집에 가고 싶다고 하지 않았나? 어머니의 주변에서 형용할 수 없는 악취가 났나?

의사의 휴대폰에서 벨소리가 울린다. 의사가 벌떡 일어난다.

의사: (통화)… 어머니, 집은 이미 팔았어요. 어머니가 도대체 무슨 말을 하는지 도무지 모르겠다고요! 이제 거기서 살아야 돼요. 거기가 어머니의 집이에요.

의사가 전화를 끊는다.

의사: 맞아요. 뒷걸음질 쳤어요. 이불에 엄마 냄새가 진동해요. 썩는 것 같은 그 악취, 마치 생과 사의 경계에 있는 사람인 것 같았어요. 검은 머리카락이 찰랑이던 엄마는 어디에도 없고, 하얀색 염색약을 칠한 듯한 머리에 자글자글한 주름. 나는, 그냥 무서웠어요. 엄마는 점점 아이가 되고 있었어요. 그것을 막을 수 없었어요.
남자: 엄마는 그걸 20년 동안 겪으셨을 텐데.

의사가 뒤로 물러난다.

의사: 당신이 뭐가 잘났다고 내게 훈계하는 거죠?

남자: 잘난 건 아니야. 나는 되돌릴 수 없어. 그렇지만.

의사: 나는 아니다? 그거 참 명언이네요. 나는 해도 되지만, 너는 하지 마라.

남자: 하나의 충고야. 자네, 나랑 비슷한 것 같아서. 불쾌할 정도로. 나는 고등학교를 졸업하고 집을 나갔어. 아버지가 어린아이로 돌아가고 있었지.

남자가 무대 앞으로 달려 나간다.

남자: 달리고 달리다 보니 그를 잊어버렸어. 그런데 전화가 왔지.

의사: … 나도 알아요. 환자분 보호자 되시죠? 이 목소리, 잊을 수가 없죠. 당신도 그랬었군요.

의사가 자리에 앉는다.

남자: 보호자라니… 병실에 누워있는 아버지는 주름이 얼굴을 빼곡하게 메워서 누군지도 못 알아보겠더군. 그렇지만 그는 나를 알아보더라. 우스운 일이지.

의사: 맞아요. 보호자라니… 내가 엄마의 보호자라니.

남자: 그리고 나는 퇴원한 아버지를 노인 아파트로 보냈어. 근사한 곳이었지. 그렇지만 아버지는 시름시름 말라갔어. 물 밖으로 나온 물고기처럼. 자네는 어떻게 생각하나?

의사가 무대 앞으로 천천히 걸어온다.

의사: 제 어머니가 원래부터 이랬던 건 아니었어요. 끈질기게 매일 전화하고 이러지는 않으셨어요. 지금처럼은 아니었다구요. 어머니는 다 혼자 하셨지요. 대걸레질, 설거지,

요리… 정말 뭐든 다 할 줄 알았어요.

의사가 무대 한가운데에 선다.

의사: 우리 엄마는 슈퍼우먼입니다. 무엇이든 다 해낼 수 있습니다. (박수 소리)

의사가 의자로 돌아와서 털썩 앉는다.

의사: 초등학생 때 지은 작문의 첫 문장이었죠. 주제가 우리 엄마였어요. 저는 반 아이들에게 늘 슈퍼우먼인 엄마를 자랑했어요. 엄마는 제 뇌 속에서 늘 무엇이든지 할 수 있었죠.

의사가 피식 웃는다.

의사: 2년 전이었나. 어머니가 락스로 접시를 닦기 시작했어요. 주방세제인 줄 알고. 제 아내가 응급실에 가서 위세척을 하고 왔습니다. (구급차 소리가 들린다.) 어머니가 베개를 꿰매고 바늘 빼는 것을 까먹어서 저는 자다가 바늘에 귀가 찔렸습니다. (의사가 귀를 감싸쥔다.) 보세요, 이 흉터.

사이

의사: 어머니는 이제 제 흉터가 되어 나를 갉아먹었습니다. 그래서 저는 어머니를 떼어 놓을 수밖에 없었죠. 그렇지만 이 병원의 주인은 어머니였어요. 저는 어머니의 그늘에

서 벗어나기 전까지는… 어머니에게 잘하는 것처럼 보일 수밖에 없었어요.

남자가 의사를 쳐다본다.
의사가 불안한 듯 다리를 떤다.

남자: 아버지는 나를 키워줬지만, 나는 아버지를 키우기 싫었던 거야. 그때 내 목이 콱 하고 막혔지. 가시가 걸린 게 분명했어.

의사가 휴대폰을 든다.

남자: 거울을 한참 들여다봐도 목구멍 아래는 내 눈동자에 닿지 않았어. 가시는 빠지지 않더군. 그래서 여기에 다시 와본 거야. 당신 어머니에게 진료 받았던 그 시간으로 돌아가고 싶었지.

남자가 낚싯대를 줍는다.

남자: 어린 시절로 다시 돌아가면 어쩌면 빠질지도 모르겠다고.

남자가 피식 웃는다.

남자: 그리고 어머니를 끔찍하게 아끼는 당신이라면 내 가시를 빼줄 수 있을 것 같았어.

남자가 자신의 목을 만진다.

의사: 잠깐 나가주실 수 있을까요.

남자가 고개를 끄덕인다.

의사: (통화)어머니, 괜찮으세요. 아니에요. 그냥… 저기, 요새 잘….

네? 잘 지내냐고요? 전 잘 지내고 있어요. 거기 생활은 괜찮으세요? 아니, 안 괜찮으실 텐데, 잘 있다고요? 고마워요. 오늘 베개에다가 수를 놓았다고요! 잘하셨어요. 바늘은 제대로 빼셨죠? 확인해 보세요. 잘 뺐다고요. 다행이네요. 실버타운에서 설거지도 하세요? 아, 설거지하는 아줌마들보다 어머니가 설거지를 제일 잘하신다고요! 기쁘시겠어요. 정말로요….

잘 지내시는 거죠. 나중에 봬요. 네 이번에는 진짜예요. 약속할게요. 약속, 약속, 약속이요.

의사가 전화를 끊는다. 그때, 아들이 조심스럽게 들어온다.

아들: 아빠, 낚시하러 가자.

의사는 여전히 의자에 앉아 있다. 남자가 따라 들어온다.

아들: 아저씨, 아빠 왜 이래?
남자: 나야 모르지.

의사는 아들을 가만히 바라본다.

남자: 의사 선생. 아무래도 내가 길을 잘못 든 것 같군.
의사: 가시는 건가요?
남자: 의사 선생은 도무지 내 가시를 뺄 수 없을 것 같아서 말이야.

의사가 고개를 숙인다.

남자: 한 달 뒤에 다시 진료 예약 좀 잡아줬으면 좋겠네.
의사: 그때가 되면 제가 당신의 가시를 뺄 수 있을까요?

남자가 퇴장하려 한다.

남자: 진료 예약 잡아 줘. 다음에 다시 올 테니.
의사: 네.
남자: 그때가 되면 뺄 수 있을 것 같아. 그런 생각이 드는군. 그날 내가 콱 막히는 목을 부여잡고 병원 안으로 들어오면 자랑스럽게 당신이 알아낸 걸 말해줘. 이 가시의 정체가 무엇인지에 대해.

남자가 고개를 끄덕인다.

아들: 아빠.
의사: 이리 와볼래.

의사가 아들을 자신의 무릎에 앉힌다.

아들: 오늘 낚시 가기로 했잖아. 나랑 약속한 거라구. 나랑 약속, 약속, 약속했잖아.

의사: 맞아. 약속, 약속, 약속했었지.

아들: 그럼 꼭 지켜야 하는 거라구.

의사: 오늘은 학교에서 뭐 했어.

아들: 오늘은 물고기를 배웠어. 아빠랑 낚시 갔을 때 잡은 물고기도 몇 개 나왔어. 내가 아빠랑 같이 자주 낚시 간다니까 친구들이 다 부러워했어. 너희 아빠 짱 세다고.

의사: 그거랑 또 뭐 했어.

아들: 엄마 아빠 자랑했어. 엄마 아빠는 세상에서 제일 세고 똑똑하다고!

의사: 그래….

아들: 오늘 낚시하러 안 갈 거야?

의사: 미안해. 근데, 먼저 한 약속이 있거든.

아들이 시무룩한 표정을 짓는다.

의사: 낚시는 다음에 가자. 대신 아빠가 다른 것을 알려줄게. 사람에 대해서 말이야.

아들: 나도 같이 가는 거야?

의사: 응.

아들: 어딜 가는 거야.

의사가 가방을 챙긴다.

의사: 김 간호사님. 먼저 퇴근해도 될까요?

간호사가 들어온다.

간호사: 물론이죠. 먼저 들어가세요.
의사: 저기, 혹시 택시 좀 잡아주실 수 있을까요? 가장 빠른 걸로.
간호사: 네. 그러죠. 어디에 가시는데요?
의사: 외곽에 있는 실버타운에요.
간호사: 알겠습니다.

의사가 가방을 든다.

아들: 이제 가는 거야?
의사: 응. 이제야. 오래 기다렸지.

그럼 가볼까.

의사가 아들의 손을 잡는다. 그들이 무대 밖으로 나간다.

나는 김치를 사랑합니다

유 가 헌
(경기 분당 양영중학교 1학년)

두근두근 설레는 마음으로 급식실로 달려간다. 메뉴를 보던 나는 조금 실망을 한다. 야채 죽… 흐물흐물한 식감의 힘없는 죽은 정말 비호감이다. 나는 물컹한 식감이든 아삭한 식감이든 간에 야채는 무척이나 좋아한다. 그 대표적인 예가 가지볶음과 들깨 버섯볶음인데 우리 엄마께서 해주시는 반찬 중에 내가 가장 좋아하는 메뉴가 바로 가지 볶음이다.

들기름과 들깨가루가 가득한 짭조름하고도 고소한 가지볶음을 얹어서 먹으면 어느새 밥 두 공기가 내 뱃속에 들어가 있다. 또 야채가 많이 들어간 국에 밥을 말아서 김치를 얹어 먹으면 두 그릇 세 그릇까지도 아주 잘 먹곤 한다. 다른 친구들은 생일날 고기 집을 가고 싶어 한다는데 나는 좀 특이하게도 우리 동네 '할머니 밥상'을 가고 싶어 했다. 그 곳은 각종 나물들과 폭탄 계란찜, 야채가 가득한 된장찌개와 깡달구라고 불리는 작은 굴비를 주는 곳이다.

일 년에 한번 오는 내 생일에 가고 싶었던 곳은 바로 그곳이었다. 그 식당에 가면 으레껏 공깃밥을 추가로 먹고 오는데 첫 그릇은 계란찜이나 된장찌개, 굴비에 나물을 얹어 먹고, 두 번째 그릇은 나물이 가득 담겨진 비빔밥으로 먹곤 했다.

하지만 이런 나물이나 야채 반찬보다도 더 좋아하는 음식이 하나 있다. 그것은 바로 김치이다. 한국인이라면 당연히 김치를 잘 먹을 거라고 생각하지만 의외로 주변 친구들 중에서 김치를 싫어하는 친구들도 많다. 맵거나 짠 것이 입맛에 맞지 않는다는 친구도 있고, 야채를 재료로 만들어서 싫다는 친구도 있었다. 물론 나도 처음에는 백김치를 참기름이나 설탕에 조물조물 무친 것부터 시작했다고 하지만 김치를 씻어 먹는 기간은 매우 짧았다고 한다.

요즘에도 백김치 무침을 잘 먹긴 하지만 오이소박이, 파김치, 갓김치, 깍두기, 부추김치, 봄동 겉절이 등 온갖 김치들을 다 좋아한다. 우리 누나는 김치볶음밥이나 김치전, 김치찌개처럼 신 김치가 딱 어울리는 음식이 아니고서는 익은 김치를 반찬으로는 잘 안 먹는 편이다.

주로 생김치를 좋아해서 우리 엄마는 일부러 한두 달에 한번은 김치나 겉절이를 담그신다. 어려서부터 엄마가 김치 담그는 것을 보았기 때문에 나는 그게 별다른 것이라는 생각을 하지 않았는데 내 친구들은 할머니가 담가주시거나 종갓집 김치를 많이 사먹는다고 했다.

우리가 먹고 싶은 김치를 이야기 하면, 엄마는 바쁘다고 하시면서도 며칠 안에 끙끙대시면서 김치 담글 장을 보시곤 하신다. 우리가 생각하는 배추, 파나 마늘 외에도 꽤 많은 것들이 필요한데 일일이 다듬고 자르고 갈고, 풀을 쑤는 과정을 보면 무척 고생스러우시겠다는 생각이 들어서 그날은 '조금 더 엄마 말씀을 잘 들어야지' 하고 다짐하게 된다.

엄마는 배추김치를 담그시면서 거의 갓김치나 파김치를 같이 담그시는데 부엌에 커다란 다라가 놓이고 하루 먼저 갓부터 시작해서 여러 가지 야채가 절여지기 시작하면 왠지 기분이 좋아지기 시작한다.

사실 어쩔 때는 축 늘어진 배추나 파를 보면서 걱정스러울 때도 있지만 엄마 손을 거쳐서 헹궈지고 빠알간 양념에 버무려지면 내 심장은 콩닥콩닥 뛴다. 일부러 엄마 주변을 왔다 갔다 하면서 김치통도 갖다 드리고 양념 뚜껑도 열어 드리는데 그러다 보면 첫 번째로 버무린 김치는 내 입 속으로 들어간다.

굳이 익지 않아도 달짝한 파김치는 기름이 좔좔 흐르는 고소한 고기나 짜장 라면과 함께 먹으면 맛이 있고, 잘 익은 갓김치는 국밥에 착착 얹어 먹으면 맛이 있고, 아삭한 깍두기를 겨울에 푹 끓인 곰탕 국물에 올려 먹으면 더 바랄 게 없는 완벽한 식사가 된다. 명절이 되면 외할머니는 기름진 전과 함께 배추겉절이를 해주시는데 달디 단 배추와 짭짤하고 매콤달콤한 양념이 입 안에서 어우러지면 세상 행복하다.

누나와 달리 나는 익은 김치도 잘 먹는 편인데 특히 김치볶음밥을 너무 너무 좋아해서 일주일도 먹을 수 있다.

실제로 스팸이 네모 네모하게 들어간 김치 볶음밥, 새우가 송송 들어간 김치 볶음밥, 베이컨이 쫑쫑 썰려 들어간 김치 볶음밥을 연달아 3일 먹은 적이 있는데 나는 매끼마다 너무 너무 행복했다.

엄마는 맵지 않게 항상 계란 후라이를 얹어 주시는데 사실 좀 맵더라도 김치볶음이나 김치찌개는 익은 김치가 잔뜩 들어가야 맛있기 때문에 나는 김치에 있어서는 편식을 하지 않는 편이다.

다른 특별한 반찬이 없더라도 나는 엄마의 김치와 하얀 밥이 있다면 한 끼를 맛있게 먹을 자신이 있다. 물론 구운 김과 계란 프라이가 있다면 두 그릇도 뚝딱 먹을 수 있을 것이다. 옛날에도 지금도 김치는 아무리 먹어도 질리지 않고 엄청 맛있다.

그중에 제일은 배추김치인데 배추부터도 달콤하고 적당히 맵기도 하다. 식탁에서 어떤 음식과도 잘 어울리는 반찬을 고르라면 아마도 배추김치가 될 것이다. 갓 지어진 하얀 밥을 제외하고 김치와의 가장 좋은 최고의 조합은 바로 라면이다.

어릴 적에는 가능하면 안 매운 걸 먹었기 때문에 면발이 얇은 스낵면을 주로 먹었다. 아무리 김치가 매콤해도 라면과 먹으면 잘 어우러져서 느끼하지도 않고 맛있게 먹을 수 있었기 때문에 뭔가 뿌듯한 일을 하고 나면 엄마께 상을 받듯이 라면을 끓여 달라고 부탁하곤 했다.

누나는 여러 가지 라면을 먹었는데 계란 블록이 신기한 참깨라면이나 진짬뽕도 잘 먹곤 했다. 나도 나름 발전해서 요즘엔 진라면 순한 맛을 많이 먹는다. 별로 맵지 않아서 매콤한 배추김치에 먹어도, 달짝하고 짭조름한 파김치에 먹어도, 새콤한 갓김치나 깍두기에 먹어도 완벽한 한 끼가 된다.

엄마는 지난겨울 내내 너무 비싸서 엄두를 못 내시다가 얼마 전에 정말 오이를 한 보따리씩 두 번이나 사오셨다. 올 봄 처음 오이소박이를 맛보고 나는 정말 감동이었다. 부추가 잔뜩 들어간 오이소박이를 얹어서 라면을 후루룩~ 먹으니 정말 세상을 다 가진 느낌이었다. "아유~ 우리 애기들 오이김치가 조금 남았네." 하시던 엄마는 한차례 더 오이 포대를 산타할아버지처럼 짊어지고 오셨다. 나는 "김치 담그면 힘드니까~" 하며 슬쩍 라면을 먹자고 제안해 본다. 정성과 사랑이 가득 든 김치는 우리 엄마의 마음이다. 언젠가는 엄마가 김치 담그신 날, 내가 보글보글 라면을 끓여 보아야겠다. 우리를 위해 수고해 주신 감사의 표시로~

남아있는 세상

윤 은 상
(울산 신정중학교 2학년)

"이 세상에 나밖에 남지 않았다면, 나는 노래를 부를 거야."

기가 막힌 소리였다. 노래를 부른다니.

"…."

나는 한 번도 생각해 보지 못한 말이었다. 나야 뭐 기껏해야 사과나무 한 그루 심겠다는 말이나 했을 텐데. 아무리 네가 조금 별난 애라 해도 지구에 너 혼자 남았다는데 노래를 부른다니, 이건 대체 또 무슨 소리인가.

"노래 부르고 싶어."

이런 내 맘을 아는지 모르는지, 넌 누구보다 평온하고 행복한 미소를 입에 건 채 두 손으로 턱을 괴고 있었다. 정면으로 불어오는 바람이 둘의 머리카락을 부드럽게 넘겨주고는 뒤쪽의 잔디들을 쓸며 언덕 아래로 미끄러져 내려갔다. 바람의 손길대로 굽어지던 풀들을 바라보던 나는 조용히 너에게로 시선을 옮겼다.

노을 지는 태양이 네 동그란 검은 눈동자에 담겨 일렁거렸다. 하늘의 색을 붉게 물들이고 있는 그 빛은 조금씩이지만 분명하게 자신의 색을 넓혀가고 있었다.

문득 그런 노을이 너와 닮은 것 같다는 생각이 들었다. 시작은 아주 연한 빛으로 그들 사이에 스며들었다가, 점점 뚜렷이 자신을 드러내는 게. 파란 하늘의 색과 자신의 색이 달라도, 주눅 들지 않고 또 포기하지 않고. 결국에는 당당히 하늘 속에서 자신만의 색깔을 피워낸다. 그리고 가장 아름다운 빛으로 주변을 바꿔나간다.

처음에는 사는 방식이 우리와는 조금 다른 아이라고만 생각했다. 그리고 그건 사실이었고. 하지만 결국 물들어버린 건 나다. 어느 순간 너의 그 색다른 시선이 재밌었고, 나와는 다른 방식으로 생각하는 네가 신기했다.

'어떻게 하면 저렇게 살 수 있지?' 라는 물음표에서,

'나도 저렇게 살아보고 싶다.' 라는 마침표가 나오기까지. 그리 오랜 시간이 걸리지는 않았다.

"넌 뭐 할래?"

"어?"

"이 세상에 너밖에 남지 않았다면 말이야."

"아."

너의 물음에 그제야 생각에서 나온 나는 잠시 멍하니 언덕 아래를 내려다보았다.

그러다 무심코 그런 말을 뱉었다.

"구르고 싶어."

"으엥?"

그러자 너의 입에서 웃긴 소리가 튀어나왔다. 아무 생각 없이 뱉은 말이었지만, 다시 생각해보니 꽤 괜찮은 발상인 것 같다는 생각에 나조차도 어이가 없어서 피식 웃음이 새어나왔다. 무엇보다 네가 좋아할 것 같은 말이었으니까.

"음, 그거 진짜 마음에 드는데?"

날 따라 언덕 아래의 풀투성이인 내리막길을 보는 너.

예상 적중이다. 나도 점점 너처럼 생각이 단순하게 바뀌어가는 것 같다. 아마 너의 눈에는 지금 저 내리막길이 커다란 미끄럼틀로 보이지 않을까? 그런 생각을 하며 널 빤히 쳐다보는데, 갑자기 네가 뒤로 벌러덩 누워버렸다. 두 손으로 머리를 받친 채, 넌 높이 떠 있는 하늘에게 여기저기 골고루 시선을 주었다.

"…."

커다란 원을 그리며 움직이는 네 눈동자를 보다가, 나도 너의 옆에 풀썩 누워 하늘을 바라보았다. 잠잠한 너의 목소리가 내 귀 바로 옆에서 들려왔다.

"하늘은 하늘색인데 말이야, 하늘색만 있는 건 아니다?"

이번엔 또 무슨 말을 하려는 건지. 난 눈만 깜빡거리며 너의 이야기를 들을 뿐이었다.

"하늘의 색이 '하늘'색이잖아? 그럼 하늘은 하늘색으로만 이루어진 게 맞지."

"…."

"그런데 우리가 아는 하늘색은 연한 파란색, 그 색 하나야. 하지만 하늘은 그러데이션이 있잖아. 살짝 어두운 곳이 있고, 그 반대편은 조금 더 밝은 색이고. 하늘색으로만 이루어지지는 않았다는 거지."

그리 말하는 너의 목소리에서 웃음기가 묻어 나왔다.

"그러니까 하늘은 하늘색인데, 하늘색만 있는 건 아니라는 거야!"

"…."

또 쓸데없이 말을 꼬아놔서 말도 안 되는 말을 만들어낸다.

그런데 애는 그게 좋은가 보다.

"이런 모순적인 말 되게 재밌지 않아? 뭔가 느낌적으로는 알 거 같은데, 막상 말을 하면? 말이 안 돼."

그러면서 작은 웃음을 터트리는 너.

"깊이 생각하는 게 재밌긴 하지만, 생각 없이 사는 것도 재밌어. 이것도 재밌는 모순이지!"

너는 방긋 웃으며 고개를 홱 돌려 나를 바라보았다.

"…."

줄곧 너를 바라보던 내 눈동자가 너와 마주치자, 난 이유 없이 당황하여 정면의 하늘로 고개를 틀었다.

"이대로 언덕이나 구를래? 그러고 싶다며. 아, 물론 지금은 너 혼자가 아니지만. 그래도 혼자보단 두 명이서 하는 게 덜 쪽팔리지 않아?"

그래, 차라리 그게 낫겠지? 그리고 네가 하고 싶은 눈치니까.

요새 널 이해하려고 많이 노력 중이다. 근데 별로 노력하지 않아도 그냥 의식의 흐름대로 생각하면 거의 맞아 떨어지는 것 같다. 네가 의식의 흐름대로 산다는 증거인지. 그래도 네가 생각이 깊은 친구란 걸 난 알고 있다. 생각이 너무 많은 바람에 생각으로부터 벗어나고 싶어서 가끔 이런 정신 나간 생각을 하는… 그런 친구.

"굴러!"

넌 벌떡 일어나 누워있는 날 내리막길 쪽으로 밀며 외쳤다.

대충 그 손길에 맞춰주자 내리막길 바로 앞까지 다다랐다.

"…."

막상 이러고 언덕 아래를 보니까, 뭔가 약간의 두려움이 느껴지는데…?

어느새 내 옆에 누운 네가 해맑은 목소리를 냈다.

"자, 하나, 둘, 셋!"

"으억"

내가 망설일 필요도 없이, 넌 날 잡아끌고는 옆으로 데굴데굴 굴렀다.

아, 내 옷. 더러워지겠네.

그런 생각은 순식간에 언덕을 내려온 뒤에 들려오는 네 웃음소리에 밀려 금방 사라졌다.

너는 언덕을 내려온 그대로 드러누운 채, 뭐가 그렇게 웃긴지 크게 소리 내어 웃었다.

"야, 우리 진짜 바보 같아!"

"…"

음, 너도 알고 있구나?

나도 모르게 든 생각에 피식하고 웃음이 새어 나왔다.

"일어나. 집에 가야지."

얘도 그렇고, 나도 그렇고. 엉망이네.

그런 생각을 하며 난 아직도 누워있는 네게 손을 내밀었다.

"고마워, 바보 놀이 같이 해줘서."

넌 내 손을 잡고 일어서며 말했다.

"…"

난 가만히 내 손을 잡은 너의 손을 바라보며 생각했다.

이 세상에 나밖에 남지 않았다면, 그건 상상도 하고 싶지 않은 일이야.

그랬던 내가 지금은 네가 없는 세상에서 살아가고 있다.

그래도 괜찮았다. 이미 오랜 시간을 함께한 우리니까.

… 아니. 사실 괜찮지만은 않다.

그래도 네가 내 옆에서 말해준 이상한 모순들과, 그 끝에 들려오는 웃음소리만큼은 시간도 뺏어가지 못했다. 아직도 내 귀에서 네 목소리가 들려오는 듯하다. 어쩌면 정말 너는 내 안에서 살아가고 있는지도 모른다. 내 눈동자 속에서, 내 귓속에서, 내 손안에서. 눈을 뜨면 네가 보이고, 감아도 사라지지 않는다. 작은 웃음소리가 내 귀안에서 퍼진다. 이제는 아무 느낌도 느껴지지 않는 손을 손바닥에 올려놓고 꼭 쥐었다. 진한 추억 속에서 튀어나온 너는 지금도 나와 함께 현재를 살고 있다.

이 세상에 나밖에 남지 않은 건 아니다. 끝이 나지 않은 시간 또한 나와 함께 남아있다.

그럼 지금 네 세상에는 너밖에 없을까? 나보다도 외로울까?

"…."

아니. 넌 외로워하지 않을 거야. 이제야 조금 너를 알겠어.

아마 지금쯤 넌 곧 만나게 될 나를 기다리며 그때 그 언덕 위에서 빨갛게 일렁이는 노을을 바라보고 있겠지. 얼굴에는 작은 미소를 피운 채로. 정말 그랬으면 좋겠네. 난 눈앞에 보일 듯한 너의 미소를 따라 입꼬리를 살며시 끌어올렸다.

언덕 위에서 네가 나에게 던졌던 그 질문을 이번엔 너에게 줄게.

"… 이 세상에 너밖에 남지 않았다면, 넌 뭘 하겠어?"

희미한 노랫소리가 기억 저편에서 내 귓가로 흘러들어왔다. 흥얼거리는 너의 목소리에, 나는 조용히 눈을 감고 평온한 미소를 입가에 머금었다. 어디선가 그런 너의 말소리가 들려오는 것 같았다.

"이 세상에 우리밖에 남지 않았다면, 그땐 우리 뭐 할래?"

추억 속에 잠들어있던 앳된 너의 목소리가 어린 나를 깨워냈다.

이제는 그 답을 네게 직접 전해줄 수 있을 것 같다.

동상

성공적인 삶을 위한 만남

김 연 재
(경기 용인 보라중학교 2학년)

 소설가를 꿈꾸는 14살 문학소녀로 새로운 글쓰기를 할 때면 언제나 신이 난다. 자료를 찾고 상상력을 발휘하는 것을 좋아하기 때문이다. '만남'을 주제로 잡으면서 고민에 고민을 거듭하였다. 먼저 부모와 자식, 형제와의 만남이 있다. 이것은 태어나면서 주어지는 관계다. 마음대로 만날 수 없고 끊을 수 없기에 이것을 천륜이라 부른다. 천륜의 반대는 인륜이다. 친구, 선생님, 선후배, 이웃의 만남을 뜻한다. 우연한 만남도 있고, 계획하는 만남도 있다. 또, 좋은 만남이 있고 나쁜 만남도 있다.

 자료를 찾아보다가 특이한 만남을 발견했다. 해방 무렵에 류 열이라는 국어학자가 있었다. 해방을 맞은 기념으로 출판사 통문관에서 류 열에게 정학유의 『농가월령가』를 펴내게 하였다. 류 열은 책이 나오기도 전에 무엇이 그리도 급하였는지 북으로 넘어가 버렸다. 몇 년이 지난 2000년 8월, 남북 이산가족 상봉 때 류 열이 딸을 만나기 위해 서울에 왔다. 통문관 이겸로 사장은 북한에서 류 열이 왔다는 기사를 보았다. 그리고는 일행이 방문하는 롯데월드 앞에서 류 열을 기다렸다. 류 열이 나타나자 류 열에게 다가갔다. 『농가월령가』 두 권과 50만 원이 든 흰 봉투를 불쑥 건네면서 말하였다.

 "내가 통문관 주인이오. 선생 책을 펴냈지만, 기별이 끊겨 책도 못 드리고 인세도 못 드렸

수. 옜수. 받아주슈.”

여태 알고 있는 만남 중 가장 특이한 만남일 수도 있다. 『농가월령가』를 펴내고 곧장 북한으로 가버린 바람에, 돈을 전해주지 못하고 때를 기다리기만 했던 이겸로 사장의 마음은 어땠을까. 아마도 엄청 불편했을 것이다. 반대로 『농가월령가』 두 권과 돈이 든 봉투를 갑작스레 받게 된 류 열은 얼마나 당혹스러웠을까. 그들의 마음을 다 헤아릴 수는 없지만, 결과적으로 그들의 만남은 성공이었다는 것을 알 수 있다.

수어지교라는 성어가 있다. 물과 물고기의 사귐이라는 뜻으로 떼려고 해도 뗄 수 없는 관계를 말한다. 중국 삼국시대 유비는 장수는 많으나 작전을 세우고 실행하는 참모가 필요하였다. 제갈량을 추천받자 관우, 장비, 두 아우와 같이 망설임 없이 찾아 나섰다. 첫 번째 못 만났다. 두 번째도 못 만났다. 두 아우는 불만이 많았다. 세 번째로 갔을 때 제갈량은 긴 낮잠을 자고 있었다. 유비는 끝까지 기다렸다. 그 결과 유비는 제갈량이라는 뛰어난 참모를 얻었고 삼국시대를 열었다. 이를 삼고초려라 부른다.

유비는 아들 유선이 부족하다는 것을 알았다. 유언으로 제갈량이 왕이 되어 나라를 이끌어 가라고 부탁하였다. 제갈량은 거절하였고 끝내 유선에게 충성을 다하였다, 그래서 수어지교의 모범은 유비와 제갈량의 만남이다.

이를 보면서 좋은 만남은 서로에게 긍정적 영향을 주고 때로는 인생을 바꿀 수 있다는 사실을 알 수 있다. 좋은 인연을 만나서 그 경험을 토대로 남에게 좋은 영향을 주는 사람이 되고 싶다.

14년 동안 살면서 여러 유형의 만남을 가져보았다. 선생님과 만남, 친구와의 만남, 연인과 만남 등 만남을 많이 가졌다. 꼭 좋은 만남만 있었던 것은 아니다.

3학년 때부터 6학년 때까지 내 모든 것을 다 줄 수 있을 만큼 친하게 지냈던 친구가 있다.

하지만 그 친구는 좋은 성격의 소유자가 아니라, 자신이 왕 대접을 받길 바라는 성격을 가지고 있었다. 3~5학년 때까지는 나이도 어렸고 사람을 쉽게 내치지 못하는 성격 탓에 늘 친구로 지냈다. 그러나 6학년이 된 후 친구들은 입을 모아 그 친구를 비판했고, 서서히 그 친구와의 사이도 멀어져 갔다. 지금은 가끔 연락하는 사이고, 더 좋은 친구를 만나서 행복한 친구 생활을 하고 있다.

친구가 많았을 당시에 내 친구들을 나에게서부터 멀어지게 하려고 했던 친구가 있었다. 내 친구들과 나의 사이를 가르려고 했던 것도 충분히 화가 났지만, 더 치욕스러웠던 점은 남에게 피해를 주고 자신의 이익을 챙기려는 사람이 내 주위에 있었다는 점이다. 이때 이후로는 철저하게 스스로 더 좋은 사람으로 성장시키기 위해서 노력하고 있다. 그 덕분에 주위에는 정말 좋은 친구들뿐이다. 내가 좋은 사람이어야 좋은 친구를 만날 수 있다.

자료에 중국의 철학자 왕통의 유명한 말이 있다. "세력을 갖고 사귀는 자는 세력이 기울면 곧 끊어지고 이익을 갖고 사귀는 자는 이익이 다 하면 흩어진다." 이렇듯 조건이나 이익을 따지고 만나는 것이 아닌, 인간적인 신뢰로 사람을 만나야겠다.

이혼은 왜 늘어날까. 아예 만남이 잘못되었기 때문이다. 우리 엄마와 아빠는 잘 만나서 우리 남매를 낳고 행복하게 살고 있다. 나도 다음에 엄마 아빠와 같은 관계의 만남을 갖고 싶다.

인간은 사회적 동물이다. 즉 관계를 맺고 살아가는 것을 뜻한다. 친구, 선생님, 애인, 이웃을 잘 만나서 생을 마감하기 전까지 행복하게 살고 싶다. 사람이 성공을 이루거나 실패를 하는 데에 주요 요인 중에 만남이 포함된다. 어떤 일이든 혼자서는 할 수 없기 때문이다.

성공적인 삶을 위한 만남은 나의 선택에서 시작한다. 올바른 선택을 위해 인격을 닦고 정직하고 진실된 성품을 갖추고 싶다.

병든 여름

김 다 인
(경기 시흥 은행고등학교 2학년)

　바깥에서부터 밀려온 여름은 장렬한 매미 울음소리를 싣고 왔다. 바야흐로 생명력의 계절임을 실감한다. 난 고요에 지쳐 문턱에 걸터앉은 채로, 어떤 생명도 존재 않을 것 같은 바다의 수평선을 향해 눈 돌린다. 물결은 저 자신들끼리 섞였다가 바람의 입김에 맞춰 미련 없이 흩어졌다. 그렇게 모든 물결들이 일제히 바다를 정돈했다. 하나의 바다 안에서 여러 개의 물결이 바다를 이뤘다. 어쩌면 여러 개의 물결이 모여 하나의 바다가 되었다. 수평선 근처, 물결 위에 놓인 작은 배 한 척이 위태롭게 일렁인다. 저 배가 아가미를 달고 가만히 해수면을 떠다닌다면 물결이 어디를 향하는지 알 수 있을 거라는 생각을 했다.

　유독 해가 강한 날이다. 여름 해는 잊고 살던 지구의 자전을 깨닫게 한다. 강렬한 투명 빛들은 어느 것 하나 가리지 않고 모든 걸 비춘다. 해수면을 비추고, 아스팔트를 비추고, 생명체의 살갗을 비춘다. 바스러질 만큼 수분을 빨아들인다. 나는 더위에 질린 사람들이 몰린 바닷가를 보았다. 그들은 육지를 향해 헤엄치는 파도를 맞으며 웃기 바빴다.

　여느 때나, 사람들은 계절이 바뀌면 바뀌는 대로 바다를 보러 왔다. 특히 오늘과 같은 여름철이 되면 도시 냄새 묻은 겉모습을 한 사람들이 카메라를 들고 바다로 뛰어 들었다. 햇빛 아래로, 파도 위로 빛나는 누군가의 모습을 필름 안에 담았다. 저편에선 텁텁한 열기를 피해 바다 안으로 파고들었다가, 다시 숨을 들이마시기 위해 물 밖으로 머리를 내미는 사람들이 있다. 그리고 도넛 모양 튜브에 갇혀 개헤엄을 치는 사람, 물장구를 치다 허우적대는 사람, 파도에 발을 담구고 멍하니 있는 사람, 파도를 피해 웃으며 내달리는 연인 한 쌍. 모래사장에는 파라솔 아래서 그늘을 만끽하는 사람들과, 조그마한 손으로 모래에 바닷물을 적시고 성을 쌓는 아이들이 있다.

기사식당 안은 한산했다. 사실 바닷가를 뺀 동네의 모든 곳이 고요했다. 대부분의 바다 근처 사업장들이 그렇듯 여긴 날이 어두워져야 생기를 띠는 곳이었다. 밤이 되면 대문짝만한 활어 모형 간판을 붙인 횟집들이 네온사인을 밝히고, 들 뜬 사람들의 목소리가 방 안을 뚫고 들어온다. 거리에는 술에 취한 청년들이 쏟아져 나와 밤을 헤집는다. 똑같은 얼굴을 한 생선들이 직사각형 수조 벽에 주둥일 박는다. 소음에 귀를 먹은 활어들은 바다의 한 줌도 되지 않을 물속에서 숨을 쉬다, 마지막으로 몸을 펄떡이곤 얼굴이 시뻘게진 사람들 식탁 위에 오른다. 그리고 그런 소란한 축제가 새벽까지 이어진다. 회를 치는 사람들은, 사람들의 식탁 위에 소주병을 조달하는 사람들은 밤늦게까지 무르익을 축제를 위해 낮에는 문을 닫아두었다.

그러나 기사식당은 밤을 위한 곳이 아니었다. 우리는 아침에 문을 열고, 밤에 문을 닫았다. 문 닫힌 횟집들 사이에서 거의 유일하게 불을 밝히는 대낮의 식당이었다. 하지만 밤을 위한 거리 위에 놓인 낮 식당에 관심을 주는 사람은 몇 되지 않았다. 동네 어르신들이 대부분의 손님이었고, 가끔 길을 헤매다 마땅찮게 끼니 때울 곳을 찾지 못한 관광객들이 식사를 하고 갔다. 드물게 찾아오는 사람들이 떠나가면 식당 안은 다시 오랫동안 고요해졌다.

기사식당은 화려한 조명을 밝히는 식당들과는 달리, 사람들의 이목을 끌기 위한 어떤 것도 없었다. 바래가는 하얀 간판에 정직하게 쓰여 있는 기사식당 네 글자와, 네온사인의 빛 따위 찾아볼 수 없는 조촐한 '영업 중' 팻말. 이것만이 기사식당의 존재를 밝혔다. 그마저도 사람들의 희미한 시야 속에서 묵살되기 일쑤였다. 그러나 이 식당의 주인장이자 나의 고모는, 일요일을 제외한 모든 날에 식당 문을 열었다. 공휴일에도, 폭우로 동네가 시끄러운 날에도 마찬가지였다. 고모의 그런 반복되는 의무감은 사랑의 한 형태로 보이기까지 했다. 그리고 그런 절대적인 사랑을 받는 존재에겐 응당 엄숙한 마음이 생긴다.

여전히 식당 문턱에 앉아 물끄러미 바다를 바라보다 문득, 만약 내가 2년 전 서울을 떠나지 않았더라면 나 또한 저 붐비는 여름휴가의 열기 속에 있지 않을까 그런 생각을 했다. 어느 사람과 다를 바 없이 바다가 생소한 눈을 하고서. 불과 2년 전 까지만 해도 나는 바다는커녕 호수 근처에도 살지 않았으니까. 내 주변의 것은 오직 사람과 사람, 그 뿐이었다. 그리고 나조차도 인구밀집도에 과하게 뭉쳐진 덩어리 중 한 켠의 삶이었다.

나는 2년 전 여름, 서울을 떠났다. 불쾌지수가 치솟는 계절에 한 선택이지만 충동적인 것은 아니었다. 오히려 의연한 마음으로 이뤄졌다. 사직서를 내고, 좁다란 자취방을 정리하는 내내 그랬다. 모든 물을 엎지른 후에야 고모에게 전화했다. 기사식당에서 일하며 그곳에서 살고 싶다고 말했다. 내가 듣기에도 뻔뻔스러운 말투였다. 실은 고모가 거절하는 것은 충분히 예상 안에 있었고 설령 정말 그렇게 된다 하더라도 나는 개의치 않고 어디론가 떠나버릴 작정이었다. 고모의 대답이 나의 행방을 정할 수 없다고 생각해서, 얼마든지 거절을 들어도 괜찮았다. 나는 무엇보다도 절실히 서울을 벗어나고 싶었고, 떠나지 못한다면 죽어버려도 괜찮았다.

그런데 고모는 너무도 태연하게 창고방을 정리해 쓰라고 답했다. 주소를 문자로 보내겠다는 말을 덧붙였다. 내게 아무것도 묻지 않았다. 나는 오히려 떨떠름한 얼굴로 기차 시간을 검색했다.

다음 날 이른 아침 기차에 올라탔다. 평일 아침에 기차를 타는 사람들은 어딜 향하는지 궁금했다. 나처럼 도망치기 위해 기차에 몸을 실은 사람이 한 명쯤은 더 있지 않을까. 만약 그렇다면, 이 기차는 단지 이방인을 위한 열차일 것이다. 내가 이방인의 대열에 필요한 위인이었기에 운명이 나를 도망치도록 설계한 것이라고. 그렇기에 나는 순리에 맞춰 떠나버리는 것이라고. 쓸모없는 생각이었기에 나는 금세 커튼을 치고 잠을 잤다. 그리고 문득 잠에서 깨어났을 때 일몰이 낯선 바다 위로 쏟아지는 중이었다.

이렇게까지 도망가야 했을 이유가 뭘까. 나는 어째서 인간은 황혼 앞에서 이토록 속수무책으로 솔직해지는 것일까 궁금했다. 애써 덮어두었던 지난 서울에서의 날들과 감정들이, 부력에 당하는 구명조끼처럼 표면 위로 떠올랐다.

서울을 떠올리면 불덩이의 모습이 따라온다. 그 불덩이들은 치열하지 않으면 멸해 버리는 생명마냥 끊임없이 부지런했다. 나는 그 불덩이 같은 사람들 틈에서 손바닥만한 열정을 갖고서 수그러들었다. 나의 맥없는 열기는 사방에서 불어오는 바람에 흔들리다 이윽고 불씨만 빈약하게 남아버린다. 먼 곳에선 여전히, 끝없는 연료를 등에 이고 불덩이들이 몸을 키워내고 있다. 그들은 내가 흉내 낼 수 없는 열정과 재능을 가진 사람들이었다. 그러나 내 주먹 안에 남은 건 검은 재와 꺼져가는 불씨뿐이었고, 이것들이 식어갈수록 난 서울을 데우는 이들과 더 멀어져갔다. 그래서 서울이 싫었다. 열정이 재능처럼 느껴졌기 때문에. 무기력한 나는 무능한 사람이 되어서.

식당과 가장 가까운 기차역에서 내린 후, 스마트 폰 지도에 의지해 발걸음을 옮겼다. 그러며 희미한 기억을 더듬어 고모의 기사식당을 떠올렸다. 고모는 어촌 동네에 혼자 사는 여자였다. 낮에는 일층에 있는 기사식당을 홀로 운영하고, 밤에는 이층 가정집에서 홀로 생활했다. 고모의 집은 부엌이 딸린 안방 하나와 한 평이 될까 말까한 작은 방 하나, 그리고 화장실

하나가 전부인 조그마한 곳이다. 어릴 적 몇 번 묵은 적이 있어 기억한다. 내가 쓰게 될 창고 방이라는 것은 그 작은 방이었다.

그렇게 하염없이 걷다 문득 짠내가 나 고개를 드니 바다가 있었다. 너무 먼 곳까지 온 것은 아닐까. 그러나 이런 고민을 하기에는 바다가 지나치게 아름다웠다. 갈매기 여럿이 부둣가에 서 큰 소리로 울었다. 나는 넋을 놓고서 잠시 동안 일몰에 잠긴 바다를 보았다. 지구상에 바 다가 있다는 것을 방금 깨달은 사람처럼.

식당에 도착한 것은 자정에 가까워질 무렵이었고, 나는 다음날 아침이 되어서야 창고방을 정리했다. 먼저 성난 소리를 내며 열리는 창문과 방문을 활짝 재껴서 맞바람이 통하도록 했 다. 상자 안에 담겨있던 작동되지 않는 선풍기를 바깥으로 빼냈다. 맨 구석에서 찾은 고모의 졸업사진은 책장 한켠에 두었다. 빛바랜 사진 무더기는 검은 봉지에 한데 담아 서랍 안에 넣 어 두었고, 먼지 쌓인 스탠드 조명은 고쳐 쓸 수 있을 것 같아 한 켠에 두었다. 그러는 동안 고모는 내게 아무것도 묻지 않았다. 그저 내게 반평 만한 그 방을 내어주었다. 자신의 것들이 조카의 손을 거쳐 버려지거나 다른 방식으로 정돈되는 모습을 그저 바라만 보았다.

조그만 방에 빈 공간이 생기자 내 짐들을 하나둘씩 꺼내었다. 급하게 꾸린 짐이라 가방 안 물건들은 오합지졸이었다. 그러나 가진 것이 몇 되지 않아 물건들이 한데 뒤엉키지는 않았 다. 나는 조심스레 그것들을 모두 꺼내 정리하기 시작했다. 무채색이 대부분이 되어버린 옷 가지들을 계절별로 모아두었다. 하나하나 세어 보았더니 그 수가 다섯 손가락을 넘어가지 못 했다. 옷들은 정갈하게 개어 안방 빈 옷장 안에 넣어두었다. 처음 상경한 날, 사람들 붐비는 서울역을 빠져나오며 낯선 이가 손에 쥐어주었던 광고지는 구겨서 쓰레기통에 넣었다. 서울 에서 살 때 방 안 구석에 쌓아두었던 소설책 몇 권은 책상 위에 열을 맞춰 세워두었다. 이제 야 책의 제목이 보였다. 마땅히 둘 곳이 없는 것은 요령없이 바닥에 늘어놓았다, 내 모든 짐들이 작은 방안에서 한 눈에 들어왔다. 가난한 짐들은 얄팍하고 초라한 나의 흔적들을 가까스로 비췄다.

고개를 들면 창밖으로 바다가 보이는 방이다. 이곳은 사방이 물이며 짠내며 갈매기였지만 방 안에서 바다가 보이는 것은 어쩐지 특별한 일처럼 느껴졌다. 파도에 반사된 오후의 빛들이 환기된 공기와 함께 방 안으로 들어왔다. 소금기 머금은 빛이 바닥에 지저분하게 늘어진 짐들, 해진 흰 양말을 신은 내 발등을 비췄다. 먼지와 함께 그것들이 빛이 났다.

그 후로부터 나는 하루도 빼놓지 않고, 어떤 의례처럼 엄숙하고 조용하게 이곳에서 살아온 날짜를 세었다. 이곳에서의 날들이 서울에서 살아온 날들과 가까워질수록 어쩐지 기분이 이상했다. 밀려드는 인파 속에서 발 디딜 곳마저 줄어들었던 감각이 떠올라 숨이 막히다가도, 어쩌면 그렇게 끝없는 사람들 사이에서 가장 무난하고 재미없는 인간 군상을 자처하는 것이 가장 큰 기쁨이 될지도 모른다고 생각했다. 서울로 다시 돌아가고 싶다. 생각하다가도 아, 나는 이미 서울에서 도망쳐 이곳으로 돌아온 것이구나! 깨달았다. 서울을 '돌아간 곳'이라고 정의하는 날 내게는 더 이상 도망갈 기회가 찾아오지 못할까봐 무서웠다. 그리고 그런 세월이 이제는 자그마치 2년이었다.

그때 젊은 여자들이 손부채질을 하며 식당을 향해 몰려온다. 나는 퍼뜩 정신을 차리고 과거에서 헤어 나오기 위해 허우적댔다. 그들은 꽁치조림 3인분을 황급하게 먹고서 다시 바다를 향해 떠났다.

수연에게 문자가 온 것은 사흘 전의 일이다. 수연은 졸업한 대학교 같은 과 동기였는데, 사적으로 만난 적도, 별달리 안부를 물을 만큼 가까워진 적도 없는 사람이다. 그렇기에 수연에게 문자가 왔을 때 난 내 지난날의 삶에서 수연이란 이름을 찾기 위해 오랫동안 궁리했다. 그리고 가까스로 기억 속에서 수연의 얼굴을 찾았다. 얼굴이 새하얗고, 밝고 쾌활해 신입생 적부터 사람들에게 둘러싸여 있던 아이. 나와 어떤 공통점도 없어 말 섞는 것조차도 꺼렸던 사람. 서로가 서로를 시야에 두지 않았던 사이. 어떤 접점도 없어서 그 애와 나 가운데 '사이'라는 단어를 입에 올리기 민망한 사이 때문에 난 졸업한 이후 너무도 당연하게 그 애를 잊고 살았다.

발신인의 자리에는 낯선 번호가 찍혀 있었다. 문자내용은 평범하기 짝이 없었지만 수연과 나의 관계를 생각한다면 다단계를 권하거나 돈을 꿔달라는 내용이어야 평범했다.

나 같은 과 동기였던 이수연이야. 기억해? 로 시작해 같이 밥 한 번 먹고 싶어. 보면 답장 줘. 로 끝이 나는 그 문자는 스팸 문자보다도 더 수상해 보였다. 나는 가식을 덧붙여 답했다.

응. 기억하지. 반갑다. 잘 지냈어? 실은 조금도 반갑다는 생각을 하지 않았지만, 너무 오래되어 낯설기 만한 옛 친구와의 의미없는 대화를 빨리 끝내버리고 싶었다. 그런데 수연은 내 문자를 곧장 읽었고 다짜고짜 물었다. 사람들이 네 이야기 하더라. 회사 왜 관뒀어?

휴대폰 화면 안의 글자들은 또렷했다. 전원을 끄면 더 이상 보이지 않는다는 사실이 믿기지 않을 만큼. 난 수연의 마지막 문자를 오랫동안 응시했다. 글자들이 화면을 비집고 나와 손가락을 타고 흘러 곧이어 내 머릿속까지 가닿은 것처럼 문장들이 허공을 둥둥 떠다녔다. 기억 속에서 사라진 그 애의 목소리와 얼굴이, 희미하게 복원되어 문장을 읊조렸다. 소식을 챙기는 것조차, 아니 존재조차 잊고 살던 동기에게까지 내 이야기가 닿았다면 내 불행은 도대체 어디까지 퍼진 것일까. 몇 명이, 얼마나 알고 있을까. 문득 서울을 떠나며 느낀 모든 감정들이 상기되며 나의 조잡한 마음을 모두에게 들킨 기분이 들었다. 나를 잊고 살던 이들의 입에 내 이름이 거리낌 없이 오르는 상상을 했다.

이들은 식탁에 오른 꽁치의 눈처럼 지친 얼굴을 하고서, 허무하고 입 밖에 내기 쉽지만 결코 따분하지는 않은 타인의 이야기를 한다. 실속을 강요받는 삶 속에서 가치 없는 시간을 보내는 일이 어떤 일탈이라도 되는 것처럼. 그런 그들은 나의 사정과 감정을 터무니없이, 그리고 합당하게 추측할 테고 그런 가벼운 말들 속에 진실이 있을지도 모른다. 나조차 깨닫지 못한 진실이 있을지 모른다. 부끄러웠다.

그리고 수연에게, 떳떳하지 않은 내게 화가 났다. 인사치레로 하는 줄 알았던 밥 한 번 먹자는 말을 수연은 반복해 거론하며, 내게 언제쯤 괜찮으냐고 물었다. 나는 시간이 안 된다며, 바쁘다며, 할 일이 있다며, 서울은 너무 멀다며 온갖 핑계로 만나자는 걸 거절했다. 그런데 수연은 조금 이상할 정도로 끈질겼다. 네 시간에 맞추겠다며 너 안 바쁠 때, 한가할 때 만나자고 했다. 심지어는 서울이 너무 멀다는 내 말에 내가 있는 곳으로 가겠다는 말까지 했다. 거절할 구멍을 모두 막아버린 수연은 끝내 기사식당을 찾아가겠다며 주소를 물었다.

나는 나도 모르게 서울에서 살았던 나와, 기사식당 문을 여는 현재의 나를 분리해 두었다. 그 두 사람은 내 머릿속 비교선상에 놓이기도, 연민의 대상이 되기도, 감정의 발화점이 되기도 한다. 가끔은 둘 중 하나가 내 망상일지도 모른다는 상상까지 했다. 그리고 이왕이면 서울에서의 내가 가짜였으면 좋겠다고 생각했다. 그렇기에 서울에서의 수연을 기사식당에서 만나면, 어쩐지 기분이 이상할 것 같았다. 마치 닭장에 놓인 얼룩말이나, 동화책 속에 영문없이 들어간 무협소설 주인공을 마주하는 기분일 것 같았다. 나는 그런 묘한 기분을 상상하고 싶지 않아 수연과 기사식당 근처 횟집에서 만나기로 했다. 여기까지 오겠다는 수연을 굳이 말리지는 않았다.

식당 바닥을 쓸고, 환풍기를 끄고 영업 중 팻말을 뒤집고 나니 수연과의 약속시간이 가까워지고 있었다. 나는 수연을 얼른 돌려보내고 싶다는 마음에 손님을 응대하던 차림 그대로 앞치마만 벗어던지고 횟집을 찾아 걸었다. 해가 진 지 오래였지만 여름이 얼마나 지독한지 바람이 조금도 서늘하지 않았다. 더불어 여름의 열기와 술에 취한 사람들의 열기가 더해져 어둠 속에서 아지랑이가 피어나는 것만 같았다.

수연과 만나기로 한 횟집은 여느 식당과 마찬가지로 네온사인 가득한 거리에 있었다. 평소 멀찍이서 지켜보기만 하던 밤에 빛나는 거리를 걸으니, 잠시 내가 관광객의 일부가 된 것 같았다. 그런 기분은 마음을 들뜨게도 슬프게도 했다. 사람들이 만들어내는 소음이 아주 가까운 곳에서 들려왔다. 매일같이 창문을 뚫고 들어오던 밤늦은 소음을 처음으로 가까이서 당도한 순간이었다. 그동안 방 안에서 들어왔던 밤장사의 소음들은 그저 수많은 사람들의 흔적만을 싣고 왔을 뿐, 사람들의 벌게진 얼굴이나 높아진 언성을 보여주지는 못했다. 그 근원지를 마주하니 공공연한 비밀을 알게 된 기분이 들었다.

수연을 만나 하는 말들은 뻔했다. 오랜만에 만난 낯선 친구와 할 법한 이야기, 딱 그 정도였다. 과거 학교에 있었던 이슈라던가. 각자만 아는 타인의 이야기라던가. 그런 지루하고 영양가 없는 말들이 테이블 너머로 오고갔다. 그것마저 사라지는 때가 오면 우린 약속한 것처럼 접시 위에 정갈하게 펼쳐진 광어회의 살점으로 시선을 옮겼다.

그러다말고 수연은 소주 한 병과 잔 두 개를 주문했다. 수연이 잔 하나를 건넸으나 나는 거절했다. 결국 수연은 혼자서 술을 잔에 따라 마시기 시작했다. 난 꾸역꾸역 광어회를 씹고 삼켰다. 회는 맛이 없었다. 많이 늙은 생선 같았다. 아니면 강렬한 네온사인에 뼈마디가 으스러지기 시작한 생선 같았다. 어쩌면 신선도 없는 대화에 내 미각이 마비된 걸지도 몰랐다.

이윽고 완벽한 밤이 되었을 때, 거리에서부터 파도처럼 밀려들어온 사람들이 빈자리라면 막무가내로 착석했다. 바다를 기억하는 사람들이 바다 안의 생명체를 맛보기 위해 기쁘게 지갑을 열었다. 사람이 늘어날수록 소음이 불어났다. 인파가 쏟아지듯 식당과 거리를 메웠다. 난 그 광경을 보는 것마저도 맥이 빠졌다. 사방에서 술 냄새가 났고, 의미 없는 대화를 위한 화젯거리는 동이 났다. 시선을 버려둘 광어회도 점차 수가 줄었다. 동공이 헛발길질 하듯 어색하게 흰자를 굴리는 게 느껴졌다. 이제 그만 헤어질 때가 되지 않았느냐고 말하고 싶었는데, 어쩐지 수연은 여전히 내게 할 말이 있는 것처럼 나무젓가락을 씹었다.

수연은 내가 앞에 있단 것을 잊은 것처럼 아무런 말도 하지 않고 식탁에 고개를 떨구고만 있었다. 뒤늦게야 제대로 본 수연의 얼굴은 예전의 생기가 보이지 않았다. 내가 수연을 기억하는 유일한 특징이었던 활기가, 청춘을 등져도 영원할 것 같던 그 활기가 사라져 있었다. 어느 각도로 보면 수척해 보이기까지 했다.

회사는 왜 그만뒀니? 수연이 아주 작은 소리로 속삭이듯 말했다. 사람들 소음에 묻혀 잘 들리지 않아 난 수연에게 다가가 되물었다. 뭐라고? 수연이 조금 더 큰 소리로 내 귓가에 대고 말했다. 왜, 다 관뒀냐고. 그렇게 말하는 수연의 목소리에 어떤 울분이 있었다. 나는 그 미묘한 감정에 놀라 수연을 바라보았다. 수연의 눈에는 정말로 알 수 없는 분노가 있었다. 난 그 애의 눈을 한참이나 바라보다가, 젊고 빛났던 그 애의 얼굴이 아주 잠깐 머리를 헤집는 걸 느끼다가, 답했다. 별 거 아냐. 비정규직이었는데, 뭐.

수연이 왈칵 눈물을 쏟았다. 나는 놀라서 휴지를 뽑아 수연에게 건넸다. 그 애가 어린아이처럼 소리 내어 울기 시작하자, 소음으로 가득 찼던 식당 안이 일순간 고요해졌다. 너나할 것 없이 시뻘건 얼굴의 사람들이 수연의 울음을 물끄러미 바라보았다.

그제서야 난 수연 옆에 놓인 두 병의 빈 소주를 발견했다. 수연의 눈가가 번진 마스카라로 얼룩지는 동안 울음은 더 커졌다. 사람들은 다시 제 할 일을 시작했다. 조금 정제된 소음이 다시 일렁였다. 수연의 눈물은 시끄러운 말소리에 잠겨들었다. 나는 수연을 어르달래며, 아까의 고요가, 축제 분위기에 난입된 그 울음소리가 조금 섬뜩하다고 생각했다.

나는 수연을 부축하며 기사식당을 향했다. 수연은 아무런 말도 하지 않고 간간이 훌쩍이는 소리를 냈다. 가로등빛 희미한 길을 걷는데 저 멀리서 파도 소리가 났다. 그때 수연이 멈춰 섰다. 더운 바람이 귓바퀴를 맴돌았다. 나는 짧은 소매로 이마의 땀을 닦으며 수연을 보았다. 수연이 입을 달싹이다 말했다.

바다. 저기 있지.

응.

가자.

어두워.

내 말을 잠자코 들은 수연이 또박또박, 그러나 힘없이 털어놓는다.

난 바다를 잊고 살았어. 실은 그 모든 걸.

그 애는 인공빛이 파고든 잿빛의 아스팔트에 시선을 실은 채로, 이 말을 내뱉은 이상 오늘 저 자신이 할 일은 끝났다는 표정을 하고 서있었다. 나는 하는 수 없이 수연을 해수욕장으로 이끌었다. 밤에 파묻힌 수연의 얼굴은 희미했다. 확실한 것은 눈코입이 슬픈 표정에 머무른 채로 움직이지 않는다는 것이었다. 수연은 그 누가 와서 보아도 외롭고 슬퍼 보였다. 난 불행 이 겉으로 드러나는 인간 앞에서 어떤 얼굴을 해야 할지 몰랐다. 그저 모래사장 안으로 맨발 이 더 깊게 파고드는 것을 느꼈다. 정적과 침묵이 최선의 방법일 때가 있다고 생각하며.

어둠에 삼켜진 물보라는 화질이 흐린 오래된 영상물처럼 가깝고 희미하게 존재했다. 잔해 들만이 내게 다가와 발가락을 간질였다. 수연은 내 부축을 뿌리치고 여름 샌들을 신은 그대 로 바닷가에 발을 담갔다. 난 술에 취한 그 애가 자빠지기라도 할까봐 자꾸만 수연을 주시했 다. 파도는 몸집을 불려 다가오기도, 잔물결처럼 위험 없이 다가오기도 했다. 그리고 수연은 한 자리에 서서 그것들을 모두 맞아냈다. 파도가 아프지는 않느냐고 묻고 싶어질 만큼 모든 물너울들을 바라보고 느끼고 수용했다.

아까는 왜 울었어?

궁금하긴 했다만 답을 바라고 한 말은 아니었다. 어둠과 짠내가 교묘하게 섞여 나도 모르게 솔직해진 탓이었다. 역시나 정적이 일었고, 나는 그 침묵 속에서 내가 말했다는 사실 마저 잊었다. 그런데 수연은 한참이 지나서 숨을 크게 들이마시고 입을 열었다.

너, 졸업하고 학교 모임 한 번 안 나왔잖아. 그런데 다들 어디서 네 소식을 듣고 오는지. 잊을만하면 네 이름이 마른안주 위로 떠오르면서 걔가 멀쩡한 직장을 관뒀다느니, 철이 없다느니 미래 생각을 안 한다느니, 모두가 너를 가벼운 안주 삼아 떠들었어. 나도 함께 맞장구치고 헐뜯기에 바빴고. 정말 너의 안위를 생각해서 사람들이 네 이야기를 했겠니. 그냥 남의 인생을 멀리서 바라보다 제멋대로 평 내리는 거야말로 가장 쉽고 값싼 재미니까. 네 이야기는 짧게 도마 위에 오르다가 흥미가 떨어지면 흔적도 없이 사라졌어. 사람들은 너의 이야기를 하다, 너무도 천연덕스럽게 무슨 주식이 오르고 어디 집값이 오르는 지로 주제를 바꿨어. 난 그 관심도 없는 주식이나 집값 얘기에 호응하며 사람들의 혀에 올랐던 네 이름을 계속, 계속 떠올렸어. 누군가의 삶이 화제가 되고, 그 화제가 수명이 다해가는 모습을 지켜봤던 걸 떠올렸어. 잘 기억나지도 않는 네 이름을 멋대로 부르며 웃던 내 얼굴을 상상했어. 그런데 왜인지 화가 나는 거야. 단지 화가 나는 게 아니라 속이 들끓었어.

그때 커다란 파도가 큰 소리를 내며 수연의 무릎을 향해 달려들었다. 수연은 그러길 이미 알고 있던 사람마냥, 살갗에 소금물이 닿는 걸 물끄러미 쳐다봤다. 다시 잔물결이 치고 그러다 가끔 해도가 밀려와 허공을 삼킨다. 그러는 내내 수연은 그저 가만히, 가만히 있었다. 그러다 문득 입을 열었다. 그 애의 목소리는 밤을 밀치는 파도처럼 허망했다.

내가 널 무슨 자격으로 헐뜯을까 싶어서. 스스로에게 화가 났어. 까발려지는 순간 마른안주 처지가 되는 건 내 삶도 피차일반인데. 따지자면 한 곳에 갇혀 입만 뻐끔대는 내가 더 열등할 텐데. 회피하고 실패하고 뒤처진 내가 더 한심할 텐데. 어쩌자고 남 이야기를 하며 즐거워했을까. 그러다 문득 수연이 고개를 돌려 나를 바라본다. 그 애는 파도와 물결에 맞춰 몸을 흔들며 말했다. 무엇보다도 나는 네가 부러웠어. 도망칠 곳이 있다는 게. 그리고 도망친 곳에 잊고 살던 것이 있다는 게. 수연의 말이 끝나자 다시 한 번 파도가 그 애의 무릎을 치고 갔다.

수연에게 내 방을 내어주고 난 고모와 시래깃국 냄새가 나는 안방에서 잠을 잤다. 정갈히 누워서 본 천장은 어둠에 잠겨 아무 색깔이 없었다. 수연은 방문을 열어두고 옅은 숨소리를 내며 잠을 잤다. 희미한 숨소리는 공기 안에서 팽창했다가, 맥박 같은 일정한 규칙에 맞춰 사그라들었다. 백색소음처럼 차분하고 고요한 숨소리였다.

나는 잠들지 않는 눈을 치켜뜬 채 오늘 수연이 한 말들을 곱씹었다. 특히 내가 도망칠 수 있어 부러웠다는 수연의 말을 반복해 떠올렸다. 그 말은 수연과 내가 완벽히 먼 곳에 있다는 걸 상기하게 했다. 먼 곳에서 내 삶을 바라본 수연의 지극히 자기중심적인 소감에 불과한 말이었다. 그때 난 수연에게 지난 내 삶을 모두 나열하고, 들춰버리고 싶은 충동을 느꼈다. 이곳에는 푸른 바다만 있지 않다고, 내가 서울에서부터 모은 모든 걸음과 부끄러움이 있다고, 나는 그것을 모두 기억하며 산다고, 말하고 싶었다.

그렇게 된다면 수연을 만나는 내내 참아왔던 말들도 내뱉을 수 있을지 모른다. 나를 헐뜯는 이들의 말이 맞을 지도 몰라. 나는 그저 완벽하게 비겁한 덕분에 도망칠 수 있었던 거야. 파도를 견뎌내는 너처럼 강인하지 못한 나는, 이만큼의 정신력이 전부였어.

나는 이렇게 영원할까?

내가 잠결에 한 말처럼 속삭였다. 문득 목울대가 턱 막히면서 코끝의 핏줄기가 부푸는 기분이 들었다. 어렴풋이 소금 냄새가 났다. 아무도 듣지 않고 답하지 않는 말을 난 계속 중얼거렸다. 나는 이렇게 영원할까.

수연은 다음날 아침 급하게 짐을 꾸리고 서울행 기차를 예약했다. 아직 가시지 않은 술 냄새를 이끌고, 미련 같은 것에 신경 쓸 겨를도 없이 등을 졌다. 대낮의 골목은 우스울 만큼 고요했다. 여름의 빛나는 잿빛 땅 위에서 수연의 발걸음 소리가 소란하게 굴렀다. 햇빛 아래서 본 그 애의 뒷모습은 너무도 많은 걸 진 등처럼 말려있었다. 열정 없이 말린 등허리였다.

그러다 문득 수연은 바닷바람을 타고 밀려든 소음을 향해 고개를 치켜든다. 부지런한 사람들이 너나할 것 없이 바닷물 곁에서 소음을 생산해 낸다. 수연은 그 자리에 가만히 서서, 즐거운 사람들의 형태들을 오랫동안 쳐다보았다. 나는 기사식당 문 앞에 기대어 선 채로 그런 수연을 오랫동안 보았다. 수연은 여름의 한복판에 있었다. 금방이라도 더위에 이지러질 것만 같은. 아지랑이가 바닥에서부터 더 높은 곳을 향해 손을 뻗는다. 지독한 여름이었으나 수연은 저 자신이 어느 계절에 서 있는지 모르는 사람처럼, 어쩌면 말을 잃고 누군가의 구원을 바라는 생물처럼, 한 곳에 가만히 서서 계절을 견디거나 삼켜내었다.

수연아! 내가 큰 소리로 그 애를 불렀다. 수연은 말린 등을 천천히 돌려 나를 본다. 나는 애처로운 그 애의 얼굴을 응시하며 애써 미소 짓고서 말했다. 다음에 또 와. 꼭 와. 그래도 괜찮아. 이 말이 그 애가 원하는 구원의 말처럼 느껴졌다. 다시 오면 반겨주겠다는 말. 환영하겠다는 말. 일인분의 자리를 내어주겠다는 말. 수연이 저 멀리서 고개를 끄덕인다. 아지랑이와 소음, 땀이 시야를 가려 그 애의 얼굴이 희미하게 보였다. 그러나 분명한 것은 수연이 미소 짓고 있다는 사실이었다. 단단하고 힘겨운 미소였다. 그 후 수연은 다시 날 등지고 걷기 시작했다. 오로지 직진했다. 난 그 뒷모습을 보며, 직감적으로 오늘날의 여름을 오랫동안 잊지 못하리라 깨달았다.

우리의 젊음은 나이 든 청춘이었다. 병든 여름이었다. 고열에 정신 못 차리는 너무 이른 감기였다. 수연의 등과 걸음이 멀어질수록 소음은 더욱 짙어진 채 내게로 밀려왔다.

수몰

강 보 경
(부산 대명여자고등학교 2학년)

목을 매고 죽은 친구의 장례식에 들렀다. 생전 별로 생각하고 살지 않던 친구가 사진으로 박제되어 있는 모습을 자꾸만 쳐다보게 되는 건 낯설어서였고 계속 우는 사람들 틈에서 억지로 쑤셔 넣은 육개장은 돌아가는 지하철역에서 모조리 토했다. 죽어가는 모든 것들이 잊고 지낸 그 친구 같아서 자꾸 얼굴을 대입해 보는 게 역겨웠다. 집에 들어가기 전 소금을 뿌렸다.

\#

오랜만인 이름으로 걸려온 전화에 외출했다. 장례식에서 재회한 하은은 죽은 친구의 중학교 시절 동아리 직속 후배였고 대학에 들어간 후엔 함께 살았다고 말했다. 그 말을 듣고서야 이따금 등교할 때면 운동장 스피커로 들리던 노래들이 죽은 친구의 선곡이었단 게 어렴풋이 기억났다. 그와 동시에 같이 담요 뒤집어쓰고 자다가 불려 나갔던 기억 같은 것들이 부글부글 끓어 넘쳐서 숨이 턱 막혔다. 앞에 앉은 하은이 씁쓸하게 웃는다. 울지 않는 게 죄를 짓는 것 같지요.

이사를 가기 전엔 하은의 옆집에 살아 서로 얼굴 맞댈 일이 잦았다. 요즘도 문득 하은의 얼굴이 떠오를 때가 있었다. 교복을 입고 들뜨던 모습이 겹치며 지금은 잘 살고 있을지 생각하던 날들. 그 인연이 돌고 돌아 이렇게 재회한다. 휘젓기만 한 뜨거운 커피가 차츰 식어갔다. 애초부터 마실 목적이 아니었다. 변기에 쏟아 부어도 김이 나지 않을 테니 다행이라고 생각했다. 묻지 않아도 친구와의 관계에 대해 나열하던 하은이 별안간 말을 멈추고 뜸 들였다. 형, 있잖아요. 답지 않게 말꼬리를 축 늘려대다 본론을 꺼내는 목소리가 이상하게 밝다. 일주일만 재워주세요.

세상모르고 잠든 집 잃은 어린 동거인을 조수석에 태우고 운전대를 잡았다. 하은에게 친구가 어떤 의미였는지 알지 못하지만 적어도 각별한 관계였음은 확실했고 그런 애를 친구와 동거하던 집으로 돌려보내는 일은 산 채로 관에 집어넣는 일과 다를 바 없다. 혈액으로 이어진 사이는 아니지만, 장례식 내내 자리를 지키던 어린 뒤통수를 생각하며 별안간 입안이 텁텁해 입술을 깨물었다. 침이라도 삼키려니 뜨겁게 목구멍을 틀어막은 무언가가 금방이라도 올라올 것 같았던 탓이다. 이따금 작게 골골대는 하은의 소리가 들려왔다.

#

혼자 살던 좁은 자취방을 반으로 갈라 하은에게 건네고 서로의 구역을 침범하지 않았다. 반 칸짜리 방에 빌붙어 사는 동거인은 집을 자주 비웠다. 재워달란 말을 하며 죽은 눈에 억지로 스위치 누르던 그때를 꾹 담아둔 참인지 집을 단지 잠의 용도로만 사용했다. 어디 가냐 물을 필요도 없이 만취해 돌아오는 건 동거한 지 고작 삼 일간의 일상이다.

서로가 서로의 삶을 침범하지 않으려 애쓰다 나흘째가 되었을 때, 그었던 선을 몰래 넘어오는 건 하은이다. 창고가 딸린 좁은 방문을 노크하며 하은이 쌀의 위치를 묻는다.

"쌀은 없고 햇반은 있는데, 왜? 배고프나."

물으며 방문을 열자 죽어있던 눈이 새삼 빛을 내고 있었다. 그럼 제가 쌀을 좀 사 올까요?

빛나는 눈을 보며 거절할 수 없다. 본가에서 가져온 밥솥은 진즉에 중고로 팔았단 사실 같은 건 입 다물어 은폐하고 외투 주머니를 뒤적여 지갑을 찾았다. 같이 가자. 그 말에 말갛게 웃는 얼굴이 아프다.

하은이 내게 기생해 살고 있음을 자각할 때마다 함께 떠오르는 친구 탓에 누구도 언급하지 않았지만, 자꾸 회상하게 되는 건 당연했다. 그러나 그렇게 만든 장본인은 너무도 아무렇지 않은 얼굴로 당근 더미 속에서 조금 더 큰 것을 고르려 뒤적이고 다 똑같은 통조림 일일이 뒤집어 유통기한이 더 긴 걸 찾고 있다.

"그러고 보니 형 본가가 진구랬죠? 서면에 진짜 맛있는 데 있는데. 담에 같이 가요."

사흘이란 시간이 하은에게 어떤 시간이었을는지 알지 못하는 나는 아무렇지 않음을 연기하는 목소리에 어떤 맞장구도 치지 못하고 찬장에 가득 쌓여있을 햇반만 죽어라 담았다.

돌아오는 길에도 하은은 온갖 사사로운 것을 물었다. 학교, 전공, 그러다 연애 경험까지 답하고 있는 건 순식간이었다. 양손에 장바구니를 쥐고 한적한 골목을 걸으며 그런 질문들에 답하다 자취방 계단 앞까지 와서야 신상 까발리는 걸 멈췄다. 대신 손에 든 장바구니를 바닥에 내려놓고 말했다. 하은아, 너 좀 이상하다. 그 말에 입술 깨무는 게 뻔히 보이는데 걘 변명했다. 원래 이랬다고 말하는 눈이 다시 죽어있다. 생기 같은 건 날 때부터 없었던 듯하다.

다시 침묵이다. 장 봐온 것들을 냉장고에 정리하며 하은은 자꾸 고갤 떨구기만 한다. 괜한 말을 했나 싶어 후회될 때쯤 하은은 고개 떨구는 일을 멈추고 다시 제 영역으로 돌아갔다.

"죄송해요, 밥이라도 차려드리려 했는데 피곤해서 먼저 잘게요. 다음에 먹어요."

그렇게 말하며 거실 한쪽에 정리된 제 몫의 이불을 펼치는 몸짓이 어딘가 뚝뚝 끊겼다.

"그래, 푹 자라. 아까 내가 한 말은 잊고."

비록 각자의 구역이 정해져 있다지만 하은의 구역은 거실인 탓에 회피하려 해도 회피가 불가능한 구조였다. 그걸 아는지 이불을 머리끝까지 뒤집어쓴 모양새를 보고 가만히 방으로 들어가 문을 잠갔다. 더운 솜이불이 숨통을 짓누를 때까지 무덤 같은 그 속에서 헥헥대며 호흡할 모습이 눈에 선명하다.

\#

한결같이 만취한 모습으로 바닥을 기며 귀가한 하은은 비틀대며 변기를 잡고 헛구역질했다. 와중에도 귀에 꽂은 이어폰을 빼주고 떨리는 등을 처음으로 쓰다듬다 걔가 울고 있단 걸 알았다. 구역질을 핑계로 눈물 흘리는 건지 구역질을 하다 보니 눈물이 나는 건지 구분할 수 없어 동정조차 할 수 없다. 등을 살살 쓸며 제정신도 아닐 걔의 귓가에다 대고 말했다.

"이틀 뒤에 갈 곳은 정했나."

구역질 소리가 점점 잦아들기 시작하지만 볼륨은 그대로였다. 사라진 음의 크기를 울음소리가 메웠다.

잔뜩 취해 쓰러지듯 잠든 동거인의 얼굴을 처음으로 뚫어져라 쳐다봤다. 나는 네가 뭘 하고 다니는지 왜 항상 만취한 상태인지 그런 건 궁금하지도 않지만 그래도 사람이니 걱정되는 건 당연한 거 아니겠나. 덮고 있는 머리를 살살 쓸며 혼잣말했다.

방송실에서 잔뜩 긴장한 채 서 있던 모습이 내가 본 네 첫 모습이었고 나는 아직도 그 얼굴로 너를 기억한다. 아주 어린 꼬마였던 시절부터 지독한 사춘기를 겪었던 초등학교 6학년까지. 나는 네 모습을 빠짐없이 기억하고 있는데 어째선지 그 낯설고 어린 얼굴만이 내 기억에 남아있다. 신입 부원이라며 한 명 한 명 소개해주던 친구의 손가락 끝이 돌고 돌아 너에게 당도했을 때, 귀 끝이 빨갛게 익어서는 생전 처음으로 내게 극존칭을 썼던 날. 너는 굳었고 나는 웃었지. 친구가 살살 어깨를 두드려 주니 금세 긴장을 풀고 눈을 끔뻑여대던 모습이며 마이크 선을 정리하면서도 내내 나와 내 친구를 힐끔대던 모습까지. 그때 친구가 나한테 그랬었다. 내 직속 후배는 너무 착하고 순해서 건드리기만 해도 무너져 버릴 것 같다고. 그 말을 듣고 너를 다시금 쳐다봤다. 지금도 간간이 보여주는 말간 얼굴을 디폴트처럼 장착하고 친구의 시선만 졸졸 쫓던 모습을 보면서 무너지는 건 둘째 치고, 어디 가서 사기나 안 당하면 다행이라고 생각하던 때가 있었는데. 외양쯤이야 아무리 썩어가도 푸석한 몸뚱어리 가운데서 펄떡펄떡 뛰고 있을 심장은 여전히 순진해서 나는 요즘 계속 친구가 밉다. 적어도 그 애는 너한테 그러지 말았어야지. 머리맡에 쪼그려 촘촘히 말을 잇다 잠꼬대로 치장한 하은의 흐느낌이 점차 커져가는 걸 캐치하곤 자리에서 일어났다. 잠들지 않았다는 것쯤은 머리를 쓸던 순간 개의 숨이 잠깐 멈췄을 때부터 알고 있었다.

#

그리고 다음 날, 하은은 바닥을 기지 않았다. 멀쩡한 두 발로 계단을 올라 귀가한 동거인을 가만히 쳐다보다 눈을 깔았다. 제정신으로 마주하는 건 흔히 있는 일이 아니라 이상하게 입이 떨어지지 않았다. 이런 점에서 눈치가 빠른 건 하은이었다. 눈칫밥 먹으며 살아온 인생인 양 재회한 날부터 쭈뼛대더니 말하지 않아도 거슬리지 않게 행동하는 모습이 제법 서울물 먹은 티가 났다.

"오늘은 그냥 수업 듣고 왔어요, 약속 같은 거 없이."

그런 말로 어물쩍 대화를 시작하다 곧바로 본론으로 직행하는 버릇은 조금 악질이다.

"시간 되시면 이야기나 한 번 할까요?"

하은이 흐리게 웃는다.

차근차근 식탁에 술병을 나열하는 몸짓이 자연스럽다. 형이랑 먹으려고 약속 안 잡았어요.

굳이 덧붙이면서 마지막 남은 맥주 캔까지 식탁에 내려놓은 하은이 웬일인지 활짝 웃으며 의자를 두드렸다. 앉으라는 의미로 받아들이고 떨떠름하게 앉았다. 맞은편에 앉아 뭐가 그리 좋은지 자꾸 웃기만 하는 모습이 이상하게 이질적이란 생각이 들었다.

"어제도 술 마시고 들어왔잖아. 계속 술 마셔도 괜찮나?"

"괜찮아요. 원래도 이렇게 마셨어요."

과거를 회상하는 하은의 눈은 꼭 우주 같다. 그런 멍청한 생각을 할 때마다 동정이 잇따르고 하은이 건네는 술잔을 받아 죄책을 들이켰다. 제정신에 털어놓기 힘든 말을 하려는 모양이지. 곧 약속했던 일주일이 끝나게 된다. 묵혀둔 할 말 같은 건 이미 머리끝까지 쌓여 토해내기 직전일 것이다. 그러나 예상과는 다르게 하은은 술잔에 손을 대지 않고 멀쩡한 정신으로 말부터 뱉었다. 저 오늘 자정에 짐 빼요.

"한 달간 유럽 여행을 가는 친구가 있는데 그 친구가 한 달간 지내도 된다고 해서요. 내일 아침 일찍 간다는데 걔가 고양이를 키우거든요. 그래서 그 고양이 돌봐주러 자정에는 가야 해요."

변명하듯 묻지 않은 말을 줄줄 꺼내는 건 버릇인가, 내 얼굴을 읽어대는 탓인가. 멋쩍은 듯 머리를 긁적이며 제대로 된 감사 인사도 못 드리고 가서 죄송해요. 라고 사과하는 하은을 보면서 주제넘게 굴지 않아야 함을 자꾸만 상기하려 애썼다. 그러지 않으면 당장이라도 소화되지 못한 죽은 친구의 이름을 토해내듯 불러내게 될 것 같다는 기분.

"그래도요, 언제든지 연락하세요. 이번에는 못했지만 다음에는 정말 밥이라도 같이 먹자구요."

"그래. 너도 언제든지 연락하고."

"형은, 형은 죽지 마세요."

스치듯 중얼거린 목소리에 놀라 고갤 들어 얼굴을 마주하니 아무 일 없었던 듯이 웃고 있는 게 보였다. 잘못 들었나 생각하며 걔가 건넸던 맥주를 다시 한번 입에 가져다 댄 순간, 호영이 형이랑은요. 낯익은 이름이 홀로 금기시하던 이름이 동거인의 입에서 흘러나온다.

"호영이 형이랑 살 때는 자주 함께 식사했어요. 부모님이 엄하셔서 배달 음식이나 즉석식품 같은 것들을 금지하셨거든요. 그래서 서툴지만 같이 요리해서 밥 먹고 그랬어요. 그게 저한테는 너무 좋았고 정말 가족 같았고. 친형 같다고 생각했어요. 지방에서 학교 나와 서울에 있는 대학에서 만난 것도 참 질긴 인연이다 싶었고."

그 말을 들으며 문득 이질감의 이유를 알아차렸다. 얼굴은 웃으면서 목소리는 이미 한참 죽어있었으니 그런 것이다. 축축한 목소리를 들으며 구역질을 억지로 참는 일은 고역이다. 휴지를 뽑아 하은의 앞으로 밀어두고 맞장구치지 않았다.

"그 형이나 저나 방송부였던 거 기억하고 계실는지 모르겠지만요, 그 형은 노래를 좋아해서 방송부에 들어갔다고 했어요. 중학교 방송부래 봤자 하는 일은 매일 같이 선곡해서 노래 트는 일뿐이니까요. 늘 틀던 노래 다 호영이 형 선곡이었던 거 아시나요, 그래도 친하셨으니까. 다른 애들은 구닥다리 음악이라고 싫어했지만 저는 좋아했어요, 그 구닥다리 음악들. 음질 다 깨져서 기괴하기만 한 그 음악들."

난생 처음 걔와의 대화에서 도망치고 싶단 생각을 하며 동시에 도망칠 수 없음을 깨달았다. 이 대화에서 도망치면 얘는 두 번 죽는 거겠지. 반복되는 친구의 이름을 들으며 목구멍이 뜨겁다.

"호영이 형은 대학 와서도 노래 듣는 거 좋아했어요. 저는 노래 같은 건 중학교 때나 지금이나 하나도 몰랐고요. 같이 머리 맞대고 앉아서 플레이리스트를 짰어요. 호영이 형 취향만 담긴 플레이리스트라서 여전히 구닥다리예요. 들어보실래요?"

"괜찮다. 다음에 들을게."

한참 종알거리던 하은의 입술이 내 대답을 기점으로 다물렸다. 그게 의아해 눈 맞대니 또다시 어색한 웃음을 짓는 게 안타깝다. 식탁 위로는 아무렇지 않은 척 굴었던 주제에 아래서는 내내 짓뭉개던 손을 식탁 위로 올리고 앞으로 내민 휴지를 조각조각 찢기 시작하는 모습이 슬로우 모션처럼 프레임마다 머릿속에 박혔다.

"형은 좋아하는 노래 있으세요?"

필요 없는 기침으로 목을 가다듬고 데시벨 높여 말하는 목소리가 밝다. 여전한 목소리로 짧게 아니, 대답하고는 재회 후 나눴던 첫 대화를 기억했다. 울지 않는 게 죄를 짓는 것 같지요.

"저도 그래요. 좋아하는 노래는 여전히 없어요. 팝송이니 힙합이니 다 저한텐 너무 어려워서 들으면서도 머리가 아파요. 클래식은 들으면 졸리고 록은 아무래도 시끄러운 이미지가 강해서요. 대중가요는 몇 곡 들어봤는데 자꾸 머리에 특정한 구절이 맴도는 게 싫어서 안 들어요. 웃기죠, 이런 놈이 그렇게 플레이리스트를 짜서 등하굣길마다 이어폰 끼고 들었다는 게."

술에 취해 바닥을 기면서도 꿋꿋이 귀를 막고 있던 이어폰의 존재를 깨닫는 순간, 호영이는 너한테 그러면 안 됐는데 정말로. 친구의 이름을 10년 만에 다시 떠올렸다.

"그래서 저는 아는 노래가 플레이리스트에 담겨있던 구닥다리 노래뿐이에요. 그것 말고는 없어요. 좋아할 음악이 없어요. 듣지 않으며 살 때는 몰랐는데 한 번 길들이고 나니 아무것도 없는 귀가 허전해서 미쳐버릴 것 같아요. 아무것도 나오지 않는단 걸 아는데 이어폰을 뺄 수 없어요."

"하은아. 이제 슬슬 짐 싸자. 도와줄게."

억지로 웃음을 띤 얼굴이 점차 허물어져 갈 기미를 보이는 걸 보고 말을 끊었다. 이름도 기억나지 않을 만큼 오랫동안 떠올리지 않았던 친구의 이름을 듣는 일만으로도 목구멍이 뜨거워지는데 하물며 하은은 어떨까 싶었다. 자꾸만 그 이름을 뱉으며 개의 목구멍이 화상을 입진 않았을지.

"더는 들을 수 있는 노래가 없어서, 그게 너무 슬퍼요."

죽은 친구가 그립다는 말을 그렇게 빙빙 돌려 별것도 아닌 사소한 일에 무너지는 이상한 담담함에 손 뻗어 어깨를 토닥였다. 앞으로도 계속 생각날 거야. 그래도 울음을 참지는 마라. 다 타버린 식도로는 물을 마실 때조차도 그 애가 생각날 테니.

인어공주

곽 서 연
(광주 수피아여자고등학교 3학년)

[첫 번째 조각 - 다연]

1.

아무것도 기억나지 않는 어린 시절이지만 그날은 이상하리만큼 뇌리에 박혀있다. 10년 전 봄. 이제 막 초등학교에 입학했다고 신나하던 그 기분이 입학식에 아무도 오지 않아 서글픔과 실망감으로 변한 그 날. 뒤늦게 나타난 정연 언니의 손을 잡고 자장면을 먹으러 갔다. 난생 처음 먹어보는 자장면은 참 맛있었다. 그러나 그것도 정연 언니가 전화를 받기 전까지였다. 전화를 받은 언니는 소스라치게 놀라며 자장면을 다 먹지도 않은 나를 데리고 병원으로 달려갔다.

병원에서 내가 본 풍경은, 마치 드라마에서나 나올 것처럼 격앙된 의사 선생님들과 빨간 샐비어로 물든 것 같은 아버지와 어머니, 그리고 눈물범벅이었던 둘째 언니 이수연. 수연 언니는 수술 내내 수술실 앞에서 엉엉 울었다. 정연 언니는 수연 언니 손에 들린 새 곰인형을 빤히 바라보다가 고개를 숙였다. 다시 든 언니의 표정에는 초조함뿐이었다. 그리고 난, 기억나지 않는다. 내가 그때 어떤 기분이었는지, 내가 그 이후로 몇 달 간 어떻게 지냈는지. 다시 기억이 이어지기 시작한 때는 그해 겨울이었다. 부모님은 이미 돌아가시고 장례까지 다 치룬 상태였다. 그리고 난, 깨어난 순간부터 말을 할 수 없었다.

내가 걸린 병의 정확한 명칭은 '브로카 실어증'이었다. 아래 이마엽의 후방에 있는 브로카 영역, 즉 말을 산출하는 영역이 손상되어 다른 사람의 말을 이해하는데 지장은 없지만 말을 하지 못하는 병. 의사 선생님은 정신적 충격 때문에 이런 병이 걸린 것 같다고, 자꾸 표현하려고 노력해야 한다고 말씀하셨다. 그리고 정연 언니에게 말했다. 수화를 시키는 것도 하나의 방법이라고, 수화를 통해 표현한다면 진전이 있을 수도 있다고. 실어증 치료는 초반이 중요하니까 최대한 신경을 써 주라고. 마치 보호자에게 말하는 것 같았다.

그러나 정연 언니는 그 '최대한의 신경'에 실패했다. 내가 열여덟 살인 지금까지 실어증을 앓고 있는 것을 보면. 하지만 언니 잘못은 아니었다. 그때 언니의 나이가 겨우 10살이었으니까. 자매 세 명이 다 연년생인 탓이었다. 겨우 10살이 8살을 어떻게 챙길까. 아무리 9살이 혼자서 척척 잘 해내고 10살을 도왔어도, 아이는 아이였다.

그래도 언니들의 도움 덕분에 수화는 모두 익혔고, 준비물을 집에 두고 간 적도 없었다. 공부가 남들보다 뒤쳐지지도 않았고, 가지고 싶은 것을 못 가졌던 경험도 적었다. 지금 생각해 보면 경제적 부담이며 여러 가지로 따져야 할 것들이 많은데, 우리 집에서 유일하게 난 그것들로부터 자유로웠다. 겨우 몇 살 차이도 안 나는데 언니들은 막내라고 나를 부담에서 제외시켰다. 그러나 어리석었던 나는 언니들의 고생을 알지 못했다. 그 이유로는 먼저 수연 언니와의 갈등이 있었고, 그 다음으로 학교에서의 따돌림 때문이었다.

부모님이 돌아가시고 실어증에 걸린 채로 눈을 뜬 내가 가장 먼저 본 것은 수연 언니의 얼굴이었다. 잔뜩 걱정을 안고 있던 언니의 표정은 따스했다. 그러나 그 이후로 수연 언니의 따스함을 한 번도 본 적이 없다. 내가 말을 못 한다는 사실만 빼면 나름 정상적으로 생활한다는 것을 알게 되자, 수연 언니는 유독 나에게 쌀쌀맞았다. 내가 핸드폰으로 연락을 해도 씹기 일쑤였고, 언니 방은 늘 닫혀 있었다. 가끔 눈이 마주치면 금방이라도 눈물을 터트릴 것 같은 눈빛으로 날 노려보았다. 이유는 알 수 없었다. 다가가려는 모든 행동을 막기 일쑤였으니까. 정연 언니에게 이유를 물어봐도 알 수 없는 것은 마찬가지였다. 정연 언니는 아무 말 않고 고개를 가로저으며 그저 내 손을 따스하게 꽉 잡아주었다.

이유를 알 수 없기에 포기한 것도 있지만, 실어증에 걸린 이후부터 난 중학교에 들어가기 전까지 쭉 정신을 제대로 차릴 수 없었다. 학교에 도착해도 교실 문을 열기가 두려웠고, 혹시 발표 시간이라도 되면 고개를 푹 숙이고 자리에 앉아있었다. 그러나 진정한 지옥은 쉬는 시간이었다. 쉬는 시간이면 아이들은 내 주변으로 다가와 나를 놀리며 이상한 사람 취급했다. 교실에서 내가 있을 곳은 없었다. 그리고 더러는 내가 그들의 말을 이해하지 못한다고 생각했는지 웃으면서 욕을 내뱉기도 했다. 그때마다 난 눈에는 눈물을 글썽이고 얼굴을 붉히고 주먹을 꽉 쥐며 그들을 노려보았으나 그럴수록 그들은 깔깔거리며 비웃을 뿐이었다. 결국 난 그들이 원하는 대로 해주었다. 들어도 못 들은 척, 봐도 못 본 척.

그렇게 바보 행세를 하고 나서 집에 돌아오면 난 늘 화장실로 걸어갔다. 문을 잠그고 욕조에 물을 잔뜩 채웠다. 그렇게 떨어지는 물을, 점차 채워지는 물을 바라보다 난 옷을 벗지도 않고 욕조에 들어갔다. 때론 차갑기도, 때론 뜨겁기도, 때론 적당하기도 했지만 나에게 온도는 중요하지 않았다. 그저 나를 이 세상으로부터 벗어나게 해주는 그 무엇을, 난 바랐다. 어떻게든 이 세상에서 벗어나 다른 지구로, 다른 세계로 보내주는 그 무언가를 간절하게 기도했다.

물속에 들어가 숨을 참고 눈을 감으면, 눈앞에 다른 세상이 펼쳐졌다. 누군가는 나를 사랑해주는 세상, 누군가는 나를 필요로 하는 세상, 누군가는 나의 곁에 있어주는 그런 세상. 그러다가 숨을 더 이상 참을 수 없을 때 난 서둘러 얼굴을 들었다. 그와 동시에 현실로 돌아왔다. 그 기분이 참 지독하게도 싫었다. 그러나 난 아주 잠깐이라도 다른 세상이 펼쳐지는 그 속에서 살고 싶어서 매번 이 세상을 못 버틸 것 같은 날이면 욕조로 들어갔다.

그러던 어느 날, 정연 언니가 나에게 수영을 배워보라는 제안을 하나 했다. 당연히 난 거절했다. 14살이면, 어느 정도의 세상을 아는 나이였다. 비록 아주 일부만 안다고 하더라도 아는 것은 아는 것이었다. 그때의 난 언니들이 고생하고 있다는 사실을 인지하고 있었다. 그랬기에 거절했다. 그러나 수연 언니마저 배워보라고 권했고 그렇게 난 어쩌면 내가 무의식 속에서 간절히 원했을지도 모를 수영을 배우게 되었다.

16살인 정연 언니의 손을 잡고 처음으로 간 수영장은 소독약 냄새로 가득했다. 수영 강사 선생님을 따라서 들어간 물속은 차갑기 그지없었다. 그러나 난 마냥 좋았다. 물속에, 나의 환상 속에 조금이라도 더 머물 수 있게 되었으니까. 그래서 수영 강습은 일주일에 세 번이었으나 난 매일매일 수영장에 갔다. 수업이 늦게 끝난 날도, 학원을 가는 날도 매일매일 빠지지 않았다. 그 노력이 헛되지 않았는지 수영 실력은 빠르게 늘었다. 그리고 다행스럽게도 난 수영에 소질이 있다고 볼 수 있었다. 정확히 하자면 매일 매일, 그리고 수영 강습이 끝난 후 남아서 했던 연습 탓에 배움의 속도가 빨랐을 가능성이 높으나 난 내가 소질이 있다고 믿고 싶었다. 수영에 소질이 있다는 것은 물에 맞는 사람이라고, 즉 물이 그 사람을 선택했다고 생각했다. 난 물에 선택받은 사람이고 싶었다. 아무도 나를 사랑해주지 않는, 아니 바라봐주지도 않는 이 세상에서 부드러운 물길이 나를 안기로 결정했다면 그것만으로 난 이 세상을 살 힘이 생겼다.

2.

똑같은 하루를 지나 난 열여덟 살이 되었다. 여전히 학교에서는 친구가 없고, 수연 언니는 냉담하고, 정연 언니는 바빴다. 그래도 달라진 게 있다면, 나에게 꿈이 생겼다는 것. 내가 다니는 고등학교는 자립형 사립 고등학교였다. 그리고 난 이 학교의 수영 특기생이었다. 중학교 때 대회에 나가서 상을 탄 것, 그러면서도 책은 꾸준히 읽고 수학은 열심히 했던 덕을 봤다.

그러나 문제는 집에 있었다. 부모님의 사망 보험금으로 학비며, 생활비며 꾸준히 부족함이 없었는데 이번에 문제가 터진 것이었다. 결국 정시로 서울의 나름 괜찮은 대학의 나름 괜찮은 과에 합격했던 정연 언니는 입학을 취소하고 취업을 했다. 공부를 잘하는 수연 언니와 수영선수로서의 미래가 꽤 창창한 나를 위해서. 언니가 취업을 선택했다는 사실을 5월이 지나고 나서야 알게 되었고, 내 마음은 자책감으로 가득 채워졌다. 내가 꿈이 생겼다는 내용을 언니에게 털어놓지만 않았어도 어쩌면 언니는 대학에 가서 꿈을 이룰 수 있지 않았을까 하는 자책감. 결국 나의 꿈은 최소한 나에게 있어서, 우리 가족에게 있어서 걸림돌이었다. 그 돌이 가벼워지는 순간은 내 수영 실력이 늘 때뿐이었고, 난 조금이라도 더 좋은 기록을 내기 위해 거의 수영장에 살다시피 했다.

그날도 학교에 잠깐 들렀다가 수영장으로 들어가 몇 시간을 수영에만 집중했다. 얼마나 지났을까, 몸에 힘이 빠지는 게 느껴져 밖으로 나오려 했다. 그때였다. 누군가가 내 어깨를 잡고 물에 넣었다 빼내더니 아주 잠깐의 숨 쉴 시간도 주지 않고 다시 집어넣었다. 숨이 막혔다. 내 의지로 물에 들어가는 것과 남이 밀어 넣는 것은 달랐다. 다시 그 누군가는 내 얼굴을 빼냈다. 코에 물이 들어왔고 나는 발버둥 쳤다. 그 짓을 몇 번 더 한 다음에야 그는 나를 빼주었다.

"야. 입이 아니라 뇌도 다쳤냐? 내가 여기서 나가라고 했지."

등신. 입을 다쳐서 말을 못 하는 게 아닌데.

"너 같은 거랑 같이 있기 싫다고. 나가라고!"

한참동안 내 머리채를 잡고 소리를 질러대던 그는 진이 빠졌는지 내 목을 조르기 시작했다. 어차피 나에게 물고문을 하고 소리 지르느라 힘이 다 빠졌을 테고, 내 목에 흐르고 있는 물기 때문에 죽을 정도는 아니었다. 그래서 그냥 두었다. 분이 풀리면 알아서 그만 둘 테니까. 이런 일이 한두 번도 아니고. 그저 가만히 그의 눈을 응시했다. 포기한 눈빛도 아니고 해볼 테면 해봐라 라는 눈빛도 아니고 그저 아무것도 의미하지 않는 눈빛으로. 그 순간, 누군가가 내 목을 조르던 그를 밀쳤다. 그와 나는 수영장에 빠졌고, 난 깊이 잠수했다. 위에서 뭐라 뭐라 하는 소리가 들렸다. 선생님이신 걸까. 물속에서 귀를 막고 눈을 감았다. 잠시 후, 조용해졌을 때 난 수면 위로 얼굴을 뺐다. 내 목을 조르던 아이는 가고 없었다. 그리고 내 눈앞에 있는 사람은, 선생님이 아니었다.

"괜찮아?"

어떤 남자아이였다. 그것도 처음 보는.

3.

난 멍하니 그를 바라보았다. 누굴까? 라는 생각을 하다 그가 입고 있는 교복, 그리고 그에 달린 명찰을 발견했다. 정신우, 같은 학교, 같은 학년이었다.

"너, 정말 괜찮아? 다친 곳은 없어?"

그의 말에 난 고개를 끄덕였다. 어차피 죽을 정도도 아니었는데. 굳이 도와주지 않아도 되었는데. 괜스레 마음이 비뚤어졌다. 내 끄덕임에 그의 눈빛에서 걱정이 사라졌다. 그리곤 텅 빈 눈빛으로 변했다. 이상하게도 어디선가 저런 눈빛을 본 것 같았다.

그는 천천히 다가오더니 물을 응시하다가 질문을 하나 했다.

"여기 수심이 얼마나 돼?"

"…."

"많이 깊어?"

"…."

"사람이 죽을 만큼 깊나?"

"…."

그는 아무 말도 안하는 나와 물을 번갈아 보았다. 그러고는 아무 말도 없이 수영장 밖으로 나갔다. 그의 뒷모습을 바라보고 있자니, 의문 하나가 들었다. 왜 남이 죽는 건 말리면서 본인이 죽을 것처럼 행동할까. 그러나 아무래도 상관없었다. 타인에게 관심을 끊은 지 오래였다.

아무도 없는 수영장에 깊이 잠수해서 다시 눈을 감았다. 눈앞에 새로운 세상이 펼쳐졌다. 그 순간, 어느 음성이 들렸다.

'너, 정말 괜찮아? 다친 곳은 없어?'

심장이 뛰는 것도, 얼굴이 화끈거리는 것도 느껴졌다. 순간 불쑥 짜증이 치솟았다. 그리고 동시에 나의 세상이 사라졌다. 결국 물 밖으로 얼굴을 뺐다. 차가운 공기가 얼굴을 때리자 정신이 확 들었다. 다시 물속으로 잠수했으나 바라는 내 세상은 안 나오고 다시 정신우 음성이 들렸다. 내가 왜 이러는 걸까. 마음을 진정하기 위해 스스로 되뇌었다. 그저 친절을 오랜만에 받아서 이러는 거다. 원래 사람이 앞에서 죽어갈 것처럼 위험에 빠지면 자신의 선에서 돕는 게 인간의 당연한 도리 아닌가. 그러나 그 당연한 도리라는 것을 처음 느껴봐서, 그래서 이러는 거다 하고. 마음을 진정시키면 내 세상이 나올 줄 알았건만, 정신우 얼굴만 또렷이 내 머리를 채웠다. 결국 수영장 밖으로 나왔다. 오늘은 날이 아니었다.

라커룸을 열어 핸드폰과 가방을 챙기는데 부재중 통화기록이 눈에 띠었다. 정연 언니의 3통과 4개의 문자 메시지. 내가 말을 못한다는 것을 알면서도 3번이나 전화를 할 정도면 얼마나 급한 일인 걸까.

[다연아 전화 받아봐]

[ㅇ 미안 아직 안 ㄲ一]

[수업 아직 안 끝났ㅇ ㅓ? 끝나면 바로 병원으로 와]

[다연아 끝나면 연락 줘]

문자를 쭉 읽어가다가 난 '병원'이라는 단어에 곧장 밖으로 뛰어나갔다. 근처 병원은 한 곳뿐이었다. 택시를 잡으려는 순간, 난 목적지를 말하지 못한다는 생각이 들었고 무작정 달리기 시작했다. 병원이라는 건 누가 다쳤다는 거고, 정연 언니가 연락을 했다는 것은 정연 언니가 아닌 다른 사람이 다쳤다는 것일 텐데. 그럼 정연 언니와 나랑 둘 다 관련된 사람 중 한 사람이 남았다. 수연 언니.

잠시도 쉬지 않고 뛴 덕에 예상보다 훨씬 더 빨리 병원에 도착했다. 정연 언니가 보낸 병실로 가기 위해 엘리베이터를 탔는데 문이 닫히는 순간 정신우 얼굴을 언뜻 본 것 같았다. 다시 또 심장박동이 빨라졌다. 정신을 차리기 위해 고개를 이리저리 흔들었다. 이제는 환각까지 보이는 모양이었다. 띵- 마침 엘리베이터가 열렸고 난 곧바로 병실에 들어갔다.

언니들은 6인실 오른쪽 침대 가장 끝에 있었다. 교복을 입고 침대에 앉아있는 수연 언니와 그 옆에 서 있는 정연 언니. 주저하며 걸어가자 수연 언니는 놀란 듯 나를 바라보다가 주스

하나를 건넸다.

"뭐 하러 이다연까지 불러."

"집에 갔는데 사람 없으면 놀랄 것 같아서 그랬지. 그리고 오랜만에 우리 세 명이서 외식이라도 하게. 다연이, 오늘은 수업 일찍 끝났나 보네?"

정연 언니의 말에 난 고개를 끄덕였다. 무슨 일이냐고 묻고 싶었으나 하지 않았다. 이런 내 마음을 알아챘는지 수연 언니가 말했다.

"그냥 단순한 사고야. 학교 끝나고 학원 가다가 오토바이랑 부딪힐 뻔 했어."

"부딪혔지. 너, 좀 이따 가. 검사 대충 받지 말고 아프면 아프다, 똑바로 말해. 교통사고 후유증 크다."

"살짝 스친 거고, 그건 언니보다 내가 더 잘 알거든?"

"그럼 조심 좀 하라고. 걱정되게, 진짜… 너 아직도."

"그만 해. 나 이제 곧 검사 받아야 하니까 둘이 나가서 뭐라도 먹어."

"다 같이 외식한다니까. 다연이 배고플 테니까 간식이라도 먹일게. 끝나면 전화 해."

"외식은 나 빼고 해. 검사 다 받고 학원 갈 거야."

"오늘은 쉬지 그래?"

"나 고3이야. 쉴 시간이 어디 있어. 학원 끝나고 알아서 집 갈 테니까 둘 다 그만 가."

수연 언니의 단호한 말에 정연 언니는 안쓰러운 표정으로 바라보다가 고개를 끄덕이곤 나와 함께 밖으로 나왔다. 언니는 한숨을 몇 번 내쉬더니 표정을 바꾸고 나에게 물었다.

"뭐 먹고 싶은 거 있어, 우리 막내?"

-하려던 말이 뭐야?

수화로 언니에게 묻자, 언니는 얼굴이 굳더니 나의 눈을 피했다. 그리고 애써 웃으며 고개를 저었다.

"10년 전 그 사고가 자주 떠오르나 봐. 오늘도 오토바이가 오는데 땅에 주저앉아 있었다고 하더라고. 아마 후유증인거겠지. 자, 차랑 크게 부딪힌 건 아니니까 수연이는 금방 나을 거고, 배 안 고파? 언니는 배고픈데. 뭐 먹고 싶어?"

-쌀국수

"그래, 가자. 언니가 지난번에 회사 식구들이랑 간 집, 맛있더라."

언니는 짐짓 밝게 웃으며 발을 재촉했다.

4.

병원에서 왜 언니가 나의 눈을 피했는지 물어볼 수는 없었지만, 추측할 수는 있었다. 예전 그 사고가 나와 관련성이 없는 건 아닌 모양이었다. 단순하게 생각해 보면, 부모님의 임종을 내가 봐서 그 충격으로 실어증에 걸리고 단순 기억 상실증까지 왔을 수도 있지만 석연치 않은 점이 여러 개 있었다.

내가 8살이었을 때, 분명 의사 선생님은 실어증이라고 했다. 그러나 그때는 겨우 8살이라서 몰랐지만, 인터넷에서 찾아보니 실어증이 정신적 충격을 받아서 생기는 경우는 거의 없다는 자료가 나왔다. 그렇다면 왜 나는 실어증에 걸린 것일까? 하는 의문에 잃어버린 기억을 찾으려 했으나 그럴 때마다 어김없이 두통이 찾아와서 난 포기했다. 언니들에게 물어볼까 생각도 해봤으나 포기했다. 애초에 알려줄 생각이 없으니까 의사 선생님과 함께 날 속인 거겠지. 아니면, 진실일 수도 있고. 거의 없다고 했지, 아예 불가능하다고는 안 했으니까. 그러나 그 드문 일이 나에게 일어났다는 것도 매우 확률이 낮았다.

우선 내 실어증의 원인을 정신적 충격이 아니라고 가정한다면, 그럼 어디서부터 시작해야 할까. 노트북을 앞에 두고 키보드 자판만 의미 없이 두드렸다. 한참을 생각하다 실어증의 원인을 검색했다. 여러 자료가 나왔으나 공통적으로 말하는 것은 뇌손상이었다. 물리적 충격에 의해 뇌가 손상되거나, 혹은 혈액의 문제로 뇌가 손상되거나, 어찌되었든 내 뇌가 손상되었다는 의미였다. 그럼 왜 언니들은 이 사실을 숨겼을까. 심지어 의사 선생님까지도. 내가 알면 안 되는 게 뭘까. 만일 내가 그것을 알게 되면 어떤 일이 벌어질까.

아무리 생각해도 답이 안 나와 답답한 마음에 겉옷을 챙겨 입고 밖으로 나왔다. 벌써 해는 떨어지고 하늘은 어둑어둑했다. 정처 없이 걷다보니 집과 가까운 다리가 나왔다. 차가 쌩쌩 지나다니는 다리를 보다 인도 위를 천천히 걸었다. 바닥만 보다 고개를 들자 저 멀리 서 있는 한 소년이 보였다. 그 소년은 갑자기 신발을 벗기 시작했다. 그 순간, 불안한 마음이 들었다. 내 다리는 내 의지와는 상관없이 뛰기 시작했고, 그 순간 풍덩! 검푸른 강물 속으로 그 소년은 떨어졌다. 그때 극심한 두통이 몰려왔고, 난 바닥에 주저앉았다. 눈앞에 이상한 장면들이 스쳐 지나갔다. 흰 옷을 입은 사람들이 이리저리 몰려와서 침대를 둘러싸고 있으며 침대 옆에 있는 심박계에서는 삐 소리만 나고. 그리고 누군가가 울면서 소리쳤다. 뭐라고 외쳤는지, 누구인지는 모르겠지만 그저 마음이 불안했다.

한순간에 환각은 사라졌다. 난 애써 후들거리는 마음을 진정하고 강물을 내려다보았다. 강물에 빠진 소년은 발버둥치고 있었다. 핸드폰으로 119에 전화를 걸려는 순간, 알았다. 난 말을 못한다는 것을. 결국 난 겉옷과 신발을 벗고 강물에 뛰어들었다. 이성적 사고를 할 새도 없었다. 그저 누군가가 죽는 모습을 보기가 힘들었다. 어차피 나는 수영선수였으니까. 메달을 딴 적도 있으니까. 잔잔한 강물쯤은 아무것도 아니겠지, 싶었다.

그러나 그 생각은 물에 빠져든 순간 사라졌다. 강물과 수영장은 차이가 커도 너무 컸다. 게다가 밤이라 물의 온도는 매우 낮았다. 이곳에 조금만 더 있으면 손발이 덜덜 떨릴 것 같았다. 겨우 마음을 진정하고 안으로 잠수해서 아까 그 소년을 찾았다. 그는 이미 의식을 잃고 강물 속으로 가라앉고 있었다. 침착하게 팔다리를 움직여서 마침내 그의 손을 낚아채 수면 위로 올라왔다. '해냈다'라는 안도감에 다리가 풀릴 것 같았으나 마지막까지 헤엄쳐서 겨우 땅 위에 도달했다. 콜록 콜록 기침을 하며 끊어질 것 같은 이성을 붙잡았다. 쓰러져 있는 소년의 얼굴을 몇 번 때리자 다행히 의식이 돌아왔다. 그리고 난 그제야 그가 정신우인 것을 알았다.

"너⋯."

-괜찮아?

언니랑 말할 때처럼 습관적으로 수화를 해버렸다. '아차' 하는 마음이 들었으나 그는 이해한 모양이었다.

"응, 고마워."

-그날 수영장에 죽으러 왔어? 내가 있는 걸 보고 그냥 간 거야?

"⋯."

-죽을 뻔 했던 나는 살렸으면서 정작 너는 죽으려 한 거야?

"⋯."

-대답 좀 해. 네가 나처럼 말을 못 하는 것도 아니고⋯.

수화를 하다가 멈추었으나 이미 수화를 했을 때 눈치를 챘으리라 생각하고 있었다. 그의 눈은 순간 커지더니 다시 원래대로 돌아왔다. 또 그 눈빛이었다. 그때처럼 텅 빈 눈빛. 그리고 난 그 눈빛이 무엇을 의미하는지 깨달았다. 죽음을 갈망하는 자의 눈빛이었다.

"⋯ 왜 살려줬어?"

원망도, 고마움도 아니었다. 그저 의아함이었다. 난 잠시 생각하다가 손을 움직였다.

-네가 날 살렸으니까… 수화는 언제 배웠어?

"아버지가 실어증이셔서, 그래서 14살부터 찾아봤어. 대화하고 싶었거든. 예전에 교통사고로 아버지는 실어증에 걸리셨고, 그 후에 교통사고 후유증 때문에 또 사고를 당하셔서 지금 병원에 입원하셨어."

-넌 왜 죽으려고 했어?

나의 질문에 그는 한동안 또 답이 없었다. 그러다 뭔가 결심했는지 이야기를 시작했다.

"아버지가 그렇게 되시고 나서, 우리 집 사정이 좀 힘들었어. 어머니가 열심히 일하셔서 지금은 나아졌는데 그래도 전보다 나은 거지, 아직도 괜찮아지진 않았어. 그래서 어머니가 유독 성적에… 관심이 많아."

적당한 단어를 찾으려는 듯 망설이다 그는 대답했다.

"지금까지는 버텨왔는데 이젠 너무 힘들어서 그래서 죽고 싶었어. 죽어라 노력해도 난 어머니를 만족시킬 수가 없더라고. 아니, 그냥 내가 멍청한 걸지도 몰라. 공부 방법을 바꿔 봐도 성적은 제자리걸음이더라. 꿈도 없고, 목표도 없고. 이런 내가 한심하고 쪽팔려서, 누구한테 말할 엄두도 안 나고."

한동안 정적이 돌았다. 뭐라고 해야 할지를 몰랐다. 선선한 바람만이 그와 나를 감싸 안았다. 추위를 느낄 새도 없었다. 어쩌면 비슷한 고민일지도 모르기에 머리가 복잡해졌다. 나도 꿈이 생기기 전까진, 저런 마음이었다. 아무도 나를 안 좋아하고 모두가 싫어하는 존재. 이게 전부 내가 나빠서 그렇다고 생각했다. 이런 내가 한심하고 쪽팔려서 언니들에게 말할 수도, 도와달라고 부탁할 수도 없었다. 그러나 수영이라는 꿈이 생기고 난 뒤에는 조금은 달라졌다. 내가 그토록 바라던 다른 세상으로 갈 수 있을 것 같았다. 어쩌면 이런 마음이 이 아이에게도 필요하지 않을까.

그날 밤, 우리는 전화번호를 교환했다. 보답을 하고 싶다던 신우와 그에게 내 이야기를 하고 싶었던 나는 누구도 그 제안을 거절하지 않았다. 그렇게 헤어지고 집에 돌아와 문자로 그에게 알려주었다. 나의 이야기를. 그것을 시작으로 우린 많은 이야기를 나누었다.

5.

매주 수요일 오후 9시. 신우와 만나는 시각이었다. 그 시간에는 수영장에 사람들도 없고 신우 또한 학원을 가지 않았다. 체육관 수영장에서 만나며 우린 떠들었다. 참 조용한 떠들기였다. 간간히 웃는 소리만 들려올 뿐, 손만 이리저리 바쁘게 움직였다. 신우가 말을 할 때도 있었으나 대부분은 수화로 이야기했다.

시간이 지나가며 신우의 눈빛은 점차 변하기 시작했다. 텅 빈 눈은 어느새 반짝거리기 시작했다. 그 반짝임이 얼마나 갈지는 몰랐지만 그래도 나름 뿌듯했다. 그리고 나는 즐거웠다. 수영 강습 시간에 다른 아이들과 함께 있는 불편함과 나를 싫어하는 아이들의 눈빛으로부터 혐오감을 견딜힘이 되어 주었다. 신우의 반짝거리는 눈이 나를 향하는 게 좋았다. 마냥, 좋았다. 누구도 나에게 그런 눈을 해준 적이 없었으니까.

어느 날, 신우는 평소의 수요일처럼 수영장에 도착해서 나와 많은 이야기를 했다. 그러다 그는 한 가지가 생각난 듯 말했다.

"나 하고 싶은 거 생겼어."

-뭔데?

"경찰. 어릴 때 꿈인데 다시 하고 싶어졌어."

-잘 어울린다.

"그래서 아버지한테도 말씀드리고 왔어. 아, 그리고 아버지 상태도 조금 호전되셨어."

-정말?

"응, 10년 전 사고로 인해서 팔도 아프다고 하셨는데, 이제 조금씩 움직이실 수 있대."

순간 마음이 덜컹거렸다. 책상 모서리에 둔 물통이 떨어질 것처럼 위태위태한 상황처럼, 마음은 사정없이 흔들리기 시작했다. 10년 전, 사고? 분명 예전에 첫 사고는 교통사고라고 했었다. 혹시 라는 불안함에 난 손을 빠르게 움직였다.

-10년 전 사고라면, 교통사고 말하는 거야?

"응, 맞아."

위태위태했다. 물은 사정없이 흔들리고 물통은 중심을 잃기 직전이었다.

-혹시 그때, 3월이었어?

"어떻게 알았어?"

툭- 물통이 떨어졌다. 물통 속에 있던 물은 바닥에 쏟아졌고 엉망진창이 되었다. 확인사살이었다. 10년 전 3월에 교통사고가 일어났다는 게, 이게 단순한 우연일까? 아니, 아닐 것이다. 속이 뒤집히는 기분이었다. 태연하게 수영장에서 신우 얼굴을 볼 자신이 없었다. 신우에게는 몸이 안 좋다고 한 후, 무작정 밖으로 나왔다.

벌컥- 평소라면 열지 않을, 수연 언니 방을 열어 젖혔다. 공부 중이던 수연 언니는 놀라서 몸을 돌리고 나를 바라보았다.

"이다연, 너 뭐하는 거야?"

무작정 언니 앞으로 걸어가 손을 빠르게 움직였다.

-10년 전 그 사고, 언니는 기억하지. 정확히 말해줘. 대체 어떤 상황이었던 거야. 어떤 차

랑 부딪혔던 건데!

"네가 그게 왜 궁금한데."

-말해줘.

"왜 궁금하냐니까?"

-아버지가 다른 차를 들이박은 거야?

"뭐?"

-내 친구가! 10년 전, 그해 3월 교통사고 피해자의 자식이야! 그 사고 때문에 나랑 같은 실어증에 걸리셨고! 그 사고의 후유증으로 또 한 번 더 사고가 나셨어!

답답하고 화가 나는 마음에 손을 세게 움직였다. 답답한 마음을 풀 수 없다는 게, 소리 한 번 마음껏 못 지른다는 게 참 분했다. 아니, 신우의 아버지도 이러실 거라는 생각에 너무 죄스러웠다. 우리 아버지 때문에, 그렇게 되신 거니까.

"너 대체 무슨 소리야! 부모님이랑 나는 피해자야! 밥을 먹고 돌아오는 길에 어떤 차가 우리를 들이박았다고! 무슨 근거로 부모님을 가해자로…."

언니는 말을 하다가 멈추었다. 언니의 말에 놀란 난 정신이 들었다. 그제야 난 눈물을 흘리고 있다는 것을 깨달았다. 힘없이 방바닥에 주저앉았다. 왜 이렇게 생각했지? 무슨 근거로. 심지어 신우 아버지가 아버지 차를 들이박았을 수도 있는데. 뭔가 혼란스러웠다. 심장은 여전히 빠르게 뛰고 있었다.

수연 언니는 나를 차갑게 바라보다가 말을 시작했다.

"우리를 친 사람은 술에 취한 트럭 운전사야. 그때 사고가 크게 났어. 사고의 피해 차량이 3~4대는 될 거야. 아마 네 친구 아버지도 그 피해 차량에 타고 계셨겠지… 다음부터는 그 사고에 대해 언급도 하지 마. 특히 나에게는."

언니 방에서 나온 후 난 눈물을 흘렸다. 내가 미친 걸까. 언니한테 너무 미안했다. 그리고 대체 왜 부모님을 그렇게 생각했는지 의문이 들었다. 아직도 빠르게 뛰고 있는 심장을 진정하며 난 내 방으로 향했다.

다음 날, 수연 언니는 나와 눈도 마주치지 않았다. 무슨 일이냐고 묻는 정연 언니에게 난 그저 고개를 저었다. 내가 잘못한 일이었다. 내 짧은 생각으로 수연 언니에게 상처를 준 거니까, 내가 해결해야 했다.

수연 언니가 밥을 다 먹고 집을 나가자 난 언니를 따라갔다. 최소한 사과라도 해야 했다. 안 받아주겠지만, 받아줄 때까지 내가 노력해야 했다. 그러나 언니는 내가 따라오는 것을 아는지 모르는지 발길을 재촉했다.

마침 신호등은 빨간불이었고 난 언니를 따라잡을 수 있었다. 그러나 언니의 옆에서 난 그저 땅바닥만 바라보았다. 내가 과연 사과를 한다고 한들, 언니의 상처는 치유가 될까? 주저하면서 손만 이리저리 움직이는데 하필이면 신호등이 초록불로 바뀌었다. 그때 언니가 말했다.

"사과할 필요 없어. 어제 내가 말한 것만 지켜."

그러고는 걸어갔다. 그 말이 이상하게 내 마음에 콕 박혔다. 시리게, 아프게. 시무룩했지만 언니가 말한 대로 그저 발을 움직이려 했다. 그때, 저 멀리서 차가 한 대 돌진했다. 속도를 봐서, 멈출 생각이 없는 것 같았다. 신호등 위 사람들은 놀라며 급히 피했다. 피할 수 있을 만한 거리였다. 그러나 단 한 사람은 그 차를 보고 신호등에 주저 앉아버렸다. 그 사람을 보자마자 난 곧바로 다리를 움직였다. 어쩌면 난 그 사람이 내가 생각하는 사람이 아니었다면 가만히 잠자코 있었을 것이다. 눈앞에서 사람이 다치는 것을 원하지는 않았지만, 내가 위험할 수도 있는 상황이니까. 그러나 눈앞에 있는 사람은, 내가 생각하는 사람이었다. 늘, 매 순간, 내 머릿속에 존재하는 사람이었다. 그래서 난 움직였다. 행여 내가 다치더라도, 행여 내가 아프더라도. 한 가지 확실히 해둘 점은, 난 그 순간 매우 정상이었다. 이성이 있었다는 의미이다. 정신을 놓아버린 상태가 아니었다. 그럼에도 난 달렸다.

끼이이익- 쾅!

후회는 하지 않았다. 비록 지금 내 눈이 가늘게 떨리더라도. 비록 이 순간이 마지막일지라도.

6.

-번쩍. 갑자기 많은 양의 산소가 폐 속으로 들어오는 느낌과 동시에 숨통이 틔었다. 왜인지 눈에 낯설지 않은 커튼과 침대. 순간 우리 집인가 싶었으나 이곳은 병원이었다. 천천히 눈을 깜빡이며 몸을 일으켰다. 머리가 조금 아팠으나 뇌는 나에게 다른 무언가를 외치고 있었다. 옆의 탁자 위에 놓인 물을 마시기 위해 몸을 돌린 순간, 난 무언가 이상함을 느꼈다. 이상했다. 여느 아침에 눈을 뜰 때와는 달랐다. 심장박동이 점점 빨라지기 시작했다. 불안한 마음으로부터 애써 눈을 돌리고 난 이불을 걷었다.

내 눈에 보인 것은, 붕대로 칭칭 감겨있는 내 두 다리였다. 힘이 들어가지도 않고, 아무런 감각도 없는 내 다리, 믿을 수 없었다. 심장이 아까는 팔딱거리기라도 했는데 이제는 펑 터질 것 같았다. 이건 내 다리가 아니었다. 내 다리가 아니어야 했다. 이건, 이건 아니었다. 갑자기 숨이 막히며 머리가 아찔했다. 어떤 소리라도 내고 싶은데, 바락바락 소리라도 지르고 싶은데 내 입에서 나오는 소리라고는 겨우 '아, 아' 뿐이었다. 그때였다. 커튼 뒤에서 언니들의 목소리가 들렸다.

"이제 그만 해."

"언니! 언니는 대체….."

"너 구하려다가 다리까지 다쳤어. 다리뼈가 산산조각이 나서 이제 못 걷는대. 얘가 그렇게 좋아하던 수영도 이젠 못 한다고. 너도 이제 과거 좀 버려. 언제까지 이럴 거야."

"언니는 그게 버려져? 나도, 나도 마음 편하고 싶어. 그런데… 쟤만 보면 자꾸 떠오르는 데 어떡해. 우리 중에서 부모님을 가장 많이 닮은 사람이 누군지 알아? 바로 쟤야."

"닮았다니. 말조심 해. 네 동생이야."

"난 살인자 동생 둔 적 없어."

"… 난 이제 모르겠다. 솔직히 나, 다연이에게 고마워."

"뭐?"

"넌 모르겠지. 엄마, 아빠한테 사랑만 받았으니까. 그런데 다연이랑 나는 아니야. 그 빌어먹을 공부가 뭐라고 넌 칭찬받을 때, 우린 그 긴 회초리로 맞았어. 그리고 다연이 미워할 거면, 나도 미워해. 나, 공범이나 다름없어."

"… 언니는 나를 계속 그렇게 생각하고 있었구나."

"들어! 그날, 엄마랑 아빠랑 네가 사고 났던 날. 난 아빠가 처음으로 안 무서웠어. 툭하면 때리고 가두던 사람이 병실에 누워있는데 그때 진짜로 죽여 버리고 싶더라. 그런데 그때 다연이가 산소 호흡기를 뗄 때, 난 그냥 보고만 있었어. 그 어린 애가, 겨우 8살밖에 안 된 애가 덜덜 떨면서 산소 호흡기를 떼는데 난 아무것도 안 했다고."

"…."

"그리고 네가 모르는 게 있는데, 아빠, 바로 안 죽었어. 질기게도 숨을 헐떡이면서까지 옆에 있던 수액걸이를 다연이 향해서 휘둘렀어. 그거에 맞아서 뇌진탕 오고 결국 지금 실어증 걸린 거고. 난 다연이 못 미워하겠어."

"… 다연이 때문에 엄마가 죽어서도 살인자라는 말을 듣는데도? 다연이가 한 짓을 엄마가 뒤집어썼는데도 못 미워하겠어?"

"뒤집어 쓴 게 아니라 엄마가 선택한 거야. 그때 처음이자 마지막으로 엄마 노릇 했고. 엄마라는 인간도 똑같아. 도움 청하면 못 본 척 금방 자리를 피했던 사람이 누군데. 불쌍한 게 엄마가 한 행동의 면죄부가 될 수 없어…. 그러니까 이제 너도 다연이 그만 미워해."

"… 언니가 말한 게 다 사실이라고 생각해?"

"뭐?"

"언니랑 다연이만 맞고, 난 안 맞은 줄 아냐고. 내가 왜 이러는지는 아냐고! 언니랑 다연이는 맞기만 했지? 차라리 그게 나아. 난, 미칠 것 같았어. 사람이 이중인격이라도 되는 듯 확확 변하더라? 내가 안 미치고 배겨? 시험 100점 맞아오면 따스하다가도, 조금이라도 성적이 떨어지면 사람을 죽일 듯 때리는데!"

"… 너."

"죽고 싶었어! 그때 난 겨우 많아 봤자 아홉 살이었으니까! 엄마, 아빠가 하는 게 잘못된 일이라는 것은 알지도 못한 채, 칭찬 하나라도 더 받으려고 안간힘을 쓰면서 공부했어. 악을 쓰고 기를 쓰면서 죽기 살기로 공부했다고. 그렇게 해서 받은 게 겨우 따뜻한 말 한 마디야!"

"…."

"칭찬 한 번이라도 받으면 좋은 거 아니냐 그렇게 생각하겠지. 아니, 더 미칠 것 같아! 마음 놓고 미워하지도 못 하겠어! 그리고 10년 동안 느꼈던 그 지겨운 죄책감도 싫어! 나도 피해자인데 왜 내가 죄책감을 느껴야 해?"

쾅- 문이 닫히는 소리가 났다가 다시 열리고 또 닫혔다.

머리가 아득해져 왔다. 저게 다 무슨 소리일까. 왜, 왜 언니들은 내가 부모님을 죽였다고 말하는 걸까. 숨이 다시 막혀왔다. 토할 것 같았다. 부모님을 죽인 게 나라는 사실도, 내가 더이상 수영을 하지 못한다는 사실도 모두 내 목을 졸라왔다. 그 순간, 내 침대 옆에 어떤 그림자가 눈에 띄었다. '설마' 하는 생각에 심장박동은 전보다 더 거세졌다. 커튼이 걷히고 그가 모습을 드러냈다.

"… 나갈 기회를 놓쳐서."

정신우였다. 그는 우물쭈물하며 말했다. 나와 눈을 마주치지 않은 채로. 그저 당혹스러운 표정으로. 그러나 그의 눈 속에 있는 감정을, 난 읽고야 말았다.

"그 신호등에 나도 있었거든 … 몸은 좀 괜찮아?"

뭐라고 더 말하는 것 같았으나 들리지 않았다. 내 귀에 들리는 것은 오직 이명뿐이었다. 머리가 아프고 숨이 막혔다. 죽고 싶었다. 아니, 죽어야 했다. 이제 나에게 남은 희망이라는 것은 없었다. 떨리는 손으로 귀를 막았다. 그러자 정신우는 당황하더니 들리지 않는 말을 하고 밖으로 나갔다.

더는, 더는 참을 수 없었다. 내가 살인자라는 사실도, 나의 꿈이 산산조각 나 버렸다는 것도 믿기지 않았고 믿을 수 없었다. 더는 살 수 없었다. 그 순간, 잊어버렸던 과거의 기억이 갑자기 내 머릿속으로 밀려들어왔다.

창문 밖은 깊은 밤이었고, 난 홀로 침대 앞에 서 있었다. 내가 보고 있는 것은, 환자인 아버지였다. 갑자기 내 두 손이 덜덜 떨리기 시작했다. 아버지에게 학대 받은 기억이, 그로인해 고통스러웠던 내 감정까지 전부 다 떠올랐다. 나는 천천히 걸어가서 아버지의 산소호흡기를 떼어 고장내버렸다. 잠에서 깬 아버지는 연신 기침을 하며 숨을 헐떡거리시더니 수액걸이를 흔들었다. 그것에 머리를 맞은 나는 피를 흘리며 바닥에 쓰러졌다. 그 순간, 시야가 흐릿해지더니 저 멀리서 엄마의 비명소리가 들렸다. 엄마는 달려와서 뭐라고 소리치며 울었다. 잠시 후, 흰 가운을 입은 의사 선생님과 간호사 선생님이 도착했고 아버지의 심박계에서는 삐 소리만 났다. 그리고 그 옆에는 쓰러져 있는 엄마가 보였다. 그렇게 난 의식을 잃었다. 천천히. 마치 물속으로 빠지는 듯. 아주 느린 초침바늘의 움직임조차 나에겐 매우 빠르게 느껴졌고 모든 것들로부터 잠식되는 것 같았다. 뇌의 세포 하나하나의 미세한 떨림이 내 몸을 가득 채웠다.

정신을 차렸을 땐, 난 내가 어디에 있는지 자각했다. 나의 세계였다. 현실의 내가 코마 상태인지 식물인간이 되었는지, 죽었는지 모른다. 그러나 상관없다. 난 이곳에 머무를 테니까. 내가 그토록 갈망하던 자유와 사랑이 나에게도 존재할 수 있는 이곳에.

[두 번째 조각 - 이수연]

부모님은 나를 사랑하셨을까. 책상에 앉아 공부를 할 때면 어김없이 이 질문이 나의 머릿속에 들어와 정리 정돈된 나의 감정과 기억을 잔뜩 헤집어 놓는다. 마음은 답답해지며 동시에 시리도록 부모님이 그리워진다. 초등수학 경시 대회에 나가 상을 타왔을 때 나를 향한 아버지의 따스한 손길과 한국 영재원에 합격했을 때 어머니의 포근한 칭찬을 아직도 잊지 못한다. 그랬기에 그 당시, 더더욱 부모님의 칭찬에 목맸다. 칭찬을 받기 위한 열망은 날이 갈수록 심해져갔다.

부모님은, 지금 생각해 본다면 분명한 학대지만 그 당시의 겨우 9살밖에 안 먹은 내가 알아차리지 못하도록 교모하게 당근과 채찍을 섞었다. 채찍에 맞으면서도 당근을 얻기 위해 고군분투하도록. 시험을 잘 못 본 날이면 손바닥과 종아리에 피멍이 든 채로 조그마한 방에 감금되었다. 그러나 성적이 잘 나오면, 부모님은 미소와 칭찬을 주셨고 외식을 했다. 오직 세 명이서만. 언니랑 다연이에게는 왜 사주지 않냐는 나의 물음에 어머니는 돈이 부족해서 잘한 사람만 상을 받는다고 말씀하셨다. 그 말을 그때는 무슨 깨달음인양 생각했다. 그러나 우리 집이 가난하지 않는다는 것도, 그게 옳은 일이 아니라는 것도 너무 나중에서야 알게 되었다.

그러나 애써 무시했다. 그 사이에 깊어진 감정의 골이 있었고, 그 골을 채울 수 있는 것은 아무것도 없으니까. 그저 나 또한 학대의 피해자 중 한 명이었으니, 언니와 다연이가 나를 그들과 비슷하게 취급해 주기를 바랐다. 특혜를 받은 사람이라는 것은 모두 잊어버리기를, 그에 대한 합당한 벌을 이미 받았다고 생각하기를 바랐다.

하지만 다연이를 미소로 마주할 자신은 없었다. 차마 용서할 수는 없었다. 그리고 이런 내가 미웠다. 똑똑한 척은 다 하면서 바보같이 과거에 얽매여 동생으로부터 멀어지는 내가. 그러나 미안했기에 언니에게 말했다. 다연이는 기억하지 말게 하자고. 전부 잊고 살아가기를, 그러나 그저 나와 멀어지기를. 그렇게 나만 아프면 되는 일이라고 생각했다. 그러나 다연이는 무의식중에 전부 기억하고 있었다. 나만, 아픈 게 아니었다.

[세 번째 조각 - 이정연]

부모님은 내가 10살 때 돌아가셨고 그 이후로 나는 한 집안의 가장이 되었다. 부모님의 친척은 전부 돌아가시거나 외국에 나가 계셨기에 한국에서 우릴 도와줄 사람은 없었다. 다행스럽게 돈이 부족한 것은 아니었다. 오히려 넘쳤다. 그럴 만도 했다. 부모님이라는 인간은, 아이들에게 관심 따윈 없고 그저 일에만 미쳐있던 인간들이었으니까.

부모님은 우리나라 최대 규모인 대한화학연구소의 연구원이셨다. 밤낮없이 실험에 몰두하셨고 몸에 좋지 않은 약품들을 가지고 이것저것 배합하여 새로운 물질을 만들어 내기 위해 힘쓰셨다. 그 노고에 보답하듯 부모님의 실적은 좋았고 승진도 빠른 편이었다. 사람들은 모두 박수를 쳤고 대단하다는 말을 건넸다. 그러나 누구도 그 이면을 들여다보지 않았다.

부모님은, 우리를 그들의 자식으로 여기는 것이 아니라 그들의 업적을 이어나갈 후계자로 생각했다. 후계자가 될 만큼 똑똑하지 않으면 필요하지 않다는 의미였다. 7살이 되면 우리는 아이큐 검사를 받으러 갔고 부모님 기준에 부합하는 아이는 오직 수연이 한 명이었다. 다연이와 나는 아무것도 아니었다. 겨우 9살에 난 버림받을 지도 모르겠다는 두려움을 느꼈고 10살의 난 부모님의 죽음을 간절히 바랐다.

　그 사건 이후로 커다란 변화는 없었다. 그저 나의 관심사는 다연이었다. 나를 이 지옥에서 벗어나게 해준 다연이. 그래서 나는 이왕이면 다연이가 그 기억을 모두 잊었으면 했다. 하늘이 나의 기도를 들어주셨는지 다연이는 단기 기억상실증에 걸렸다. 그래서 이것을 기회로 삼아 거짓을 말했다. 그 사건 자체를 기억하지 않았으면 했다. 그랬기에 이랬던 건데. 난 다연이를 포기하지 않을 거다.

바다를 바라보다

우 지 원

(경북 길원여자고등학교 3학년)

　어릴 적, 혜은은 바다와 결혼하고 싶다고 생각한 일이 있었다.

　혜은이 초등학교를 졸업할 때까지, 혜은의 가족은 무더운 한여름, 8월 초가 되면 강원도의 한 해수욕장으로 항상 여름휴가를 갔다. 혜은은 바다를 무척이나 좋아했다. 한 번 물놀이를 하러 바다로 들어가면 몇 시간이 지나도 나올 줄을 몰랐다. 밀려드는 희뿌연 파도, 모래 속에 알알이 박힌 굵은 조개알들, 푸른 바다가 끝나는 곳에는 사뿐한 구름과 갈매기 떼, 그리고 이 정답고도 소란스러운 풍경을 비추는 뜨거운 햇살. 모든 것이 그녀에게는 유쾌했던 것이다.

　"혜은아, 하도 놀아서 입술이 시퍼렇다. 이제 그만 들어가자, 응?"

　혜은의 어머니가 몇 번이나 부드러운 목소리로 혜은을 회유하고 나면, 그제서야 소녀는 바다를 빠져나와 어머니를 쫄래쫄래 따라갔다.

　여름휴가의 마지막 날이 되면 혜은의 마음에는 아쉬움이 가득 찼다. 푸르게 넘실대는 파도를 남겨 둔 채, 몇 시간 뒤면 혜은은 꼬불꼬불한 국도를 따라 다시 집으로, 바다라고는 한 조각도 구경할 수 없는 내륙의 집으로 돌아가야 하는 것이었다. 일 년에 삼 일 동안만 마주할 수 있는 바다와의 시간은 혜은에겐 무척이나 짧았으며 또 소중했다.

　마지막 물놀이가 끝나고 나서 혜은은 천천히 바다로부터 걸어 나오며, 푸른 동해 바다의 물결에게 작별 인사를 속삭였다.

"안녕, 내년에 또 만나."

바다는 마치 떠나려는 혜은을 붙잡으려는 듯, 더욱 더 크게 성난 파도의 머리칼을 휘둘러 혜은의 발목을 휘감았다.

"알아, 나도 너랑 헤어지게 되어서 아쉬워."

혜은은 혼잣말처럼 바다에게 중얼거렸다.

"너무 슬퍼하지 마, 또 올게, 그리고 너를 사랑할게. 사실 난 너랑 결혼하고 싶어. 네가 정말 좋거든. 너도 알지?"

그제야 바다는 파도를 멈추고 차츰 고요해지는 듯 했다. 분명 자신의 말에 화가 풀린 것이리라 생각하며 혜은은 타박타박 모래사장을 가로질러 해수욕장을 벗어났다.

혜은은 그 순간, 진심으로 바다를 사랑하고 있었다. 혜은의 첫사랑은, 누구보다 그 어린 소녀의 마음에 설렘과 콩닥대는 심장 박동을 가져다 준 것은 반에서 가장 명랑하고 축구를 잘하던 육상부 아이도, 하얀 셔츠의 단추를 단정하게 잠그고 살풋 웃어 주던 그 반장 아이도 아닌 그저 푸른 동해 바다였던 것이다.

혜은은 어린 시절 항상 '영재'였다. 특히 혜은은 글을 쓰는 것에 뛰어난 재능을 보였다. 늘 교내 상장을 휩쓰는 것은 기본, 선생님의 추천으로 나간 교외 백일장들에서도 가끔씩 큰 상장들을 타오곤 했다. 혜은은 내색하지 않았지만 학교 계단 벽 액자 속에 들어 있는 자신의 상장들을 자랑스러워하곤 했다. 그것은 세상에 그녀가 살아 있다는 것을 증명하는 하나의 방법이었던 것이다. 혜은은 글을 잘 쓸 뿐만 아니라 공부도 곧잘 했다. 반에서 1등을 놓쳐 본 적이 한 번도 없었다. 혜은의 부모님은 그런 혜은을 늘 자랑스러워했다.

"우리 딸은 중학교 가서도 전교 1등일 거야."

혜은의 어머니는 몇 번이고 혜은의 머리를 쓰다듬으며 그렇게 되뇌곤 했다. 하지만 그런 집에서의 기대가 무색하게도, 시간이 빠르게 흘러 중학생이 된 혜은은 부모님의 기대와는 전혀 다른 아이가 되어 있었다.

여전히 혜은은 글을 잘 썼다. 그녀가 가진 감각은 녹슬지 않았다. 학업 때문에 예전처럼 많은 대회에 나갈 수는 없었지만, 그래도 교내 글쓰기 대회가 열리면 곧잘 상장을 받아 오곤 했다.

하지만 혜은은 전교 1등이 아니었다. 중학교 공부는 초등학교 때의 공부와 달랐다. 혜은은 교과서를 펴 놓고 그저 활자를 머릿속에 퍼다 붓는 듯한 공부 방식에는 이골이 나 있었다. 그래도 완전히 공부를 포기한 것은 아니었다. 단지 혜은은 좁은 머릿속에 교과서 내용을 빽빽이 저장하는 식의 공부를 하지 않은 것뿐이었다. 그래서 혜은은 늘 어중간하게 좋지도 그렇다고 나쁘지도 않은 점수가 적힌 성적표를 받곤 했다.

그리고 그런 혜은은 줄곧 부모님의 냉랭한 반응을 받아들여야 했다.

"너 이런 식으로 해서 나중에 어쩌려고 그래, 이 성적은 뭔데?"

"이 정도면 나쁘진 않잖아, 나 그래도 공부 잘 하는 편이야. 우리 반에 나보다 못 하는 애들이 얼마나 많은데."

"걔들은 공부를 못 하더라도 걔들만의 재능이 있을 거 아니야, 일테면 음악이라든가 미술이라든가. 그런데 넌 그런 재능 없잖아."

"난 글 잘 써."

"글 잘 쓰더라도 공부 못하면 소용없어. 글이 밥 안 먹여줘. 오늘 단어는 외웠어? 수학 숙제는 했고? 오늘 과외 선생님 오시잖아."

"… 아직 안 했어. 학교에서 할 거야."

"넌 그 점수를 받고도 생각이 있는 거니? 이번에도 숙제 덜해서 수학 선생님 다시 돌아가시면 진짜 각오해야 할 거야."

"…."

"그런 식으로 살아서 미래가 있을 것 같아?"

아침부터 귀에 비수처럼 쿡쿡 박히는 어머니의 모진 말을 뒤로 하고, 혜은은 차에서 내려 문을 쾅 닫고 학교로 향하곤 했다.

"정말로, 이런 식으로 살면 미래가 없는 걸까."

어머니가 진심으로 그렇게 말하는 거라면 분명 진짜로 자신의 미래는 없을 거라 생각하며, 혜은은 터벅터벅 교실 문을 열고 자리에 앉았다. 가장 친한 친구인 예희가 혜은에게 다가왔다.

"뭐야, 아침부터 왜 이렇게 기분이 안 좋아?"

혜은은 힘없는 목소리로 대답했다.

"뭐 때문이겠냐."

"아니, 솔직히 잘 이해가 안 가. 너 공부 나름 잘 하잖아?"

"잘 못하니까 저러는 거지 뭐."

혜은의 말에 예희도 더 이상 말을 잇지 못하고 침묵했다.

"그나저나 혜은아, 이번에 시에서 하는 특별반 공고 났더라. 저기 칠판 앞에 붙어 있어. 너 거기 예전부터 들어가고 싶어 했잖아."

한참 정적이 흐른 후, 예희가 말을 꺼냈다.

"특별반?"

"응. 네 성적으로 지원 가능할 것 같던데?"

혜은은 천천히 일어나 칠판 앞으로 나갔다.

'시내 특별반 모집, 테스트는 10월 29일….'

시내 특별반, 혜은이 살고 있는 도시에선 해마다 중학교 3학년생을 대상으로 시험을 봐서 통과된 학생들을 모아 특별반을 만들곤 했다.

"지원해야지. 당연히."

혜은도 그런 특별반에 대해서 잘 알고 있었다. 부모님이 틈만 나면 특별반에 대해서 말해 댔으니까. 우리 직장에 누구는 특별반에서 컨설팅 다 받고 교대를 갔다더라, 의대를 갔다더라… 판에 박힌 이야기였다. 하지만 혜은은 특별반에 들고 싶었다. 다시 부모님의 기대를 받고 싶었기 때문이다.

점심시간이 끝나고 나서 교무실에 찾아가 특별반 신청서를 냈다.

그리고 며칠 뒤 테스트를 받았다. 결과는 합격이었다.

"그래, 그래도 우리 딸이 우리보다는 머리가 좋다니까."

"그러니까. 혜은아, 뭐 먹고 싶은 거 있어?"

혜은은 오랜만에 받는 칭찬이 기분 좋으면서도, 평소와 취급이 너무 다르다는 생각에 살짝 상실감을 느끼기도 했다.

"나 오랜만에 엄마가 해 주는 갈비찜 먹고 싶어."

"그래. 뭐든지 다 해줄게."

하지만 혜은은 아무래도 좋았다. 지금 당장 사랑받는 게 중요했다.

몇 주 뒤 시작된 특별반은 혜은의 생각만큼 즐겁지 못했다. 하루하루 수업을 들을수록 열등감이 쌓여 갔다. 친구 하나 없는 그곳에는 혜은보다 잘난 사람들밖에 없었다. 수업을 마치고 늦은 시간에 집에 들어오면 셀 수 없는 자괴감이 혜은을 덮쳤다.

그리고 몇 달 뒤, 혜은은 다니고 있던 특별반을 그만두었다. 혜은 자신도 그렇게 빨리 특별반을 그만두리라고는 생각지 못했다. 하지만 그럴 수밖에 없었다. 혜은은 특별반 수업을 더 이상 따라갈 수 없었다. 특히 수학 과목이 그랬다. 수학 선행학습을 하지 않은 사람은 그 자리에 혜은밖에 없었다. 알아들을 수 없는 숫자와 기호의 나열이 빽빽이 적힌 학습지를 마주하고 있으면, 세상이 푹 꺼지는 기분이었다.

상황이 이렇다 보니, 혜은은 특별반 수업에 가기 몇 시간 전부터 긴장하곤 했다. 속이 메스껍고 답답했다. 그리고 그 증상은 오래지 않아, 만성적인 것이 되었다. 잘 지내다가도 덜컥, 숨이 쉬어지지 않았다. 메스꺼움은 일상이었다. 심장이 미칠 듯이 빠르게 뛰었다. 혜은은 이대로 더 살다가는 곧 죽을 것 같다는 생각이 들었다.

혜은은 특별반을 그만두던 날, 예희에게 전화를 걸고는 펑펑 울었다.

"난 진짜 모르겠어. 대체 내가 잘하는 게 뭐지? 나 너무… 너무 슬퍼서 죽을 것 같아. 다른 사람들은 날 뭐라고 생각하겠어. 대체."

"너도 잘 하는 게 있어, 넌 글 쓰는 거 잘 하잖아."

"그딴 건 아무 소용없어! 아무 소용없댔어… 난 잘하는 게 아무것도 없어."

서럽게 울며 하소연하는 혜은의 말을 예희는 잠자코 들어주기만 했다.

"난 모르겠어, 난 진짜로 모르겠어. …"

모르겠다. 아무 생각도 하고 싶지 않을 때 혜은이 달고 사는 말이었다. 그리고 그 말이면 모든 것을 잊는 게 정당화되는 것처럼 보였다 적어도 그 순간만큼은.

그리고 며칠 뒤 혜은은 고등학교에 입학했다. 혜은은 고등학교에서 엑스트라로, 지나가는 행인 1로 살 작정이었다. 아무도 그녀를 주목하지 않았다. 그것은 그것 나름대로 괜찮은 현상이었다. 차라리 아무도 자신에게 기대하지 않는 삶이 편할 거라고 생각했다. 그리고 그녀의 바람은 그대로 이루어졌다. 성적이 눈에 띄게 높은 것도, 다른 특별한 재능이 있는 것도, 밝고 친절한 성격을 지닌 것도 아닌 혜은에게 아무도 신경 쓰지 않았다. 다만, 아주 가끔, 가뭄에 콩 나듯이 가끔은 혜은이 주목받는 순간도 있었다.

"영어 에세이 최우수상. 혜은아, 축하한다. 영어 선생님이 널 많이 칭찬하시더라."

그저 한결같았다. 글을 쓰는 일만은 아직도 잘 했다. 혜은은 그런 자신이 퍽 우습다고 생각했다. 글을 쓰는 건 아무짝에도 쓸모없는 재능이었다. 그것보다 수학 문제를 잘 푸는 게, 교과서를 토씨 하나도 빠뜨리지 않고 다 외우는 것이 중요했던 것이다 적어도 혜은이 살아온 세계에서는.

혜은의 성적은 고등학교에서도 크게 좋은 편이 아니었다. 혜은 스스로 잘 알고 있었다. 아직도 혜은은 가끔, 빠르게 뛰는 심장과 점점 막혀 오는 숨의 미칠 듯한 공포에 시달리기도 했다. 그것은 미래의 암담함에 대한 걱정이었으며, 혜은을 무섭게 조여 오는 긴장의 파도였다. 하지만 괜찮아졌다. 아니, '괜찮다고 생각하게 되었다.' 혜은은 점점 익숙해져 갔다. 어쩌면 그것은 체념일지도 몰랐다. 심장이 어느 날 터져 죽어 버린대도, 숨을 더 이상 쉬지 못하는 날이 오더라도 혜은은 원망스럽지 않을 것 같다고 생각했다. 한 마디로, 혜은은 인생에 대한 미련을 버렸다. 살아 있다는 기분을 느낀 지 이미 너무 오래되었던 것이다. 그러고 나자 혜은은 모든 것에 초연해졌다.

"이혜은, 진짜 너 이 성적에 만족할 거야? 고등학교 와서는 좀 달라져야 할 거 아니야."

"어차피 달라지는 건 없어, 엄마."

"달라지는 게 없다고?"

혜은은 가슴 속에 무언가 커다란 괴물이 꿈틀거리는 느낌이 들었다. 그리고 그 괴물을 뱉어냈다. 뱉어내지 못하면 정말로 숨이 멈출 것 같았다.

"그래, 달라지는 게 없다고! 내 성적도, 미래도, 인생도 달라지는 게 없어. 쭉 이럴 거야. 죽을 때까지 이럴 거야. 쭉 엉망일 거야."

"뭐… 너 지금 뭐라고 했어?"

"엄마는 늘 아무것도 몰랐어. 내가 진심으로 원하는 게 뭔지, 내가 진짜 필요로 하는 게 뭔지… 아니, 처음부터 난 이랬으니까 알 필요도 없었어. 엄마, 난 죽고 싶어… 진짜로 죽고 싶어."

"죽고 싶다고 말하면 뭐가 달라질 것 같아? 그런 말로 협박하면 내가 너한테 화내는 걸 그만둘 거라고 생각하는 거야?"

"…."

"그게 어디서 배워먹은 버르장머리야? 누가 낳아준 부모한테 그런 말을 하는데."

혜은은 돌아서서 문을 쾅 닫고, 방으로 들어가 버렸다. 더 이상 어머니의 말은 들을 가치가 없다고 생각했다. 분명 자신이 죽고 싶다고 말한 것은 어머니에게 큰 충격이었으리라. 그것을 혜은도 잘 알고 있었다. 하지만 어쩔 수 없었다. 가슴 속에 괴물을 품는 것은 너무나도 고통스러웠다. 입 밖으로 뱉어낼 수밖에 없었다. 그리고 혜은은 다시 조용히 살았다. 천천히 쇠락해 갔다. 마치 죽은 사람처럼.

그러던 혜은이 변화하기 시작한 건 고등학교 2학년 여름부터였다.

"혜은아, 난 있지, 죽는 게 무서워. 진짜로."

어느 날, 함께 미술실에서 그림을 그리던 예희가 말을 꺼냈다. 예희와 혜은은 그때까지 쭉 우정을 이어 오고 있었다.

"죽는 게 왜 무서워? 어차피 사람은 다 죽는데."

"그치만, 더 이상 내가 좋아하는 사람들을 못 보고, 좋아하는 일들을 못 한다는 게 너무 무섭지 않아? 나는 '죽음'이라는 단어도 입에 올리기가 싫어."

"난 오늘 당장 죽어도… 아무렇지도 않을 것 같은데."

"그런 무서운 소리는 꺼내지도 마. 넌 절대 죽으면 안 돼."

"왜?"

"그야 넌 내 제일 오래된 친구니까…."

그날 집에 돌아와, 혜은은 한참을 생각했다. '죽음이 무섭다.' 혜은을 누구보다 잘 아는, 그리고 혜은이 누구보다 잘 아는 예희가 꺼낸 말이었다. 혜은은 갑자기 예희가 부럽다는 생각이 들었다. 예희에겐 꿈이 있었다. 방송국에서 일하는 카메라 감독이 되고 싶다는 꿈. 그리고 무엇보다 예희는 죽음을 두려워했다 아마도 그녀에게 삶이란 큰 의미이리라. 그렇게 생각하니 혜은은 예희에 대한 부러움을 넘어, 존경스럽다는 생각이 들기도 했다. 왜 그렇게 오랜 시간을 함께하고 많은 생각을 공유해 왔는데도 두 사람은 삶에 대해서 이토록 다른 주관을 가지게 된 걸까? 혜은 스스로 생각해도 아이러니한 일이었다.

혜은은 책상 앞에 앉아 지금까지 자신의 인생에 대해 돌아보기 시작했다. 갑자기 억울하다는 생각이 치밀었다. 자신도 누구 못지않게 열심히 살아왔다. 한 순간도 버린다고 생각한 적이 없었다. 자신의 삶을 포기해도 좋다고 결정하기 전까지는. 하지만 늘 높은 벽에 부딪혔고, 기대를 저버려야 했다. 그리고 나서는 죽은 듯이 살았다. 혜은은 '생물학적으로는' 분명 살아 있었다. 그렇지만 혜은은 죽음을 갈망했다. 사랑받지 못하는 것이 싫어서, 현실에 내던져지는 것이 싫어서, 그저 감각이 없다고 생각하고 살고 싶어서 죽음을 갈망했고 실제로 죽은 듯이 살았다. 하지만 예희의 말을 곱씹던 혜은은 문득, 살아 있음에도 죽은 듯이 사는 것은 낭비라는 생각이 들었다. 생명을 낭비하는 것은 분명 크나큰 죄였다. 제 몫을 제 몫대로 쓰지 않고, 멋대로, 그저 흘러가는 대로 사는 것. 혜은은 그렇게 흘러가기에는 자신의 인생이 너무 아깝다는 생각이 들었다.

그리고 그 다음 날부터, 혜은은 글을 쓰기 시작했다. 삶에 대한 욕구를 가지려면, 무엇이든지 시작하지 않고는 안 될 것 같았다. 그리고 글밖에는 생각할 수 있는 일이 없었다. 혜은이 살아오면서 유일하게 잘한다고 인정받은 일은 그것밖에 없었으니까. 꼬박 이틀, 혜은은 몰래 새벽에 컴퓨터 앞에 앉았다. 아무에게도 자신이 글을 쓰는 장면을 들키고 싶지 않았다. 들켰다가는 분명 핀잔을 들을 게 뻔했다. 공부는 안 하고 글이나 쓴다는 말은 분명 혜은의 의지를 깊이 후벼 팔 터였다. 혜은의 손가락이 키보드 위를 부드럽고 빠르게 움직였다. 마치 피아니스트처럼, 혜은은 키보드를 연주했다. 그리고 그 연주가 격정으로 치달아 갈수록, 점 하나 없던 모니터 속은 글자로 빽빽이 채워져 가고 있었다.

그리고 그렇게, 혜은은 고등학교에서 스스로 쓴 첫 소설, '바다를 바라보다'를 완성했다. 내용은 뻔하고 시시했다.

남자 주인공 이름은 '코빈 그레이', 그리고 여자 주인공의 이름은 '힐다 브라운' 이었다. 주인공 힐다는 마피아 조직에 어릴 적부터 몸담았고, 어느 날 상대 조직의 코빈을 암살하라는 명령을 받게 된다.

하지만 힐다는 코빈을 암살하는 것에 실패하고, 코빈은 자신에게 정체를 들킨 힐다를 죽이지 않고 함께 크루즈를 타자고 말한다. 힐다는 자신을 죽이지 않는 코빈이 이상하다고 생각하지만, 별 수 없이 코빈과 함께 크루즈 여행을 떠난다. 그리고 그 여행에서 코빈과 힐다는 서로의 공통점을 찾고, 잔잔한 바다의 수면을 바라보며 그저 서로의 이야기를 담담히 털어놓는다. 그 과정에서 코빈과 힐다는 자연스레 사랑에 빠지게 된다. 코빈은 힐다에게 다음 크루즈 여행을 제안하고, 몇 주 뒤 둘은 또 다시 함께 바다를 바라본다.

한편 힐다의 조직은 힐다가 코빈을 빨리 죽이지 않는 것을 이상하게 여기고, 마침내는 힐다가 조직을 배신한 것이라고 판단해 조직원을 보내어 힐다를 암살하게 된다. 크루즈 한복판에서 코빈과 함께 춤을 추던 힐다는 총에 맞아 죽어 가면서도 코빈에게 몇 번이고 살아남으라고, 그리고 함께 보았던 바다가 참으로 좋았노라고 말한다. 그리고 힐다는 결국 눈을 감는다.

삼류 로맨스 소설 같았다. 우스웠다. 혜은은 본인의 글을 자조했다. 하지만 처음으로 살아있다는 기분이 들었다. 그것은 썩 나쁘지 않은 기분이었다. 혜은은 계속해서 글을 썼다. 학교에서도 집에서도. 그리고 그녀의 글은 점차 인정받기 시작했다. 선생님들의 칭찬도 많이 받고, 상장도 많이 받았다. 그리고 그제야 혜은은 자신이 가야 할 길을 깨달은 기분이 들었다. 살아야 할 이유를 느꼈다.

그 해 겨울, 혜은은 오랜만에 어머니와 함께 강원도 바다로 떠났다. 일렁이는 푸른 물결이 어김없이 혜은을 맞았다. 어릴 때와 마찬가지로. 바다는 차고 공허하고 쾌청했다. 바다 앞에 차를 세워 두고, 혜은은 한참 바다를 멍하니 바라보았다.

"이렇게 오는 건 오랜만이다. 그렇지?"

다정한 어머니의 목소리가 낯설어, 혜은은 한참 대답을 망설였다.

"… 응."

"혜은아, 있지…."

혜은의 어머니는 한참 뜸을 들이다가 말을 꺼냈다.

"미안하다."

혜은은 머리를 한 대 맞은 기분이었다. 이렇게 불쑥 사과를 받을 거라고는 생각지 못했다.

"엄마는 우리 혜은이가, 우리 하나밖에 없는 딸이 안정적인 삶을 살았으면 했어. 그래서 네가 글 쓰는 것도 싫었어. 글 쓰는 걸로는 안정적인 수입을 벌 수 없다는 걸 아니까.… 그 길은 너무 힘든 길이니까. 우리 딸이 그냥 공부 열심히 해서, 좋은 대학을 나와서, 좋은 직장에 들어가서 사는 게… 그게 내 꿈이었어. 그런데 내가 잘못 생각했어."

"왜 지금 와서 그런 말을 해."

딱딱한 말투로 혜은이 대답했지만, 혜은의 어머니는 아랑곳하지 않고 말을 이어갔다.

"혜은아, 살아. 살아남아… 어떤 순간에서든지 살아가는 게 가장 중요한 거야. 그깟 공부 못한다고 해서 미래가 없는 건 아니야. 엄마가 틀렸었어."

살아… 살아남아. 혜은은 그 말을 하는 엄마가 꼭 자신이 쓴 '바다를 바라보다' 속 여주인공 힐다 같다고 생각했다. 죽어가면서도 힐다는 그녀의 연인을 바라보며, 꼭 살아남으라고 말했다.

"혜은아, 이 바다처럼 사는 거야. 일렁이지만 편안하게, 흔들리더라도 포기 없이… 이 바다를 바라보듯이. 그렇게 사는 거야."

혜은의 어머니는 꼭 혜은의 소설을 읽은 것처럼 말했다. '바다를 바라보는 것', 그것은 혜은이 쓴 소설 '바다를 바라보다'에서 가장 큰 의미를 지니는 행위였다. 소중한 사람과 함께 하는 것, 살아 있음을 느끼는 것, 그리고 새로운 삶으로의 의지를 다지는 것. 소설 속 두 주인공에게 바다를 바라보는 것은 그런 의미였다. 그래서 둘은 만나면 늘 같이 바다를 바라보곤 했다.

하지만 어머니가 혜은의 소설 내용을 알 리가 없었다. 혜은은 가족 중 아무도 본인의 소설을 볼 수 없도록, 파일을 걸어 잠그고 글을 썼다는 사실조차 비밀로 하곤 했기 때문에. 혜은은 신기하다고 생각했다. 눈에 무거운 눈물방울이 맺혔다 혜은의 어머니가 한 말은 소설 속 여주인공이 남주인공에게 가장 진심으로 전하고 싶었던 메시지였고, 어쩌면 혜은이 가장 듣고 싶었던 말이었다.

혜은과 혜은의 어머니는 차에서 내려, 한참 동안이나 말없이 손을 잡고 걸었다. 혜은은 꼭 어린 시절로 돌아온 듯한 기분이 들었다. 어린 시절, 바다와 결혼하고 싶다고 생각했던 그 시절, 혜은은 꼭 지금과 같이, 살아 있어야 할 이유를 느꼈다. 바다와 사랑을 하기 위해서, 혜은은 꼭 살아있겠다고 다짐했던 것이다… 혜은의 심장이 역동적으로, 그러나 규칙성 있게 리듬에 맞추어 두근거리기 시작했다.

혜은은 그제야 웃었다. 무더운 여름, 바다에 빠져 즐겁게 까르륵대던 그 시절처럼 웃었다. 하얀 햇살은 눈부시게 바다를 비추고 있었다. 바다는 혜은에게만 들리는 소리로, 예전처럼 나직이 말을 건넸다.

"아직도 날 사랑해?"

혜은은 얼굴에 세상에서 가장 밝은 미소를 띠고는 대답했다.

"응."

바다도 혜은처럼 웃었다. 깊은 물속에서부터 굵고 호쾌한 웃음소리가 들려왔다. 혜은은 그 웃음소리가 정말로 사랑스럽다고 생각했다.

"너를 사랑해. 난 널 정말로 좋아하거든, 너도 알지?"

바닷물은 부드럽게 밀려와, 혜은의 운동화 앞코를 살짝 적셨다. 마치 긍정의 대답을 하듯이.

혜은은 바다를 사랑했다. 그리고 그녀의 앞에 펼쳐진, 수많은 시간들을 사랑했다. 그리고 그녀는 그 무수한 시간 앞으로 당당히 걸어 나갈 터였다.

그 순진무구하던 어린 시절처럼, 떠나게 되어 미안하다는 말은 필요하지 않았다. 어차피 증명된 사랑에 거추장스러운 말은 쓸데없었다. 혜은은 어머니와 함께 다시 차를 타고 해변을 빠져나갔다.

끼룩거리는 갈매기의 소리만이 그곳에서 태어난 사랑을 증명하듯, 혼자 남겨진 푸른 바다의 너머로 쟁쟁하게 울려 댈 뿐이었다.

동상

연등

고 낙 현
(경기 분당 운중고등학교 3학년)

풀숲에선 찌르레기 우는 소리가 났다. 초가을이라 그런지 정오의 햇볕이 따가웠다. 숨이 가쁘게 차올랐다. 저 앞에 작은 절이 보였다. 나는 뜀박질을 하듯 절의 해이문으로 향했다. 새끼발가락이 퉁퉁 부어 아렸다. 절에 가까이 다가갈수록 해이문 위에 달려있는 편액이 눈에 띄었다. 끝이 누렇게 바랜 한지에 묵으로 한문이 유려하게 적혀 있었다. 나는 땀에 절어 꼬깃꼬깃해진 관광 팸플릿을 꺼냈다. 금정산 범어사. 잘 찾아 왔네. 나는 조심스레 절 안으로 들어섰다. 절의 마당에는 오색의 연등이 줄을 지어 하늘에 매달려 있었다. 연등회를 한다더니, 대웅전 마당의 하늘엔 빽빽하게 연등이 자리하고 있었다. 저 멀리서 한 사람이 뛰어왔다. 나한테 오는 걸까, 태양빛이 뜨거워 잘 보이지 않았다. 나는 실눈을 뜨고 그 사람을 뚫어지게 쳐다보았다. 키가 내 어깨까지 오는 통통한 몸매의 아주머니였다. 아주머니가 뛸 때마다 긴 말꼬리 같은 머리가 파도치듯 출렁였다. 어딘가 익숙한 얼굴에 묘한 기시감이 들었다. 잠시 딴 생각을 하는 동안 바로 앞까지 다가온 아주머니가 내 목을 끌어안았다. 아주머니에게서 단 향내가 훅 끼쳤다. 다리에 힘이 풀려 곧 주저앉을 것 같았다. 이모? 이모가 내 목을 더 세게 안았다. 심장이 두방망이질을 하듯 뛰었다.

처마에 달려있는 풍경이 바람이 불 때마다 청아하게 울렸다. 대웅전 뒤에 있는 요사채는 곧 스러질 것처럼 처마가 내려앉아 있었다. 일어서면 천장에 이마를 찧을 것 같았다. 이모가 이런 곳에서 살고 있다는 게 믿겨지지 않았다. 나는 처마에 걸터앉아 어렸을 때처럼 다리를 달랑달랑 떨었다. 시원한 산바람이 불었다. 나는 이모가 내온 국화차를 조금씩 물고 목구멍으로 넘겼다. 고소한 맛이 입 안을 맴돌았다. 나는 곁눈질로 슬쩍슬쩍 이모를 바라보았다. 십 년 전에 보았던 이모는 갈색으로 염색해 곱슬곱슬하게 만 머리에 진분홍색 립스틱을 바르고 있었다. 이모는 집 앞 마트에 갈 때도 꼭 입술을 발랐던 사람이었다. 그런 이모의 입술이 퍼렇게 질려 버석버석하게 각질이 일어나 있었다. 이모는 몇 년 사이에 폭삭 늙은 듯했다. 이모는 찻잔을 두 손으로 꼭 쥐고 멍하니 바라보고 있었다. 노랗게 말라붙은 국화꽃잎이 이모의 찻잔에 가라앉았다. 형부 때문에 온 거지? 나는 작게 고개를 끄덕였다. 응, 마침 방학이고 해서. 연등회도 한다고 하고. 이모가 입술을 달싹였다. 잘 왔어. 따듯한 온기가 목 안에서부터 온몸으로 번졌다. 선선하게 부는 바람에 잉어 모양 풍경이 울렸다. 나른하게 피곤이 몰려왔다.

금정산 너머로 해가 어스름히 지고 있었다. 아빠는 트럭 한 가득 장어를 싣고 다니며 도매업을 했다. 햇볕에 피부가 검게 그을린 아빠에게선 늘 장어의 씁쓸한 비린내가 났다. 아빠의 단풍잎을 닮은 두터운 손은 늘 소금물에 퉁퉁 불어 있었다. 그러니까 아빠가 트럭 운전대를 잡지 못하게 된 것은 아빠 탓이 아니었다는 말이다. 이모가 둥그런 연등을 내밀었다. 대나무로 둥글게 살을 덧댄 연등은 치자나무 열매로 물들인 주홍색 한지가 겉을 감싸고 있었다. 연등은 저무는 햇빛을 받아 불꽃이 타오르듯 빛났다. 연등엔 아무것도 쓰여 있지 않았다. 거기다 소원을 적으면 돼. 이모가 우리 영이는 두 배로 부처님께 빌어줄게. 나는 연등을 꼭 붙들었다. 손바닥에 자꾸만 땀이 차 연등이 찢어질까 겁이 났다. 부산에서 도매를 하고 돌아오던 아빠는 사람을 쳤다. 사람은 너무 작았고, 트럭은 사람에 비하면 훨씬 컸다. 그날따라 장어가 잘 팔려 이상했노라고, 아빠는 술에 취해 붉어진 얼굴로 중얼거렸다. 어쩌면 트럭은 너무 빨랐고, 사람은 너무 느렸던 게 문제였을 수도 있다. 아빠는 내 어깨만큼 오는 작은 할아버지를 쳤다. 아빠의 아빠뻘이라고 했다. 가벼운 타박상이었지만, 아빠의 마음엔 커다란 멍이 들었다. 나는 연등을 받아들고 침만 꿀꺽꿀꺽 삼켰다. 입 안에서 단내가 났다.

　연등을 걸자 어느새 하늘은 어두컴컴해져 있었다. 밤이 되니 쌀쌀했다. 마당을 가득 채운 연등들은 불꽃처럼 빛났다. 금방이라도 하늘로 떠오를 것 같았다. 이모가 대웅전 안에서 나를 불렀다. 나는 이모를 따라 대웅전 안으로 들어갔다. 절 안에선 은은하게 향내가 감돌았다. 요사채와 달리 대웅전은 오색찬란한 빛으로 가득했다. 단청에는 연꽃 같은 전통 문양이 화려하게 수놓아져 있었다. 바로 앞에는 온몸이 금으로 뒤덮인 석가모니 상이 은은하게 웃고 있었다. 석가모니 상 양옆에는 아미타불과 약사여래가 자리를 지키고 있었다. 제단에는 반쯤 타들어간 향 두어 개가 꽂혀 있었다. 이모가 두 손을 모아 합장을 하고 무릎을 꿇어앉았다. 나는 이모를 따라 합장을 했다. 사각방석 위에 무릎을 꿇고 앉아 손을 모았다. 눈을 감고 합장을 하던 이모가 나지막이 입을 열었다. 형부는 괜찮으실 거야. 우리 영이가 이렇게 빌어주니까. 나는 슬그머니 눈을 떠 이모를 바라보았다. 이모의 눈꺼풀이 파르르 떨렸다. 우리 정화도 지금쯤이면 영이랑 같은 나이였을 텐데. 이모의 콧대를 타고 긴 그림자가 드리워졌다. 이모가 쓰게 웃었다. 절 밖에서 귀뚜라미가 울었다. 나는 석가모니 상 앞의 제단을 바라보았다. 어느새 거의 다 타들어간 향은 긴 연기를 물고기 꼬리처럼 늘어뜨리고 있었다.

동상

간편한 사랑의 세계

노 희 민
(서울 영파여자고등학교 3학년)

   소원을 이루어준다는 물건은 세계 어디에나 있다. 낙산사의 경우에는 웅크린 모양의 정체 모를 조각상이었다. 어느 부분은 돼지를, 다른 부분은 두꺼비를 닮아 있었다. 엄마가 그 조각 상을 들먹인 것은 낙산사로 향하던 차 안에서였다. 백미러로 이쪽을 흘긋하더니 그 석상의 코를 만지면 소원이 이루어진다더라는 말을 돌연 꺼내는 것이었다. 거기서부터 이미 무슨 내용이 딸려 나올지 예상한 나는 눈을 뒤로 굴렸다. 엄마는 내 수능 합격을 위해 반드시 코를 만지고 와야겠다고 말했다. 간을 보기 위해 부러 농담조를 가장하고 있었다. 나는 말없이 자동차 창문을 열었다. 바람이 거세게 몰려들어 얼굴을 두드리고는 반대쪽 창문으로 빠져나갔다. 흡사 샤워기에서 뻗어 나오는 물줄기로 세수를 한 기분이었다.

   낙산사에 오르는 순간부터 나는 석상에 대해서는 일절 신경을 쓰지 않기로 마음먹었다. 그러나 등산로를 따라 팽팽히 늘어선 밧줄과, 그 밧줄을 빼곡히 채운 소원지들을 보는 순간 그것이 불가능하리란 사실을 깨달았다. 순간 숨이 턱 막혀왔다. 얼굴도 알지 못하는 사람들의 소망으로 촘촘히 짜인 그물에 걸어 들어가는 기분이랄까. 진정 이곳에 몰려드는 사람들이 전부 소원을 빌려고만 산을 오르는 것인가, 하는 생각이 들자 속이 메슥거렸다. 가까스로 소원지들로부터 눈을 돌려 산길을 오르기 시작했으나, 사람들이 소원을 비는 장소는 거기에만 있지 않았다. 소원 기왓장, 소원 연등, 소원 촛불… 온 산이 전부 소원 천지였다. 문득 메스꺼운 감각이 귀와 머리의 연결부위에 고이기 시작해 점차 머리 전체로 번져나가는 것이 느껴졌다. 생전 처음 겪어보는 멀미였다.

나는 안경을 벗고 산을 올랐다. 모든 게 흐릿한 와중에도 정상에 올랐다는 감각만은 확실했다. 해방감이 아니라 올 것이 왔다는 감각이었다. 등줄기에 엄마의 시선이 느껴졌다. 나는 무의식적으로 종으로 걸음을 옮겼다. 결전을 앞두고 결연히 성호를 긋던 어느 바둑기사의 모습이 어쩐지 머리에 스쳤다. 나무로 동종을 두들기자 깊은 진동이 몸으로 전해졌다. 온몸에 무겁게 쌓인 소원이 진동에 차차 깎여나가는 듯싶었다. 나는 진동이 허공으로 죄다 흩어질 때까지 그곳에 서 있었다. 몸을 돌리지 않아도 몇 걸음 떨어진 곳에 기다리고 있던 엄마를 느낄 수 있었다.

나는 엄마가 내 손을 석상 위로 올려놓을 때까지 반항하지 않았다. 다만 내 손위에 자신의 손을 겹치려던 움직임만은 단번에 쳐냈다. 엄마는 잠시 복잡한 시선으로 날 노려보다 석상의 나머지 발에 자신의 손을 얹었다. 우리 희민이가 수능 대성하게 해주세요. 나는 고개를 모로 틀다 나도 모르는 새 얼굴이 일그러져 있었음을 발견했다.

이런 걸 대체 왜 하는 거야.

나는 기도가 끝나자마자 물었다. 엄마가 볼 안을 씹으며 눈에 힘을 줬다. 다 너 잘되라고 하는 거잖아. 나는 그것이 겁을 주려는 시도로만 느껴져 아까보다 더욱 마음이 식었다. 피부를 타고 스며든 석상의 열기가 어느샌가 차가운 경멸감으로 변했다. 나는 말없이 석상에서 뗀 손을 털어냈다.

나한테 이딴 짓하는 사람은 이번 년도엔 이게 마지막이었으면 좋겠다.

내가 말했다. 허공을 향해 말했으니 소원이 아니었다. 엄마는 허공에 눈을 부라리더니 벤치로 발걸음을 옮겼다. 알아들을 수 없는 욕지거리 몇 개가 허공에 뭉그적뭉그적 떠오르다 바닥으로 굴러 떨어졌다. 내가 뱉은 말 역시 마찬가지로 낙하해 나동그라졌다. 군더더기 없는 추락이었다.

엄마와 나는 아무런 대화도 나누지 않고 산에서 내려왔다. 차 안에서도 마찬가지였다. 허나 아무리 늦더라도 내일이 되면 다시 말을 섞게 되리라는 것을 모두가 알고 있었다. 그리고 그건 아무 일도 없던 척하는 싸구려 가장 따위가 아니다. 그러기로 결정되는 순간부터, 실제로 아무 일도 없게 되는 것이다.

그것은 곧, 몇 달 뒤, 혹은 몇 십 년 뒤에 이 시간에 대해 얘기할 때, 나와 그의 기억이 맞물리지 않으리란 사실을 의미한다. 같은 시간 안에서 우리는 이미 섞이지 않는 각자의 역사를 가져버린 셈이다. 바벨탑 같다고나 할까. 이 4인 가족이 쌓아 올린 시간은, 기억은 갈수록 늘어나 언젠가는 하늘을 찌르게 될지도 모르겠지만, 그 벽돌 중 태반은 네 개의 다른 언어로 이루어져 있어 그것에 대해 아무리 떠들어봤자 전혀 말이 통하지 않을 것이다. 게르만어가 서게르만어와 북게르만어로 나뉜 것만큼이나 돌이킬 수 없다.

그게 무엇을 의미하는 걸까? 엄마와 내가 통하지 않았다는 것이다. 아마 그날, 내가 잘되길 바란다던 엄마의 말은 진심이었을 것이다. 그리그 그 진심엔 사랑도 포함되어 있었을 공산이 크다. 그러나 자물쇠를 여는 데 중요한 것은 열쇠의 모양이다. 그걸 구성하는 재료가 아니라. 제아무리 진심이니 사랑이니 하는 좋은 재료를 쓴대도, 그걸 표현하는 방식이 어긋나 있다면 열쇠 구멍에 열쇠를 쑤셔 넣을 수조차 없다.

애당초 엄마의 소원이 내 소원이 되기란 불가능하다. 나와 그가 근본적으로 타인이기 때문이다. 따라서 둘의 마음이 통해 봐야 그의 소원이 나의 소원이 되고, 내 소원이 그의 소원이 되는 일은 일어나지 않는다. 기껏해야 서로가 같은 시공간에 머무르는 기억, 같은 파장의 역사를 하나 가지게 될 뿐이다. 그게 그렇게 중요한 일일까? 사람들은 그런 기억을 가지려 필사적으로 남의 마음의 문을 두드려 대곤 하는데, 문이 열린 기억들은 어느 순간에 쓰이는 걸까? 주마등? 다른 누군가의 문을 열길 실패했을 때? 그러니까, 외로울 때?

　알 수 없다. 그날 내가 그 질문에 기적적으로 답을 알아내는 일 따위는 생기지 않았다. 그렇지만 이 모든 불화가 불현듯 애처롭게 느껴질 때면, 진심임에도 통하지 않는 수많은 마음이 문득 가여워질 때면, 사람들이 더 나은 곳을 바라기 위해 기억을 원한다고 생각해 본다. 지금보다 더 말이 잘 통하는 세계로, 사랑만으로 모든 것이 해결되는 간편한 세계로 가기 위해….

흐릿한 여행길에서 얻은 것

김 민 승
(광주 첨단고등학교 3학년)

소란스러운 학교가 등 뒤로 멀어져갔다. 흐릿한 신호등을 보고 나서야 문득 반에 두고 온 안경이 생각났다. 시력이 좋지 않아 안경을 꼭 껴야 했지만, 다시 그곳에 돌아가고 싶지 않았다. 부모님께 선물 받은 담요가 친구들 발밑을 이리저리 굴러다니는 모습이 아른거렸다. 어떤 감정은 외면하려고 해도 끈질기게 따라붙곤 했다.

선생님의 심부름을 마치고 교실로 들어가는데, 복도에 떨어진 익숙한 담요가 보였다. 얼마나 굴러다녔는지, 발자국이 가득했다. 망가진 담요를 외면한 채 교실에 들어갔다. 아니, 외면할 수밖에 없었다. 담요를 빌려간 친구는 교실 중앙에서 아이들과 대화를 나누고 있었다. 나는 얼굴의 수심을 지우고, 가면을 갈아 끼웠다. 거친 대화들이 오갔고, 태연한 척 웃음을 지었다. 어울리지 않는 욕설, 강한 척하는 말투들이 맞지 않는 옷 같아 내내 얼굴 근육이 불편했다. 수업 종이 치자 담요는 엉망이 된 모습으로 돌아왔다. 친구는 눈치를 살짝 보더니 어깨동무를 하려고 했다. 같은 공간에 있으면 유독 뾰족해지는 것 같았다. 자꾸만 가면을 쓰게 만드는 내 친구. 나는 충동적으로 그녀가 어색하게 건 어깨동무를 뿌리치고 교문 밖으로 뛰쳐나왔다.

버스 정류장에 앉아 27번 버스를 기다렸다. 항상 타던 빨간 버스를 탔다. 항상 북적북적하던 버스 안이 허전했다. 앉아서 갈 수 있겠다는 생각만 가진 채 창가에 앉았다. 이런 날도 좋은 일이 생기기는 하는구나. 안경을 쓰지 않아서인지 창문 밖 풍경이 흐릿했다. 조금 낯설어 보이기도 했다. 감상에 젖어 있다 문득 낯선 정류장 이름이 들려왔다. 자리에서 벌떡 일어나 급히 가까운 정류장에 내렸다. 28번 버스가 유유히 멀어졌다. 처음 보는 풍경들이 눈을 바쁘게 만들었다. 창문을 통해 보던 거리에 직접 내려 보니 더욱 낯설었다.

'이런 동네가 주변에 있었던가?'

꽉 막혔던 기분이 더욱 답답해졌다. 당장 오른쪽과 왼쪽, 어느 방향으로 가야 하는지도 몰라 발걸음을 쉽게 떼지 못했다. 주머니를 뒤져 보았지만 카드를 버스에 두고 내렸는지 보이질 않았다. 한숨이 절로 나왔다. 누군가 내게 저주를 내린 것만 같았다. 결국 휴대폰으로 지도를 켰다. 집까지 한 시간 정도 걸어야 하는 거리였다. 태양의 뜨거운 열기를 바람이 식혀주었지만 도저히 걸을 기운이 나지 않았다. 푸른 나뭇잎을 잔뜩 자랑해야 할 나무에 초록빛이 하나도 안 보였다. 흐릿한 눈으로 바라보니 조그마한 잎사귀도 보이지 않아 더욱 앙상했다. 문득 그 모습이 학교에 있는 나의 모습과 비슷하게 느껴졌다. 활짝 웃는 다른 아이들과 달리 흐릿하고 불편한 웃음만 겨우 지으며 지냈었다. 타인에 의해 가지가 잘린 나무처럼 그 친구 옆에 있기 위해 나 역시 많은 것들을 잘라냈구나, 생각했다. 하지만 흐릿하게 보이는 저 나무는 꾸준히 자신만의 가지를 뻗고 있었다. 혹시 어울리지 않는 색의 나뭇잎들을 몸에 잔뜩 붙이고, 남의 눈에 튀기 위해서 노력해 왔던 것은 아닐까. 분위기를 맞추느라 가면을 쓸 때마다 내성적인 진짜 성격이 들킬까 봐 눈도 제대로 마주치지 못했던 모습이 떠올랐다. 그 친구에게 맞는 사람이 되기 위해, 개성을 하나씩 떼어버렸던 내가 애처롭게 느껴졌다. 원래의 나는 취향이 명확한, 계절마다 다양한 색으로 옷을 갈아입는 단풍나무 같았다. 하지만 낯선 곳에서 잠깐 멈춰서 바라보니 크레파스로 대충 칠한 가짜 잎사귀를 달고 있었다.

'아, 진짜 짜증나….'

무의식중에 뱉은 말이 걔와 닮아 있어 입을 막았다. 내 방향을 잡아야 할 때였다.

주위엔 아무도 없었지만 혼자 놀라 입을 꾹 다물었다. 처음엔 소극적인 성격을 바꾸고 싶었다. 함께 있으면서 전보다 큰 목소리를 내게 됐다. 조용하고 세심한 성격을 있는 그대로 사랑해 주는 좋은 사람들이 많음에도, 당장의 감사함을 몰랐던 것 같았다. 이런저런 생각에 빠져 걷다 미처 보지 못한 장미 가시에 팔목이 살짝 긁혔다. 지나온 곳을 돌아보고 담장 사이로 삐져나와 있는 꽃을 향해 다가갔다. 내가 끌고 온 바람에 꽃잎이 살랑살랑 흔들렸다. 조금만 힘을 줘서 만지면 툭 떨어질 것 같았다. 가시에서 몇 발자국 떨어져 풍경을 바라보았다. 거리를 두면 누군가가 다칠 일은 일어나지 않을 것이었다. 이상하게도 상처는 별로 아프지 않았다. 옆으로 지나가는 나무들의 초록빛이 눈에 들어왔다. 나무마다 명도나 채도가 달랐다. 흐릿한 눈으로 보니 그 색들이 자연스럽게 어울려 미소가 지어졌다. 나만이 가진 작고 푸른 잎사귀를 좋아해 주는 친구들이 생각났다. 그들과 함께 있으면 온전한 나를 그대로 보일 수 있었다. 정말 관심 있는 주제로 대화를 했고, 활짝 웃으며 큰 소리로 웃었다. 가시를 세울 필요도, 어울리지 않는 나뭇잎을 붙일 필요도 없었다.

한 시간을 꼬박 걸었을까? 드디어 익숙한 동네가 보였다. 버스에서 내려 항상 걷던 거리였다. 친숙한 가게와 건물이 보이자 긴장이 풀렸다. 계획하지 않은 긴 여행을 한 기분이었다. 언젠가는 떠났어야 할 여행이었을지도 몰랐다. 흐릿한 주위 덕분에 온전히 나에게 집중을 할 수 있는 시간이었다. 가짜로 칠한 잎사귀들은 돌아오는 길에 전부 털어버렸다. 유리창에 비친 내 모습은 흐릿했지만 푸른빛이 가득했다. 안경을 쓰지 않았는데도, 왠지 점점 선명해지는 느낌도 들었다. 흐린 거리를 홀로 선명하게 걸어갔다. 고개를 들고 둘러본 주위는 평소와 같았지만 달라 보였다. 각자 자신의 모습으로 거리를 지키고 있었다. 안경을 쓰지 않아 흐린 시야가 답답했었지만 지금은 수채물감으로 그린 그림처럼 예뻤다. 아파트 입구에 도착했다. 여행을 마치고 들어가려는 그때, 주머니 속 핸드폰이 울렸다. 소꿉친구 윤지였다.

[민승! 지금 떡볶이 먹으러 갈래?]

별거 없는 내용이었지만 얼굴에 미소가 지어졌다. 여행을 마친 나는 더 이상 흐릿하지 않았다.

제 3 부

역대 대상 당선작품

제19회(2021년) ~ 제18회(2020년)

잠자리가 오는 오후

손 혜 원
(세종, 한솔고등학교 3학년)

아스팔트 위로 세워진 빌딩 숲 뒤로
흙먼지가 자욱이 쌓인 달동네
지금 이곳에는 붉은 경계선이 그어져 있다

버스도 다니지 않는 가파른 곳,
집들이 아슬아슬한 곡예를 하듯 줄이어 있고

파란색 껍질이 벗겨져 철이 보이는 지붕은
비가 오면 녹물이 처마 아래로 떨어진다
그 아래에 앉아 나는
저건 달이 흘리는 눈물이야
하고 동생에게 말해준다

집집의 벽마다 새겨져 있는 어린아이들의 낙서도

밤이 되면 이곳을 떠날 것만 같다
경계를 넘어 우리의 추억을 훔쳐 달아날 것 같다

이미 비어버린 몇몇 집 사이로
죽은 광대의 숨소리가 들려오는 듯했고
얼마 후면 무너질 모든 담벼락의
숨죽인 말소리들이 귓가를 두드렸다

하얀 연기를 품고 있는 모래알들은 잠잠히
자신의 순서가 오기를 기다린다
곧 목이 꺾인 커다란 포클레인의 입속으로 들어간 모래알들은
도둑맞은 자신의 터전으로 영영 돌아오지 못할 것이다

내 팔에 앉아있던 잠자리가 날아간다
다시 잡고 싶어 앞을 보지 않고 뛰었다
잠자리는 경계선 밖으로 날아가 버린다
있는 힘껏 손을 뻗었지만 잡을 수 없었다

이곳의 모든 것들이 선과 선을 넘어 우리를 떠나가고 있다

낙서가 적힌 벽에 손을 가져다 댔다

맥박이 느껴지던 벽에서 이제는 아무것도 느껴지지 않는다

경계선 밖에 있는 사람들이 보였다
내가 잡지 못한 잠자리를 잡고 있었다

대안가족

박 승 민

(경기 고양예술고등학교 3학년)

  면접 겸 인수인계를 위해서 받은 주소는 아파트 단지 같은 오피스텔이었다. 오른팔 오른다리, 윤희는 태엽 인형처럼 어색하게 걸었다. 입구에서 발걸음을 뗀 지 일 분도 되지 않아 쨍한 파란색 간판이 보였다. 편의점 문 앞에서 기웃거리자 파란 조끼를 입은 사장은 팔자주름이 드러나도록 웃으며 윤희를 반겼다. 가까이서 마주한 사장의 눈 밑은 며칠 안 잔 사람처럼 까맸다. 그는 두툼한 손으로 윤희를 편의점으로 잡아끌며 말을 꺼냈다. 덕분에 이제 발 뻗고 잘 수 있겠어요. 야간 근무가 어쩌나 힘들던지. 궁금하지 않은 사정을 침 튀기며 떠들었지만, 윤희는 잠자코 듣기만 했다. 사장은 말을 마치고선 오른손에 쥔 근로계약서와 볼펜을 내밀었다. 에이포 용지는 언뜻 봐도 검은 글자들로 빼곡했다. 윤희는 한 글자도 놓치지 않으려는 건지 작게 웅얼거렸다. 장장 오 분을 서 있던 윤희는 계약서 밑에 싸인을 하고선 돌려주었다. 사장은 계산대에 서 있는 금발의 아르바이트생을 가리키며 말했다.

  "쟤가 공부하겠다고 그만두거든요. 딱 일주일만 쟤한테 배우면 돼요."

  사장은 푸석거리는 금발을 마구잡이로 헝클이고선 편의점을 나갔다. 그는 헝클어진 머리칼을 손가락 사이로 쓸어내리며 업무를 차근차근 알려줬다. 포스기를 다루는 법부터 물류 처리와 진상 대처법까지. 뭐 하나 틈새를 보이지 않았다. 덕분에 업무가 몸에 익어갈 때쯤 금발은 은근슬쩍 윤희에게 말을 놓았다. 대답하지 않는데도 그는 꼬박꼬박 오피스텔의 손님들을 시간 별로 말했다. 여덟 시에 오는 남자 둘은 늘 할인 맥주를 4캔씩 고르고 아홉 시에 오는 부부는 과자를 한 아름씩 들고 간다는 쓸데없는 말.

매일 밤 열 시가 되어야 윤희는 파란 조끼를 벗는다. 편의점에서 버스 정류장까지 걸어서 오 분도 되지 않는다. 가방 안에서 가계부를 꺼낸 윤희는 오래된 볼펜을 흔들었다. 흐릿하게 써진 숫자들과 영수증이 다닥다닥 붙어 있었다. 한산한 버스 좌석에 앉은 윤희는 점심값과 교통비를 적었다. 총액을 가계부의 맨 마지막에 적고 버스에서 내렸다.

5월 그러니까 윤희가 아르바이트를 시작하기 삼 개월 전이었다. 윤희는 서류를 보내는 족족 퇴짜를 맞았다. 고깃집은 힘을 써야 해서 거절당하고, 카페 아르바이트는 경쟁률이 치열했다. 편의점만이 윤희의 희망이었다. 보낸 서류를 일주일이 다 되어갔지만, 그 흔한 불합격 통보도 오지 않았다. 체념하기로 마음먹은 윤희는 핸드폰을 뒤집어 놓고 덜컹거리는 책상에 앉았다. 우렁찬 울음소리와 도움을 바라는 목소리는 문을 닫아도 선명했다. 결국 아이들의 싸움을 제지하고 옷을 갈아입혀 주고 나서 책상에 다시 앉을 수 있었다. 잠잠해진 바깥이 만족스러운 윤희는 책가방에서 문제집을 꺼냈다. 그리곤 잠잠한 핸드폰을 쳐다봤다. 겨우 삼 년 정도였다. 원장은 얼마든지 남아도 된다고 말했다. 다만 현실은 그리 녹록치 않다는 걸 윤희는 너무 빨리 눈치챘다.

다른 건 다 잘하는데, 왜 문학만 이렇게 틀리니? 윤희에겐 나름의 이유가 있었다. 윤희는 한결같이 화자의 마음을 이해하지 못했다. 덕분에 작품 해석만 보면 삼천포로 빠지기 일쑤였다. 임을 그리워하는 데 왜 달을 보는 것이며, 꽃은 왜 꺾는 것일까. 덕분에 윤희는 당시 문학 시간 필기를 모조리 놓쳤다. 편의점에 서류를 보낸 지 딱 일주일 되던 날도 문학 공부를 했다. 뒤집어 놓은 핸드폰이 알람을 울렸다. 별거 아닐 거라는 생각과 달리 편의점 아르바이트 합격 여부와 언제부터 가능하냐는 꽤 다급한 말투의 문자가 도착했다. 당연하게도 윤희는 '네'라고 보냈다.

누구보다 만만치 않은 사회와 맞닥뜨리는 데 윤희는 자신 있었다. 데이고 쓸리기를 십 년간 반복하다 보니 나름대로 얻은 게 있었다. 인내심. 그게 어떤 부당한 일이라도 거뜬했다. 꽉 찬 일반쓰레기 봉투를 발로 콱콱 누르는 것처럼. 억지로 누르다 보면 밖에서 터지는 일도 있을 법한데 남들 앞에선 내색하지 않았다. 터진다고 해도 혼자 있을 때나 터뜨렸다. 품에 안길만한 인형의 다리에 머리를 맡긴 채로 어리광을 부리는 게 다였다.

어른들은 어린 윤희를 보고 또래보다 어른스럽다며 머리를 쓰다듬었다. 윤희는 그럴수록 참는 걸 마다하지 않았다. 어떻게 하면 동정 어린 시선을 받아낼 수 있는지 잘 알고 있었다. 좋게 말하면 머리가 좋은, 나쁘게 말하자면 영악한 아이였다. 그래도 애는 애인지 윤희는 왜 자신이 두 번의 파양을 당했는지 몰랐다. 어른들이 바라는 대로 점잖게 행동했지만 돌아오는 시선은 비슷했다. 원장은 윤희가 두 번째로 돌아오던 날 밤 그를 빈틈없이 껴안았다. 그리곤 심장 박동에 맞춰 토닥였다. 토닥이는 소리와 등 뒤로 느껴지는 숨결에 윤희는 남들 앞에서 처음으로 터졌다. 그게 겨우 열세 살 때였다.

업무를 배운 지 일주일이 되던 날. 금발은 입고 있던 조끼를 벗어주며 특히 조심해야 할 사람에 대해 말했다. 늘 남색 바람막이를 입고 원 플러스 원 행사 상품만 사는 할아버지. 노인들이 오피스텔에 있는 게 별난 일은 아니었다. 일주일 동안 편의점을 드나드는 노인만 몇 명이었는지 셀 수 없었다. 고개를 휘젓자 금발은 덧붙여 말했다. "널 보고 쪽지를 건네면서 말할 거야."

"뭐라고 말하는데?"

"자기가 보이지 않으면 이 번호로 전화해달라고."

누구의 도움도 없이 아르바이트를 시작한 건 2주째였다. 윤희는 짧으면 짧고 길다면 긴 2주간 다양한 종류의 진상들을 만났다. 불행인지 다행인지 아르바이트와 시험공부로 나날이 바쁜 윤희의 머릿속에 충고는 잊은 지 오래였다. 오후 일곱 시임에도 밝은 날에 윤희는 여름이 온다는 걸 새삼스럽게 느꼈다.

수시로 열리고 닫히는 편의점 문으로 할아버지가 들어왔다. 그는 뭔가를 찾는 듯 여기저기를 쏘다녔다. 오피스텔에 딸린 편의점에서 일하다 보면 다양한 진상만큼이나 다양한 사람을 만날 수 있다. 가장 흔히 보이는 사람은 역시 혼자 사는 사람들이었다. 다음으로는 부부, 세 번째로는 놀랍게도 독거노인이었다. 오피스텔이라는 신식 건물과 먹을 대로 나이를 먹은 이들의 조화는 미묘했다. 종종 그들은 진상이 되기도, 너그러운 손님이 되기도 했다. 물론 풀리지 않는 문학 문제에 힘을 쏟고 있는 윤희는 그런 걸 따질 여유조차 없었다.

할아버지는 원하던 걸 찾았는지 이온 음료 두 개를 계산대 위에 뒀다. 윤희가 바코드를 찍자 원 플러스 원 행사 상품이라고 기계가 일정한 목소리를 냈다. 할아버지는 하나의 음료수만 챙기더니 윤희의 볼펜 옆에 음료수를 놨다. 그리곤 반이 접힌 흰 종이를 건넸다. 그제야 윤희는 구석에 처박혀 있던 아르바이트생의 충고가 떠올랐다. 할아버지는 목을 큼큼거리며 다듬더니 조심스럽게 말을 꺼냈다.

"학생, 내가 하루에 한 번씩 일곱 시에 여길 들릴 거예요."

"일곱 시요?"

"만약 내가 일곱 시에 오지 않는다면 그 번호로 한 번만 전화해줘요."

할아버지는 들은 것보다 무례하지 않았고 오히려 배려심 넘치는 쪽에 가까웠다. 그래서 윤희는 아르바이트생의 충고를 무시하기로 했다. 접이식 지갑 안에 종이를 집어넣었다. 행동에는 어떤 호의도 담기지 않았다. 어쩌다 마주치게 되면 짧은 인사를 하고 말 사이라고 윤희는 단정 지었다. 공부를 열심히 하라는 할아버지의 말이 문이 닫히며 끊겼다. 윤희는 닫힌 문을 쳐다보다가 이내 문제집으로 눈을 돌렸다. 분명 한국어인데 지문의 절반이 알아들을 수 없는 말뿐이다. 윤희의 샤프는 고전 시가 팔 번에서 벗어나지 못하고 까닥거렸다.

오후 일곱 시가 되면 칼같이 모습을 보이는 할아버지는 원 플러스 원 상품만 골랐다. 종류를 가리진 않았다. 비주류 상품이든 주류 상품이든 음식이든 물건이든. 결제가 끝난 상품 중 하나는 바람막이 주머니에 다른 하나는 윤희의 몫이었다. 윤희는 굳이 거절하지도 넙죽 받지도 않았다. 오늘은 모둠 견과류였다. 오독오독 씹히는 견과류 사이에서 윤희는 건포도를 좋아했다. 견과류와 달리 물렁거리는 식감이 마음에 들었다. 건포도는 조각나서 치아 사이에 끼는 일도 없었다. 그래서 윤희는 견과류를 다 먹고 건포도를 한 번에 털어 넣었다. 참고 참아서 모아놓은 건포도는 지나치게 달았다.

아르바이트를 시작한 게 딱 한 달 전이었다. 뻣뻣하던 어깨에는 힘이 풀려 있었다. 재고 사이에 묻은 벌레도 치우고 눈치껏 테라스를 치우는 법도 알았다. 누가 알려준 게 아닌 윤희가 터득한 요령이었다. 편의점 아르바이트의 업무들은 오로지 본인의 힘으로 해결해야 한다. 그만큼 자유시간이 있는 편의점은 문학 공부를 하는 윤희에게 안성맞춤이었다. 그러나 여느 게임에서도 그렇듯 자율성과 고난은 정비례했다.

오늘 따라 윤희는 운수가 좋지 않았다. 학교에서는 발목을 접질리고 아르바이트를 오던 중에 껌을 밟았다. 그 탓에 아르바이트를 오 분 정도 지각했다. 서둘러 창고에 들어가 재고 정리를 하던 윤희는 작게 울리는 종소리를 들었다. 황금색 종은 여태껏 밝고 경쾌한 소리만 냈다. 창고 문을 열자 마주친 초점 없는 눈동자에 윤희는 얼음처럼 굳어버렸다. 뺨이 벌겋게 물든 취객은 쓰러질 것 같은 걸음으로 과자를 집었다. 윤희는 발뒤꿈치를 든 채로 취객을 지나쳤다. 취객은 계산대로 걸어오던 중 억 소리를 내며 엎어졌다. 이 순간 노래 음량을 줄여놓은 앞 시간 아르바이트생이 원망스러웠다. 엎어진 취객은 벌떡 일어나더니 윤희의 앞에 과자를 놓고선 말했다.

"너 웃었지?"

사실 윤희는 취객을 이렇게 가까이 마주한 건 처음이었다. 윤희는 그들을 한심한 사람들이라고 믿어왔다. 제 몸도 통제하지 못하는 무책임한 사람들. 그렇게 믿어왔기에 눈이 마주친다면 피하지 않을 자신도 있었다. 현실과 이상은 다르다는 걸 윤희는 알지 못했다. 그리고 오늘 윤희는 현실과 거세게 맞닥뜨렸다.

피식 소리도 내지 않은 윤희는 입도 뻥긋하지 못했다. 실제로 웃기라도 한 사람인 것처럼 고개를 끝도 없이 숙였다. 취객은 주눅 든 윤희의 태도에 기세를 타기라도 했는지 이젠 주먹으로 계산대를 두들겼다. 윤희는 초등학교 이후로 믿지 않던 신에게 구해달라고 빌었다. 침묵으로 일관하자 취객은 너마저도 날 무시하냐며 읊조렸다. 그는 계산대 앞에서 한참을 씩씩거리더니 과자도 계산하지 않은 채로 나갔다. 편의점에 덩그러니 남은 윤희는 과자를 제자리에 뒀다. 그리곤 평소처럼 문제집을 꺼내고 볼펜을 쥐었다. 윤희는 볼펜 뚜껑을 열었다, 닫았다 하는 소리에 맞춰 읽었다. 다섯 번쯤 읽던 윤희는 쥐고 있던 볼펜마저 고장이 났다. 재수가 없어도 적당히 없어야지. 아무도 없는 편의점에서 윤희는 중얼거렸다. 신은 없다고 믿어왔던 본인의 신념은 두려움 앞에서 아무짝에도 쓸모가 없었다. 풀고 있던 문학 문제집 위로 윤희가 엎어졌다. 공부도 아르바이트도 쉬운 일이 없었다.

오후 일곱 시, 할아버지는 칼같이 시간을 맞춰서 내려왔다. 오늘도 원 플러스 원 상품을 찾던 할아버지는 모둠 견과류를 들고 왔다. 삼천 원입니다. 윤희는 평소처럼 바코드를 찍었다. 다만 기계는 원 플러스 원이라고 말하지 않았다. 다시 바코드를 찍어도 아무런 말도 하지 않았다. 윤희는 다른 곳을 쳐다보던 할아버지를 불렀다.

"잘못 가지고 오신 것 같은데요. 이거 행사 상품이 아니에요."

"괜찮아요. 알고 있어요."

자연스럽게 행사 상품을 찾던 모습에 윤희의 얼굴이 삽시간에 붉게 물들었다. 윤희는 정수리를 보이며 얼굴을 가렸다. 삼천 원입니다. 할아버지가 건넨 삼천 원을 보지도 않고 받았다. 어서 할아버지가 나가기를 바랬지만 할아버지는 웬일로 나가지 않고 서 있었다. 그리곤 자리에 남아서 계산대에 올려진 견과류를 건넸다. 윤희는 견과류를 만지작거리더니 물었다.

"근데 왜 자꾸 주시는 거예요?"

"만일의 상황에 전화 한 번 해달라는 뇌물 겸이지."

이렇게 소소한 뇌물은 윤희의 인생에서 처음이었다. 드라마나 영화에서 나오는 사과 상자도 아닌 견과류 한 봉지. 할아버지는 마음에 들지 않으면 달라고 했다. 견과류 한 봉지도 할아버지의 뇌물이라는 말도 손바닥 뒤집듯이 바뀌는 기분도 마음에 들었다. 저버린 신념만큼 급하게 바뀌는 기분을 좋아하는 편이 아니었는데도 말이다. 그래서 윤희는 고개를 휘젓고선 마음에 든다고 작게 말했다. 숨을 뱉고 마시는 사이에 툭 하고 나왔다. 정수리만 보이던 윤희는 할아버지의 표정을 보지 못했다. 안녕히 가세요. 종소리가 울리고 나서야 고개를 들 수 있었다. 계산대 위에는 견과류 봉지만 남아있었다. 아까 넣어 둔 문제집을 다시 꺼냈다. 지문

하나에 견과류 한 입. 오늘이라면 풀리지 않던 지문도 해석할 수 있을 것만 같았다.

　누나, 이것 좀 따주라. 어린 목소리는 멍하니 지문을 보던 윤희를 깨웠다. 집에서 내려온
건지 수빈은 잠옷 바람에 겉옷 하나만 걸치고 있었다. 이번에는 꽉 잠긴 음료수 뚜껑이었다.
뚜껑을 열어준 윤희는 밥은 먹었냐고 물었다. 매번 아니라고 답하는 질문에도 윤희는 질문을
거르지 않았다. 안 먹었다는 수빈의 말에 윤희는 챙겨뒀던 삼각 김밥을 건넸다.
　"유통기한 지난 지 한 시간밖에 안 됐어."
　매운 걸 못 먹는 수빈을 위한 참치마요였다. 덥석 받아든 수빈은 곧장 포장을 까서 한입 베
어 물었다. 윤희가 줄 수 있는 건 방부제로 가득한 삼각 김밥뿐이었다. 엄마는? 볼을 가득 채
우던 밥알이 꿀꺽 소리를 내며 넘어갔다.
　"엄마 곧 출근해, 오늘도 늦게 들어온다고 했어."
　유통기한이 얼마 지나지 않은 삼각 김밥을 가방에서 꺼냈다. 윤희는 계산대 위에 삼각 김
밥을 모두 올려놓고 수빈을 향해 밀었다. 이거 먹고 오늘은 일찍 자. 수빈은 손으로 잡기 버
거운 삼각 김밥을 온몸으로 들고선 고개를 끄덕였다. 오후 일곱 시 이후에는 수빈을 볼 수 없
었다. 문에 달린 도어락을 제외하고도 자물쇠가 다섯 개였다. 밖에서만 열 수 있는 구조인 걸
윤희는 저번 화재 때 알게 됐다.

　하이라이트의 과열로 인한 화재였다. 열 시 윤희의 퇴근 시간 때 일어난 화재는 일 분도 채
되지 않아 이곳저곳으로 퍼졌다. 화재가 일어나자 윤희는 제일 먼저 수빈이 떠올랐다. 안에
서 아무리 힘을 써도 열리지 않는 문. 생각이 마치자 곧장 비상구를 향해 뛰었다. 405호, 405
호. 윤희는 호수를 말하면서 계단을 한 칸씩 올랐다. 마침내 도착한 4층은 405호를 제외하고

모든 문이 활짝 열려있었다. 수빈아. 윤희는 이름을 부르며 문을 두들겼다. 방음이 지지리도 안 되는 오피스텔 덕분에 수빈은 윤희의 목소리를 들었다. 불러주는 대로 자물쇠를 모두 풀어낸 윤희는 수빈을 어깨에 들쳐 메고 뛰었다. 유독 가스를 오래 들이마신 탓에 어질거렸지만, 꿋꿋이 바깥으로 나왔다.

어질거리는 머리를 부여잡자 누군가 수빈을 대신 안았다. 엄마. 수빈은 분명 엄마라고 또박또박 말했다. 편의점 앞 테라스에 엎어진 윤희는 수빈의 엄마를 보지 못했다. 시끄럽게 울리는 소방 경보음 사이에서 엄마를 몇 번이고 부르는 수빈의 목소리가 선명히 들렸다. 간신히 엎어져 숨만 내쉬고 있던 윤희의 앞에 그림자가 드리웠다. 고개를 돌리자 위로 묶인 머리가 무색할 정도로 어깨에 잔머리가 흘러내린 사람이 서 있었다. 눈치 빠른 윤희는 수빈이 애타게 부르던 엄마라는 걸 알 수 있었다. 매일같이 엄마 자랑을 하던 수빈의 얼굴 중 특히 얇게 빠진 쌍꺼풀과 올라간 눈꼬리가 닮아있었다.

엄마는 수빈의 뒤통수를 누르며 윤희에게 감사 인사를 시켰다. 평소답지 않게 존댓말까지 써가며 인사를 하는 수빈은 누가 봐도 어색한 티를 내고 있었다. 온몸에 힘이 빠진 윤희는 겨우 수빈과 눈을 마주쳤다. 생사에 놓인 걸 몰랐던 것처럼 엄마의 다리에 엉겨 붙어 수빈은 영락없는 애였다.

잠깐만 기다리라는 말과 함께 수빈은 누군가를 데리고 왔다. 시야를 가리는 주름진 손은 목소릴 듣지 않아도 들리는 듯했다. 자초지종을 들은 건지, 아니면 엎드린 모습이 안쓰러웠는지 할아버지는 등을 토닥였다. 열세 살 때 받았던 일정한 박자의 토닥임을 윤희는 잊지 않았다. 두툼한 손이 토닥이는 손길도 누군가를 구한 적도 아르바이트도 죄다 처음 겪는 것뿐이었다. 텅 빈 카운터를 보던 윤희는 눈 밑이 거무죽죽하던 아르바이트생이 떠올랐다. 윤희는 아무도 듣지 못할 소리로 아주 작게 말했다. 눈 밑이 까매지는 이유를 이제야 알았네. 그게 한 달 전이었다.

    이제는 고전 시가도 현대 문학도 해석할 수 있었다. 가끔 막히기는 했지만 그게 다였다. 윤희는 샤프를 검지와 중지에 끼고선 돌렸다. 오후 일곱 시가 된 지 십 분이 지났지만, 할아버지는 보이지 않았다. 수빈도 할아버지가 왜 내려오지 않냐며 물었다. 윤희는 어떤 대답도 하지 못했다. 할아버지는 며칠 전부터 삼십 초, 일 분, 오 분 점점 늦게 도착했다. 목캔디와 약까지 제 돈으로 산 윤희는 유리창 너머를 바라봤다. 삼십 분이 되어도 할아버지는 오지 않았다.
    목이 칼칼하다고 해서 약까지 사놨는데. 오늘따라 조용한 편의점에서 윤희는 괜히 크게 말했다. 윤희는 예전처럼 불길한 예감이 들었다. 눈치 빠른 윤희의 예감은 빗나간 적이 몇 없었다. 검은색 가방에서 지갑을 꺼냈다. 지갑 구석에 둔 종이는 처음에 받은 이후로 펼친 적이 없었다. 여전히 빳빳한 종이를 펼치자 열 한 개의 숫자와 이름이 적혀있었다. 최창호. 윤희는 핸드폰을 들어 열 한 개의 숫자를 눌렀다. 일정한 노랫소리가 들려왔다. 윤희는 지금이라도 전화를 끊을 준비를 하고 있다. 일정한 노래가 뚝 끊겼다. 여보세요. 어딘가 익숙한 목소리와 비슷하지만, 그보단 낮은 목소리였다. 윤희는 여보세요라고 묻는 말에 대답했다. 여기 유미 오피스텔인데요.

새와 목련

권 승 섭
(안양예술고등학교 3학년)

손톱을 깎듯 한 번씩 추락하는 꽃잎
다른 꽃잎보다 더 하얗고 무겁게 떨어지지 않았을까

인부들은 죽은 살점을 모으듯 나뭇가지를 줍는다 부리에 물고 더 높이 날아간다 사방으로
자라나는 가지를 엮으며 올라선다 수십 번의 발걸음으로 철골을 세우고 바닥을 메운다

레미콘이 돌아갈 때마다 꽃가루 같은 시멘트가 떨어진다

비로소 만들어지는 삶의 아늑한 둥지
새에게 집을 짓는다는 것은 생을 세우는 것
사람들은 보금자리를 만들고 또 죽어가기 위해 살아간다고
꽃봉오리로 새어나가는 한숨

나는 가로등 아래에서 죽은 새의 엎어진 날개를 본다

양발을 치켜들고 목련의 속살처럼 부푼 아랫배

하얀 속살은 떨어져 밟히고 곳곳에 부러지고 어긋난 흔적들
집들은 목련나무 한 그루에서 시작되었을지 모르지

안개 속에서도 흔들리는 가지가 있다 마른 나뭇잎이 떨어져 나가고 헛디디는 발걸음
꽃잎처럼 모여들어 의지하던 새떼들은 다 떨어져 내리는 일용직 노동자
주홍색 씨들이 헬멧처럼 널브러지고

손톱도 떨어지는 꽃잎도 추락하는 새도 온통 중력의 힘을 받아들이는 것들뿐
고귀함이라는 꽃말을 싣고 멀리멀리 날아간다
나는 빈 가지를 멍하니 올려다본다

푸른 낙엽 - 청의 이야기

석 진 원
(부석고등학교 2학년)

1장 이야기

13살 이전의 계절은 모두 길었다. 모든 계절은 1년 같았고 사계절은 4년 같았다. 신년의 첫 주인인 봄은 친절하면서도 엄격했다. 봄은 지난해에 얼어붙었던 땅을 모두 녹여 깊은 잠에 빠져있던 생명들이 일어나게 한다. 하지만 가끔은 겨울을 잊지 말라며 강한 추위를 불러오기도 하며 겨울과 얼마나 친한지 알려주곤 한다. 그렇게 추위가 햇빛을 피해 달아나면 두 번째 계절인 여름이 찾아왔다. 여름은 햇빛과 공기 심지어 사람들까지 너무 뜨거웠지만 밤새 같이 놀아주는 태양 덕분에 오랫동안 놀 수 있었다. 더위에 지쳐서 달리는 걸 멈출 때면 바람이 함께 뛰어줘서 기분이 좋았다. 그렇지만 해는 점점 지쳐갔고 더 빨리 지쳐가기 시작하자 그에 맞춰 가을이 찾아왔다. 가을은 친절하면서도 냉혹했다. 그저 우리에게는 천천히 여름을 잊게 해주고 많고 풍족한 음식들을 주었지만 식물들에는 입을 닫으라고 강요하였다. 명령받은 식물들은 겨울이 올수록 서둘렀다. 그래서 때때로 주황색 단풍잎 같은 따뜻한 색이 아니라 청명하고 푸르른 색의 잎이 떨어질 때도 있었다. 그래도 가을은 신경 쓰지 않았고 나무들은 겨울의 시작에 맞춰 모든 잎을 떨어뜨린다. 멀쩡하건 말건 그건 그들이 신경 쓸 수 있는 게 아니다. 그런 슬픈 나날들이 지나면 겨울이 찾아왔는데 나는 겨울을 가장 좋아했다. (여름아 미안해. 너도 아주 좋아!) 첫눈이 내리면 거리에서 엄마 손을 잡고는 막 뛰어다녔다. 곧 눈이 더 많이 내리고 쌓이기 시작하면 아침 일찍부터 밥을 먹고 나가 집 근처의 오르막으로 갔다. 주변에 있는 아무 상자를 썰매 삼아 형, 누나, 친구들하고 해가 질 때까지 썰매를 신나게 타고 놀았다. 신발과 양말을 아무리 두껍게 신어도 겨울이 끝날 때쯤이면 발가락들이 붉게 물들어 있었다.

"승현아 이제 집에 가자."

"민주야 너도 이제 집에 가야지."

"우리도 그럼 이제 갈까?"

다른 친구들은 해가 질 거 같으면 집으로 돌아갔다. 하지만 나는 해가 세상을 떠나고 가로등이 제힘을 보여줄 때가 되어도 오랜 시간을 거기서 놀았다. 그리고 혼자 남아 가로등 불빛에 의존한 상태로 놀다가 배가 고프면 상자를 나무 밑에 두고 눈으로 덮어 숨겨두었다. 다음 날 아침 일찍 오면 바로 놓을 수 있었다.

우리 집은 오르막을 내려가 밭을 가로지르면 빌라가 보이는데 거기 3층에서 오른쪽으로 몸을 돌리면 우리 집이 나왔다. 추워서 빨리 빌라 안으로 들어가면 계단의 동작 등들이 친절하게 반겨줬다. 몇몇 애들은 졸렸는지 지나가고서야 반겨주었지만 그래도 친절하려고 하는 노력에 미소를 지었다. 동작 등 6개를 지나고 우리 집에 도착하면 나보다 키가 큰 손잡이에 손을 위로 뻗어 열쇠를 꽂아 넣기 위해 맨날 싸웠다. 작은 다툼 끝에 문이 열린다고 문을 바로 닫지 않았다. 신발을 벗고 거실로 가서 거실의 불을 켤 때까지 문을 열어두었다. 그렇게 하지 않으면 어두워서 아무것도 보지 못한다. 그리고 환해지면 문을 닫는다. 동작 등은 문이 닫혀야지 다시 잠자리에 들었다. 솔직하게 말하자면 달하고 노는 건 좋은 게 아니다. 달은 항상 조용하고 어떨 때는 모습을 보여주지도 않는다.

춥긴 하지만, 이제 얼음은 얼지 않고 핫팩도 들고 다닐 필요가 없는 날이 될 때 겨울 동안 휴식을 취했던 해는 그제야 모습을 드러내는 시간이 길어졌다. 그리고 점점 모습을 보이는 시간이 길어지고 길어지다 어느새 보니 여름이 되었다. 하천을 덮었던 검은 풀들은 이제 사라지고 모두가 자신의 색을 찾아 인사를 하며 즐거워했다.

"엄마 이건 무슨 꽃이야?"

여름은 태양이 우리 모두를 기다려주는 유일한 시간이었다. 아침 이른 시간부터 놀이터에 나와 친구들이 오기를 기다렸다. 친구들이 꽤 모이고 할 놀이가 정해지면 우린 그때부터 쉬는 시간 없이 계속 놀이를 했다. 술래잡기, 좀비 놀이, 숨바꼭질, 숨바잡기, 경찰과 도둑, 마법 세계 등등 한 놀이가 몇 시간씩 계속 이어질 때도 있었고, 새로운 친구가 와서 몇 분 전에 시작한 게임이 바로 끝날 때도 있었다. 우리가 노는 데는 성별은 중요하지 않았고 나이도 중요하지 않았다. 그저 부르는 호칭만 붙을 뿐 뭐가 달라지거나 하지는 않았다. 나이가 많고 돈이 많다고 군림하려는 태도는 전혀 없었다. 그냥 달리기가 빠르면 그게 갑이고 머리가 좋아 숨기를 잘하는 것도 갑이었으며 몸을 잘 다뤄서 아무도 접근하지 못하는 곳에서 당당하게 손을 흔들고 있으면 그건 신이었다. 하지만 그 누구도 잘났다는 말이나 행동을 보여준 적은 단 한 번도 없었으며 상대가 지쳐 보이면 어설픈 연기를 펼치며 잡혀주었다.

"숨바잡기 하자!"

"100초 세고 찾아!"

"야! 거길 어떻게 가라고!"

"너 뒤에 지나간다."

"너 이로 와!"

여름은 지금도 오기 때문에 마지막이라고 하는 게 약간 이상하지만 나는 그해의 여름을 마지막 여름이라고 부른다. 그때 그 친구들에게도 마지막 여름이라고 말하면 그때를 떠올린다. 아무도 이름이 붙여진 이유는 모르지만, 모두가 그해의 마지막 여름을 알고 있다. 그때 마지막 여름은 몹시 더웠다. 바람도 우리가 더워한다는 걸 아는지 뛰어다닐 때마다 함께 뛰어줬다. (물론 바람도 더워서 금방 멈추긴 했다.)

이상하게 우리는 태양이 아무리 작열하며 이글거려도 햇빛에 노출된 쇠가 아주 뜨겁게 달궈졌어도 덥다는 말 한 마디를 하지 않았고 집에 가겠다는 말조차도 하지 않았다. 그냥 뛰어다니다가 지치면 잠시 쉬고 술래가 쫓아오면 다시 뛰는 것일 뿐이었다. 대부분 나는 술래가 아니라 도둑이었는데 몸을 잘 다뤄서 애들이 가장 싫어하는 사람(물론 적일 때만)이기도 했다. 마지막까지 아무도 못 오는 엄청 높은 곳으로 올라가서는 손을 흔들고 있다가 잠시 술래가 자리를 비우면 잡힌 애들을 살려주었다.

잡힌 애들은 신을 영접한 것만 같은 표정을 지으며 넌 우리의 구세주라는 미소를 지었다. 그러면 반대편에서는 똥을 밟아서 속상해하고 있었는데 그 와중에 머리에 뭐가 날아와서 만지는데 알고 보니 새똥이었다는 사실을 알아 체념해 버린 사람처럼 웃지 않는 웃음을 짓고 있었다. 나와 함께 도망친 애들은 어느 정도 멀리 떨어진 후 약속하지 않은 약속으로 외치고는 했다

"아디오스!"

"너희 이번에 잡히면 밧줄로 묶어버릴 거야…."

2장 만남

친구들은 나에게 교복이 진짜 안 어울리는 애라고 했다. 몸은 교복 때문에 어른스러운데 얼굴은 아무렇지도 않게 어려서 나조차도 이질감을 느꼈다.

"너 진짜 안 어울린다."

"놀리지 말라고…."

"미안. 근데 진짜 안 어울려."

학교가 바뀐다는 경험은 처음이고 새로운 친구가 기존에 있던 친구들보다 많은 경우는 처음이었기에 모든 게 낯설었다. 학교의 정문, 높은 층들과 넓은 건물, 교실, 교실 안의 책상과 칠판 그리고 창문 바깥의 새로운 풍경도 낯설었다. 게임 속에서 캐릭터가 능력을 발동시키려면 조건이 필요하듯이 내 성격도 드러나려면 조건이 필요하다는 걸 깨달았다.

최소 이런 상황에서는 쭈뼛거리고 조용히 지낸다는 걸 알게 되었다. 근데 나 같은 친구들도 꽤 많았던지 일주일이 지난날이 돼도 아무도 반장을 하려 하지 않았다. 침묵이 30분까지 길어지자 선생님은 무작위로 3명을 뽑았다. 그중에는 나도 포함되어 있었는데 앞에 나와서 간단히 말을 했다. 딱히 말을 잘했다든가 길었다든가 의지가 내포되어 있지는 않았다.

그런데도 간발의 표 차이로 나는 반장이 되었다. 일단 된 거 기본만 지키자는 생각으로 활동을 했다. 그렇기에 다음 선거에서는 당연히 안 뽑힐 줄 알았는데 그 다음에는 압도적인 표차로 당선되었다. 그때는 기본만 지키자는 생각 말고도 열심히 하자는 생각을 했다. 겨우 하나만 추가했을 뿐이었지만 애들은 나를 좋아해 주었고 2학년 때는 두 번 다 반장이 되었다. 3학년이 되자 선생님은 나를 따로 부르셔서 전교 회장에 나가보라고 하셨고 바로 수락했다.

그 소식을 들은 애들은 알아서 홍보해 주었다. 나는 공약을 적은 연설문을 작성하고 선생님들께 실현 가능할지 물었다. 그렇게 학교가 학생의 의견을 발언할 기회를 주는 것, 사용하지 않는 교실을 바꿔서 학생들이 쉴 수 있는 공간으로 바꾸는 것 등 모두가 필요하다고 생각했지만 없었던 것들과 시각장애인용 보도블록 재정리, 학교적인 활동량 증가추진 등을 연설문에 올렸고 600명 중에서 450이라는 표를 얻었다.

'기본만 지키자.' '열심히 하자.' '차별이 일어나게 하지 말자.' '불편한 건 바꾸자.'라는 생각은 나와 내 친구들을 완전히 바꿔버렸다. 어느새 친구들도 기본만 지키자. 열심히 하자. 차별을 반대한다. 불편한 건 바꾸자. 라고 외치고 있었다. 그렇게 전에는 없었던 서로서로 돕고 발전시키며 자신을 존중하는 문화가 자연스럽게 생겨났다. 모두가 이웃이고 소외되는 사람이 없어지고 싫어하는 친구가 싫다고 단순히 피하는 게 아니라 싫은 점을 당당히 말하고 개선할 수 있는 기회를 주었다. 우연의 일치일지도 모른다. 우연히 그 시기에 자기 주도적인 학생들이 입학한 것이고 우연히 그 시기에 활동을 더 많이 하려고 노력한 것일지도 모르며, 우연히 소외되는 친구들이 없어진 것일지도 모른다.

그렇게 시간은 흘렀고 고등학교에 원서를 넣는 날이 왔다. 나는 과학자를 꿈꿨고 성적도 높았기에 과학 중점학교에 가고 싶었다. 하지만 그 누구도 나에게 높은 곳으로 가라는 말은 하지 않았고 낮은 곳으로 가서 내신이나 따라고 했다. 특히 형편이 어려웠던 부모님은 장학금을 타는 게 좋겠다고 말씀을 하셨다. 돈은 부모님이 내시기 때문에 한 번도 들어보지 못했던 고등학교에 원서를 넣었다. 울먹이는 얼굴을 본 선생님은 그저 등을 토닥여줄 뿐이었다. 그렇게 겨울방학이 찾아오고 졸업식을 마치면서 3학년은 끝이 났다.

"너 어떻게 지내?"

"나는 그저 그래."

"그게 뭐야?"

"너는?"

"난 저번보다는 바쁜 거 같아."

봄방학 끝이 다가오자 나에게 전화를 거는 친구들이 많아졌다. 모두 말하는 게 비슷했다. 안부를 묻고 바쁘게 지낸다는 말. 겨울이 다 끝나가고 찾아오는 봄에 시간이 지나고 있다는 걸 깨달은 아이들의 불안과 걱정이 절정을 이룰 때 나에게 바랐던 말은 '나 바쁘게 살아'라는 말이었을 것이다. 그래야지 현실을 더 직시하고 자기 스스로 했던 그 시절을 잊지 않을 테니까. 하지만 나는 그런 말을 전혀 하지 못했다. 이런 기간은 나에게는 처음 같았다. 어떻게 해야 하는지도 몰랐다. 갑작스럽게 주어진 많은 책과 어려운 내용. 알지도 못했는데 모두가 알고 있던 기본. 그렇게 저버리는 봄을 보내고 저버리는 새로운 학교에 갔다. 외로울 것이라고 말했던 선생님의 말씀. 그건 과연 무슨 뜻이었을까. 혼자 공부하는 건 힘들다? 차라리 그게 외로웠다면 좋았을까. 과거로 돌아간다면 좋을까. 어떻게든 부모님을 설득했다면. 다른 집안에서 태어났다면. 나만 아니었다면.

3장 보이지 않는 이유

"또 물이 안 나오네…."

물이 잘 나오지 않기 시작한 지 2달 정도 됐다. 종종 아침에 물이 나오지 않았는데 대수롭지 않게 생각했다. 이따 보면 괜찮으리라 생각했다. 그날은 괜찮았지만, 시간이 지날수록 점점 심각해졌다. 빨래 주기를 늘려도 샤워 주기를 늘려도 식물에 물 한 모금 주기가 쉽지 않았다. 뉴스에서는 울상을 한 농민들의 인터뷰와 나라의 입장을 보도했다.

시청자들은 댓글로 반응을 보였는데 원래 우리나라에 한국어 말고도 한국 욕설이라는 공용어가 있었던지 욕설을 모국어로 사용하는 댓글로 도배가 돼 있었다.

각 지자체에서는 가정에 물을 공급하기 바빴고 말라 죽을 것만 같은 나무를 살리기 위해서 치열하게 싸웠다. 언제 내릴지도 모르는 비를 가지고 "비가 오면 꼭 물을 최대한 많이 받아주세요!" 라는 포스터를 이곳저곳에 붙여두었다. 학교 급식이 중단되고 농장도 망해버리고 공장까지 중단되자 나라는 사태가 생각보다도 더 심각하다는 걸 알고 인공강우를 시도하고 댐을 닫아걸었지만, 그 어디서도 효과가 있다는 말은 들려오지 않았다. 사람들은 변기에 벽돌을 쌓아두고 심지어 몇몇은 기우제까지 지냈지만 그걸 보고 뒤떨어진다는 말은 없었다. 오히려 한탄만 할 뿐 누구 하나 원망하거나 탓을 떠넘길 수도 없기에 더 암담해 보였다. 하천의 돌다리는 쓸모가 없어졌고 겨울에 눈에 맞고 쓰러져버린 것처럼 부들과 갈대들은 처참하고 검게 죽어갔다. 슬플수록 하늘을 바라본다지만 아무것도 모른다는 것처럼 빛나는 태양의 태도 때문에 앞을 보려고 더 노력했다. 그래도 하늘을 보게 되면 구름 한 점 없는 하늘이 입을 다물고 있었다.

한낮에 갑자기 충동스럽게 동네 당산을 올랐다. 어릴 때는 엄마가 항상 내 손을 잡으시고 데려가 주셨었다. 집에서는 충동스럽게 나오고 천천히 당산으로 향하자 등산로 중간에 작은 약수터가 있었던 게 기억났다. 아직 마르지 않았을까. 산의 나무들은 죽지 않았을까. 흙은 다 약해지지 않았을까. 걸으면 걸을수록 여러 가지를 확인해보고 싶었다. 하지만 막상 산을 오르기 시작하니 확인하고 싶었던 것들이 기억나지 않았다. 그냥 산을 계속 올랐다. 정상에 빨리 올라야겠다는 생각만 들었을 뿐이었다. 나무에 가려졌던 하늘이 풀리고 푸른 하늘이 보이기 시작하자 더 서둘렀다.

무슨 마음이었는지는 모르겠다. 숨을 가쁘게 쉬며 정자에 앉았다. 아파트 하나 없는 시골 마을은 장난감 같았다. 체계적으로 모든 게 정해져 있고 앞으로 할 일을 예약해 두고 시간이 되면 실행하는 마을 장난감 같았다. 사람들이 지나가는 것도 안 보이고 바람조차도 안 불며 변함없는 마을을 보는데 질리지 않았다.

도시라면 끊임없이 움직이는 차들과 건물을 짓는 모습들이 보일까. 생각도 해보고 저기 한 가운데에 아파트가 있다면 어떤 모습일지 상상도 해보았다. 상상 속에서는 계속 다른 모습이었지만 언제나 그 상상 끝에는 제 모습으로 돌아와 있었다. 그저 정해진 대로 움직이는 작은 시골 마을. 상상 속에서는 무언가가 달라지기 쉬운 작은 시골 마을은 어릴 때와 비교해도 크게 달라진 건 없었다. 산에서 내려오려고 몸을 돌리자 갑자기 미소가 지어졌다. 비웃는 것 같지만 그래도 기쁨이 있는 미소가 지어졌다. 내려오니 벌써 해가 지고 있었다. 구름 없는 하늘. 사람들이 소리쳐도 변함없는 해가 지는 시간. 사람들이 소리치는 이유. 가뭄. 가만히 서서 생각하니 아무것도 확인하지 않았다는 게 생각이 났다.

기억을 그렇게 빠르게 잊어버렸다는 것과 당당한 하늘의 태도에 놀라 뒤를 돌아보았다. 이미 다섯 걸음이나 멀어졌지만 산으로 올라가는 작은 길이 보였다. 그리고 그 옆에 있는 작은 노란 꽃도 보였다. 푸른 잎들과 어두운 몸통들과 흙 사이에서 작은 노란 꽃은 유독 눈에 띄었다.

다시 몸을 돌렸다. 현관을 열고 오늘 하루를 생각해보니. 아무것도 기억이 나지 않았다. 산길에 나무들이 멀쩡했는지. 새가 지저귀었었는지. 정자는 어떤 색이었는지. 마을에 어떤 변화가 있었는지. 포스터는 어떤 색이었는지. 아무것도 기억나지 않았다. 두려운 마음에 커튼을 다급히 걷고 바깥을 봤다. 회색의 건물들과 도로. 바짝 말라 갈라진 논밭. 주머니에 손을 넣고 가는 꼬마가 보였다.

커튼을 다시 치니 순간적으로 남은 1cm의 풍경에서 집 앞이 아니라 정상에서 봤던 풍경이 떠올랐다. 빌라 아래로 내려가서 3층의 우리 집을 보니 불이 켜져 있음에도 보이지 않았다. 창문이 새카매져 보였다. 커튼을 쳤던 게 생각나 다시 올라가서 커튼을 걷어버렸다. 그리고 다시 내려가려 했지만, 다리가 아파져 왔다. 내려가겠다는 생각을 접었다. 그리고는 다시 커튼을 쳤다.

4장 잎이 떨어지는 것도 높이가 있어야 했구나

중학교 때 친구들은 조금 있으면 괜찮아질 거라고 말했다. 처음이라서 실수한 거라고 말하며 위로를 해줬다. 시골 촌구석 중학교에서는 전교에서 놀아 다닐 정도로 공부를 잘했는데 전국적으로는 그냥 말단에서 쭈그리고 있었다. 너무 놀랐다. 봄방학 때 공부양이 줄어든 건 맞지만 이렇게 낮을 줄은 상상도 못 했다. 그런데도 중학교 때 친구들은 괜찮다고 말해주었고 자기들도 대부분 그 정도 아니면 더 낮다는 말을 덧붙였다. 놀란 마음에 그날 하루를 계속 허망한 표정과 함께 지냈다.

주변 애들이 성적을 물어봐서 답해줄 때면 잘 나왔다고 했는데 의도가 어떤 것이든 좋은 말은 아니었다. 위로의 의미로 하던 정말로 잘 나왔다고 하든 높다는 말은 정말 죽어도 듣기 싫었다. 낮은 걸 아는데 높다니 무슨 말도 안 되는 소리인가. 한두 개쯤은 실수로 틀릴 수 있다. 그런데 대부분 문제를 몰라서 틀렸다. 단 한 번도 모른다는 건 없었다.

시험 전에 이미 모든 걸 다 끝내서 시험 때가 되면 이미 다 아는 문제였다. 그런데. 그런데. 아니. 그런데. 아는 문제가. 그런데. 아니. 아니. 학교 안에서는 1등이라는 말도 안 되는 숫자가 그렇게 적혀있는데 정말 암담했다. 아무도 없는 집에서는 우는 소리가 울렸다. 울리고. 울리고. 달이 그 소리를 듣고. 울리고. 달도 잠깐 가려진다.

친구에게 전화가 걸려왔다. 도시에 있는 학교로 간 친구였는데 나와 성적이 비슷했다. 학교 안에서도 거의 꼴찌라며 울어댔다. 그러다가 자기 스스로 진정하고 학교 얘기를 했다.(원래 감정 기복이 심하다는 건 알고 있었는데 이럴 때면 항상 놀란다.) 우리 학교에는 담배 피우거나 일진 같은 애들은 없는 줄 알았는데 그런 애들이 너무 많다고 했다.

중학교 내에서는 성적 낮은 애들이 대부분 일진이거나 불량했는데 고등학교에 와보니 성적이랑 불량한 거랑은 전혀 관계가 없는 것 같다고 했다. 당연한 거라고 답했다. 그랬더니 그 친구는 그냥 성적이 낮은 애들은 주변에서 몰아가니까 그렇게 변한 게 아닐까. 높은 애들은 다들 칭송하니까 담배 하나만 물어도 경악을 하며 치를 떠는데 낮은 애들은 당연한 거라고 보는 것처럼 보니 그런 것 같다고 했다. 그러면서 자기도 지금까지 그런 생각을 가진 것만 같아서 부끄럽다고 했다.

전화를 끊었다. 학교에서는 맨날 싸움이 일어났다. 학기 초반에는 빈번히 일어나는 일이라고 익히 들어왔지만. 싸움이 일어나는 게 적응이 안 되기는 하다. 오늘만 해도 싸움을 세 번이나 말렸다.

항상 옆으로 던져졌지만 그래도 계속 말렸다. 모두가 친구면 안 되는 걸까. 내가 아니더라도 너희는 왜 말리지 않는 거니. 모두가 타인인 거니. 선이 왜 그렇게 앞에 있는 거니. 힘없는 나도 말리는데. 나보다도 건장한 너희는 왜 지켜만 보니. 아야. 아파라. 주먹에 맞고서야 싸움을 말리는 걸 멈췄다. 멈춰졌다고 하는 게 더 좋을 듯하다.

5장 관성 부수기

중학교를 졸업할 때는 그 학교 내에서 더는 차별이 일어나지 않게 만들었다. 장애인이라고 움직이는데 제약이 없고 남들과 다른 자신이라고 차별받는 일은 일어나지 않게 만들었다. 그 상황을 만들고 그 상황에 적응되니까 언젠가부터는 당연하다고 느꼈다. 나와 내 친구들이 그 상황을 바꾸기 위해서 얼마나 많은 힘을 들였는지 잊어버렸다. 당연한 것을 얻는 게 왜 그렇게 힘든지 이해할 수는 없었지만 이해하는 것은 별로 도움이 안 됐다. 이해한다고 변하지도 않으니 설득하고 변화시키기 위해 활동하는 것이 답일 뿐이었다.

중학교 마지막 연설로 다시 겪으라면 한숨 먼저 쉬고 다른 사람이 바꾸길 바랄 것이라고 했었다. 하지만 또다시 차별이 일어나는 곳에 오게 되니 가만히 있을 수는 없었다. 마음이 답답하고 화가 치밀었다. 시각장애인 보도블록도 이상하게 박혀있고 계단 손잡이는 중간 중간이 부서져서 장애인이 아니라고 해도 누구에게나 위험했다.

선생님들도 종교나 성적지향을 차별하는 발언을 아무렇지도 않게 말했다. 학교 안에 있는 문제는 교장 선생님께 건의를 했다. 잘못된 발언을 하는 선생님들께도 옳지 않다고 말씀을 드렸다. 이유도 말하고 그 피해가 어떨지도 말했다. 하지만 아무도 듣지 않았다. 그러면서도 매일 수요일 마지막 교시일 때면 장애인 교육을 했다.

차별은 나쁘다던가. 도움을 주어야 한다던가. 듣고 싶지도 않았다. 중학교 때와는 비교도 안 되게 많아진 공부와 당연한 것을 얻기 위한 투쟁을 함께 하는 건 힘들었다. 처음에는 반장도 되어서 계속 소리쳤지만 바뀐 건 없었다. 평범하게 살아. 조용히 좀 하고. 다 그렇게 살았어. 왜 그러는 거니? 시간이 갈수록 입이 다물어졌다. 기운 없이 교실에서 나오자 플라스틱의 노란색 작은 공을 실수로 톡 쳤다. 공은 복도 끝으로 데구르르 굴러가다가 멈췄다. 불이 꺼진 쪽에 있어서 어두웠다.

공부에 집중하다 보니 잊어버리는 게 많이 생겼다. 반장이면 어떤 활동을 해서 반 학생들을 기쁘게 하는지. 싫은 짓을 골라서 하는 친구에게 어떻게 말을 해야 하는지. 고민을 말하는 친구를 어떻게 상담했었는지. 모두 잊어버렸다. 부당한 걸 겪어도 어떻게 해야 하는지 잊어버려서 넘어가는 일이 많아졌다. 다시 기억하기 위해 최대한 노력했다. 반장 활동을 할 수 있는 한 열심히 하고 상담 동아리에 가입해서 상담 기법을 다시 배웠다. 부당한 것에 잘 대처하는 법도 배웠다. 한 번 했던 것이었기 때문에 익히는 게 오래 걸리지는 않았지만, 공부와 병행하는 건 힘들었다. 그래도 그렇게 바쁘게 지냈기에 1년이 빠르게 지나갔고 과거처럼 성적도 높아지고 많은 것을 다시 기억하게 되었다. 하지만 2학년이 된다는 건 새로운 학년을 맞는다는 뜻이었다는 걸 잊고 있었다. 걱정 반 기대 반으로 올라갔지만, 걱정은 다 맞아떨어지고 기대는 다 떨어졌다.

애들은 많이 싸웠다. 힘에 우열이 결정되자 항상 말단에 있던 애들이 올라가고 싶다는 욕망에 불을 지폈다. 이번에도 말단이라면 마음이 허락하지 않을 것이라고 외치며 더 크게 아주 크게 불을 지폈다. 불에 활활 아주 뜨겁게 타버리고 있는 말단에 있는 아이들은 위치를 건드리지 말면서도 올라가야 했다. 그 유일한 방법은 그 어디에도 있지 않은 아이 중에서 약한 아이들을 짓밟는 것이었다. 특히 뭔가 시끄러웠던 적이 있는 애들. 나서기를 좋아하고 저항하는 것을 좋아하는 애들이 좋은 타깃이다.

짓밟아도 복종하지 않고 계속 저항하면 그 꼴은 오히려 보기 좋기 때문이다. 타깃이 복종한다면 다른 사람들은 타깃과 말단의 아이를 그냥 피하면 된다. 그렇지만 복종하지 않는다면 다른 사람들은 피할뿐더러 말단의 아이를 두려워하고 무서워한다. 그 아이들은 타깃을 찾기 위해서 눈을 굴렸고 조건에 딱 맞게 떨어지는 아이가 떡하니 자리에 앉아있었다. 그 아이는 자리에 앉아 공부는 어떻게 하고 학교에서 할 활동은 어떤 걸 할지 계획을 세우고 있었는데. 그 아이는 누군가가 손으로 책상을 쾅 하고 치길래 놀랐다. 갑작스럽게 숙제를 대신 하라는 말. 씨팔. 너 요즘 재수 없다는 말. 넌 좆같이 왜 그렇게 잘난 척하냐는 말. 갑작스러운 욕설과 말도 안 되는 말에 한 번 더 놀랐다. 그렇지만 그 아이는 욕설로 맞받아치지 않고 마음을 가라앉힌 후에 말했다. 지금 다짜고짜 무슨 말을 하는 거냐고. 내가 왜 네 말을 들어야 하냐고. 너한테 재수 없든 말든 내가 신경 써야 하는 거냐고. 날 만만하게 보냐고. 그리고는 그 친구 반대편으로 몸을 돌리고 자리에서 일어났는데 옷의 목덜미 카라가 잡혀서 뒤로 끌리더니 머리가 바닥으로 내려 찍혔다. 상황을 파악하려는 순간 발로 차였고 계속 발로 차였다. 그 아이는 선생님께도 말씀을 못 드리게 학교가 끝난 후에도 계속 끌려 다녔다. 저항하면 맞고 계속 맞았다. 골목에서 한 번. 길 중앙에서 한 번. 편의점 뒤에서 한 번. 계속 맞았다.

그 아이는 피기 싫은 담배를 강요받았고 폐가 타는 듯한 고통에 기침해댔다. 그 아이는 온몸에 상처를 입었지만 전부 옷에 가려져 있는 위치였다. 그 아이는 계획을 세웠지만, 전혀 이행하지 못했고 맨날 끌려 다니니 공부를 하지도 못했다. 그러니 성적도 떨어지고 항상 불안해했다. 주변에 아무 말도 할 수 없었다. 그 아이가 그랬다. 그 아이가 그랬다. 그 아이가 그랬다. 내가 아니라 그 아이가 그렇게. 내가 아니라 그 아이가 당했다. 내가 아니다. 내 이야기가 아니다. 아니다. 내가. 내 이야기가 아닌. 내가 아니다. 그냥. 친구. 그래. 친구 이야기다. 제발 나 좀 도와줘.

※ 작품 길이가 너무 길어 부득이 앞부분만 수록합니다. 작품 전체 감상은, 다음 카페 cafe. daum. net/gljang(문학사랑 글짱들) '긴 글 전문보기'를 이용하세요.

운문 심사평

감동을 주는 시를 쓰자

청소년 문학상 심사를 할 때마다 나는 은근히 가슴이 떨린다. 이번에는 또 누구의 보석 같은 시가 내 심금을 울려줄까. 기성시인들의 시보다 청소년들의 풋풋한 작품에서는 묘하게 마음을 설레게 하는 요소들이 있다. 청소년들의 좋은 시를 읽을 때마다 나는 행복하다. 왜냐하면 그들이 바로 우리 문학의 미래이니까.

그러면 좋은 시란 어떤 시일까. 좋은 시에 대한 정의는 사람마다 다를 것이다. 오세영 시인은 "좋고 나쁜 시는 없다. 감동이 있느냐, 깨달음이 있느냐 차이이다." 라고 말했다. 한 마디로 말해서 감동을 주는 시, 깨달음이 있는 시가 좋은 시라는 뜻이다.

좋은 시를 쓰기 위해서는 우선 발상이 참신해야 한다. 남들이 이미 수도 없이 이야기한 진부한 것들은 다른 사람에게 감동을 줄 수 없다. 둘째로 그 시의 내용에 맞는 리듬을 살려 시를 써야 한다. 셋째는 비유, 함축, 낯설게 하기 등의 표현기법을 잘 이용해 표현해야 한다. 그리고 가장 중요한 것은 시인의 진솔한 삶, 경험이 독창적인 표현으로 녹아 감동으로 다가서야 한다는 것이다. 시를 읽고 떨림이 없는 시는 좋은 시라고 말할 수 없다.

문학사랑 2022년 제20회 청소년문학상에 응모한 작품들을 심사하면서 나는 다행히도 좋은 시 몇 편을 발견할 수 있어 좋았다. 대상을 받는 김영헌(경기, 수내고등학교 3학년)의 '봄을 마시다'와 금상을 받은 김영림(서울, 중앙여자고등학교 3학년)의 '펭귄'은 우열을 가릴 수 없이 좋은 작품이었다. 그리고 은상을 받은 학생들의 작품들도 뛰어났다. 앞날이 기대되는 작품들이어서 다행스러웠다.

이제 어느 정도 잡혀가는 추세라 하지만, 인류의 재앙이라 불리는 '코로나19'는 우리 삶을 지치게 만들었다. 그러나 문학 창작에 관심을 가진 대한민국의 청소년들은 변함없이 작품을 응모하였고, 수상 작품의 수준이 뛰어나 고마운 마음이었다. 탈락한 청소년들에게도 자신만의 훌륭한 작품이었음을 상기시키며 위로를 전한다.

청소년들의 작품을 심사하며 나는 많은 감동을 받았다. 감동을 주는 일이야말로 모든 시인들이 꿈꾸는 것이다. 남의 좋은 시를 읽어가면서 우리도 많은 사람들에게 감동을 주는 시를 써보자.

심사위원 | 김영수 시조시인, 대전문예대학 학장

엄기창 시인, 한국문학교육연구원 원장(심사평)

최자영 시인, 문학사랑협의회 이사 역임

산문 심사평

자아를 성장시키는 글쓰기

산문이란 운율이나 음절의 수 등에 얽매이지 않고 자유롭게 쓰는 소설, 수필, 편지, 일기, 희곡 등을 말한다. 이번 청소년 글짓기 현상공모에도 소설, 희곡, 수필 등 다양한 분야에서 훌륭한 작품들이 응모 되어 즐거운 마음 금할 수 없다. 산문은 언어를 매개로 하여 자기 마음을 직, 간접으로 표현하는 예술이다. 따라서 글을 쓴다는 것, 그것은 자아를 성장시키는 원동력이 되는 것이다.

지금 눈앞에 다가온 4차 산업시대는 인공지능, 로봇, ICT 등 융합을 통한 기술 혁명이 생활 전반을 지배하는 시대다. 그러나 최고의 인공지능을 가진 알파고는 감수성이 없다. 슬플 때 울고, 기쁠 때 즐거워하지 못한다. 슬플 때 울고, 기쁠 때 즐거워할 수 있는 것은 인간만이 할 수 있고, 그것은 문학을 통하여 나타낼 수 있다. 이번 청소년 글짓기 공모에서는 의외로 소설이 많았고 희곡도 두어 편 응모 되어 고무적이지 않을 수 없다.

대상으로 뽑힌 이다현(경기, 덕계고등학교 3학년)의 '그레이트 블루홀'과 금상을 받은 유가빈(경기, 분당영덕 여자고등학교 1학년)의 '인간의 이기심'은 각각 소설과 수필이지만, 그 수준이 높았다. 이외에도 은상을 받은 희곡과 시나리오 등 다양한 작품들을 심사하면서 행복한 독서였음을 밝힌다.

특히 우리의 삶을 힘들게 한 코로나 시기가 3년이나 계속되어 마음을 아프게 했는데, 이러한 고통을 겪으며, 대면수업과 인터넷 강의 등으로 혼란한 가운데에서도 자신을 극복하며 살아낸 청소년들에게 고마운 인사를 드린다.

글을 쓴다는 것, 그것은 자아를 성장시키는 동시에 세상을 개척해 나가는 원동력임을 되새기자. 앞으로 대한민국의 문학계에 큰 별로 거듭나기를 기원한다. 특히 수상 학생과 가족의 행복, 지도하신 선생님과 학교의 발전을 기원하며, 한국청소년문학상 작품 공모에 지도하신 선생님들께 감사 인사를 드린다.

심사위원 | 김용복 극작가, 칼럼니스트, 세종TV 주필(심사평)
박종국 수필가, 문학사랑협의회 회장

제20회 한국청소년문학 수상작품집

그레이트 블루홀

펴낸날 | 2022년 6월 18일
펴낸이 | 사단법인 문학사랑협의회
보급·총판 | 오늘의문학사
　　　　등록 제55호 (1993년 6월 23일)
　　　　대전광역시 동구 대전로867번길 52, 401호(삼성동 한밭오피스텔)
　　　　Tel | (042) 624—2980　Fax | (042) 628—2983
　　　　e-mail | hs2980@hanmail.net
도서·제작 | (주) 국제프린트
　　　　등록 제2015-000024호(2015년 11월 10일)
　　　　대전광역시 동구 대전로 867번길 36. 1층(삼성동)
　　　　Tel | (042) 624—1601　Fax | (042) 633—9120
　　　　e-mail | kookjac@hanmail.net

ISBN 979-11-6493-203-0
값 15,000원